ジャコウジカものがたり

須貝光夫

創作集

ジャコウジカものがたり

主要登場人物

岡……満州の引き揚げ者・元S町P乳業工場長・十勝開拓実習所出身・第四代K開拓協同組合長

原……樺太引き揚げ者・装蹄師の資格保持者・元田原家畜院職員・各組合長の理事を務む

本間…小樽高商卒・満州の引き揚げ者。妻は満州人・十勝開拓実習所出身・各組合長の理事や監事を務む

佃……満鉄の職員で、満州の引き揚げ者・在満中満鉄管理部の課長・元電電公社の職員・日曜画家・本間の弟。夫妻で本間宅に居住

中里…東京から夫妻で入植・元東京のやくざ・各組合長の理事を務む。麻里は娘

内倉…U町から入植。K開拓青年会幹部・各組合長の理事や監事を務む

竹田…十勝開拓実習所出身で本間とは同期・初代組合長の経理不正を糾弾し、K開拓協同組合の第三代組合長に就任・後K開拓協同組合と対立し、組合を脱退して同志組合を結成

小林…拓大出身で柔道三段。竹田の顧問兼用心棒。竹田が創業した自動車修理工場の主任

古賀…竹田のブレーン。のち離反
島村…竹田のブレーン。のち離反
西東…竹田のブレーン。のち離反
西東麗子…西東の娘・K開拓協同組合の事務職員・佃の愛人
保見…満州引き揚げ者・二十五年夏入植・開拓の元老で、開拓民の家族不和等の調停に当たる等
　相談役的存在。竹田と共に岡組合長リコールを企画し、第五代組合長に就任
村田…十勝開拓実習所の教官で、竹田組合長の参事に就任
鈴木…保見執行部の代表理事
金田…元田原家畜院の職員で原の友人・竹田離農後跡地に入植
安念…保見執行部の理事
浜田…樺太の引き揚げ者・元林務省道有林の飯場管理人・ＰＴＡ会長・Ｆ地区の実行委員
田原…Ｕ町の獣医・共産党員でＵ町の町議会議員

第一章

一

海岸から北北東約二十数キロメートルの奥地、M川の右岸の高台にK開拓の小学校が建っていた。

昭和二十六年二月、元旧種馬牧場分厩舎約三十六坪の内側を板張りにして、仮校舎として開校した小学校である。

馬糞の匂いが舎内に漂い、馬糞を肥しのようにして授業していたため、人々は馬糞学校と揶揄していた。

教室は二つ。設備は四人掛用の長椅子と机及び中黒板が一枚あるだけで何もない。勿論廊下も無い。作業場のような教室であった。

先生は、校長を入れて三人。二人の先生の中、一人は開拓農協の職員の妻で女教師、もう一人は地元の高校を卒業した代用教員の若い教師であった。

校長は、女教師の家で間借りして生活していたが、若い男の先生は開拓農協の二階で自炊生活をしていた。

生徒は、八十五人。学級は低学年（一～三年）のA組と高学年（四年～六年）のB組の二学級であった。

中里麻里は高学年のB組であった。

担任は女教師の山里先生であった。

長い夏休みが終わり、始業式が行われた日、夏休み中に書いた作文の発表会が行われた。校長先生も出席していた。

作文は長さも内容もまちまちで、一行で終わる者もいれば、千字を越える者もいた。

父母兄弟と荷物を背負って鹿道のような山道を歩き入植した日のこと、入植後父母と木を伐り、煙にむせびながら野焼きをしたこと、夜遅くまで顔を炭だらけにして父母と炭焼きをしたこと、別れた友達のことを思い出し、朝まで眠れなかった夜のこと、入植して間もなく母が倒れ、下の町にある病院に、造材のトラックに便乗して通ったこと、大晦日の夜、祖母が肺炎になって亡くなったこと、入植後間もなく、弟が産まれたため子守をさせられて友達と遊べなかったこと、母に稗混じりの黄色いご飯に不平を言って叱られたこと、兄の後ろにしがみつき、木が鬱蒼と生い茂る笹藪の一本道を熊の出没に怯えながら、ドラム缶を叩きながら通学したこと、M川に架かっていた一本橋を四つんばいになって、命がけで渡って通学したこと、雷雨の中、全身びしょ濡れになって、泣き泣き学校に着き、先生に着替えさせてもらった日のこと、先生に床屋をしてもらった時のこと、弁当は毎日芋と南瓜と稗の混じった黄色い弁当で恥ずかしく、何時も隠れて食べていたこと、夏休み中に家族で奥のD地区まで遠足に出かけた時、おにぎりを谷川に落として泣いたこと、父とM川で釣った山女魚を帰途、川辺で焚き火をして焼いて食べた時のこと、夜、鹿の鳴き声で恐くて眠れぬ一夜を過ごしたこと、近所の人達と焚き火をして盆踊りしてはしゃぎ廻ったこと、初めてトウキビが採れた日、別れた友達を呼んでお祝いをしたこと、運動会の日、親子で、二人三脚をして一等になり、母と抱き合って喜んだこと等々がたどたどしい文章で書かれていた。

最後に、校長先生が一人一人感想を述べた後、中里麻里の作文「土の神様」を取り上げて朗読した。

土の神様　　四年　中里麻里

「私の家で一番大切なものは、土を祀っている神棚です。

入植した時、岡さんが作ってくれたものですが、神棚の中に横三十センチメートル、縦二十センチメートル、深さ二十センチメートルの箱が安置してあり、中に土が入れてあります。

土は父が鍬入れをした日、落ち葉の下から取った黒土です。

母の話によると、父はこの時、両手で土をすくい上げながら

『いたましい、いたましい』

と言って、押し頂き、涙を流しながら、何回も何回も頬づりしたそうです。

昨日、その畑から沢山の芋が穫れました。

父も母も大喜びです。

その夜、これは神様の最初の贈り物だから、一人で食べるのはもったいないということで、入植する時お世話になった岡さんや近所の人達を呼んでお祝いをしました。

皆、お酒を飲んで鍋のふたや空き缶を叩いてひょうしをとり、歌ったり、踊ったりしました。

父などは、おなかにへのへのもへじを書いて、裸踊りをしました。皆、おなかをかかえて大笑いしました。

あんなに笑ったのは、生まれて初めてです。

私はここに来るまで東京に住んでいましたので、ここに来てから、苦しいことばかりで、悲しくて毎日泣いてばかりいましたが、その夜の父達の喜びようを見て、土を尊ぶことの大切さを知り、考えを変えました。

私の家の周りは、まだ木ばっかりですが、私も大人になったら、父に負けないで、この大地を拓きたいと思っています」

校長先生は、朗読した後、麻里の父の殊勝な心を称え、開拓の人達はこの心掛けを手本にしてこの大地を拓いてゆかねばならないと訓示して、教室の後ろの板壁に掲示した。

中里麻里は、心の中に、打ち出の小槌で大人になった一寸法師のように、みるみる大きくなって行く父の像を見た。

二

お祝いをした日の夜のことである。

中里は妻に体を揺すられて目を覚ました。揺すり方が何時もと違っていたので、一瞬あれかと思い、妻の腰に手を回した。が、妻はその手を押しのけながら言った。

「そんなことでないんだよ。さっきから、伍助さんが外で戸を叩いて、わめいているんだよ」

と同時であった。戸がガタガタして、伍助の叫ぶ声がした。

「中里さん！中里さん！開けて！」

「あのドラ息子が、又酔っ払いやがって。ほっとけ。今に諦めて帰るから」

中里はそう言って、又妻の腰に手を回わして、ぐいと引き寄せた。彼女はその手に身を委ねながら言った。

「しかし、今日はいつもと様子が違うよ。何かあったんでない」

その時、戸張が外れたのだろう。ガタガタ戸を開きながら伍助が踏み込んで来て、更に大きな声で叫んだ。

「中里さん！助けて！親父が殺されそうなんです」

何時ものろれつの回らない飲兵衛声と違っていた。中里はがばっと跳ね起き、褌一つで玄関に飛び出した。伍助は中里を見るなり、土下座して
「早く来て下さい。親父が竹田と原に殺されそうなんです」

「何！竹田と原が…」

「はい」

「二人きりか？」

「いや、他に十人程います」

「十人？それじゃ、殴り込みだな。理由は何だ」

「営農資金です。実は、営農資金、水上の親父と家の親父が今日支庁へ行って取って来たんですけど、それを出せって、脅しているんです」

「そうか。すると掠奪だな。すぐ行くから、先に行って待っておれ」

彼は入植する時、何時か必要になる時があるかも知れないと思って、焼かずに行李の底に仕舞い込んでおいた一反の胴巻きと巻き脚絆を出して身支度した。殴り込みとなれば、普段の恰好では舐められると思ったからである。

彼は入植する前は東京のヤクザで沢田次郎といい、ヤクザ仲間では一応名の通った男であった。

が、半年前、仲間別れの諍いから殺傷事件に巻き込まれ、足を洗って渡道し、この開拓地に入植したのである。

背がずんぐりしていて低く、やや猫背で、眉は太く、顎が張り、眼は人の肝を突き刺すように鋭かった。

彼が入植したのは昭和二十六年四月である。

妻は夫がヤクザから足を洗い再生する好機であると考え、農業については全く無知で自信がなかったが、諸手を挙げて賛成した。が、しかし、麻里は未開の山奥で生活することの不安から、毎日泣き明かし、父に思い止まるよう訴えている。

「お願いだから、喧嘩だけはしないで頂戴ね」

不意の出来事にオロオロする妻を振りきって、彼は外に出た。真夏とはいえ、山間の夜は冷え冷えしている。白い煙が這うように黒い大地に延び広がっていた。夕刻の野焼きがまだそちこちに燻っていたのである。

彼は出しなに、一服しようと思って、胴乱を出して煙管に煙草をつめ、白煙の中から燠を拾い上げた。その時である。木立の彼方から子供の悲鳴が聞こえた。彼は燠を捨てて駆け出した。

玄関先に、人がわいわい喚きながら群がっていた。

「出せ！A地区の奴らに出して、われわれに出せんというわけないでしょう」

竹田の声だった。

中里は人々をかき分けて中へ入ろうとした。その時、後ろから肩を叩かれた。伍助だった。

「そこからは無理です。こっちからどうぞ…」

伍助は奥に回って窓下に立って言った。

「ここから入って下さい」

中から上林の妻が顔を出し、ペコリ頭を下げながら言った。

「どうぞ。夜分お呼びだてして申し訳ありません」

その時、隣室から竹田の割れるような声がした。

「貴様みたいな悪たれに、これ以上金を預けておくわけにはゆかん。出さんか！」

「何と言われようと、俺の一存では渡せません。これは開拓民一人一人に出た営農資金なんですから——」

「何をほざくか。この馬鹿たれ奴が！」

鍋が床に叩きつけられる音がした。暗がりに蹲っていた子供がワーッと泣き喚いた。上林の妻が手を合わせながら言った。

「助けて下さい。あれじゃ、お父さんが可哀想です」

中里は久し振りに体中に赤い血が駆け巡るのをおぼえた。東京から出てから半年、足は洗っても浅草で鍛えた義侠心は消えずに燻っていたのである。

彼は戸を開けざまに叫んだ。

「竹田！何をしちょるか！」

皆、びっくりして中里を見た。彼はさっとストーブの側に行き、デレッキを持って言った。

「こんな夜更けに、大挙して殴り込みをかけるなんて、常識はずれているんでないか。とっとと帰れ！」

竹田が立ち上がって叫んだ。

「貴様！何しに来たんだ！これは殴り込みではない。団体交渉だ。よく目を開いてものを見極めてから言い給え！」

中里はデレッキでストーブを思い切り叩きながら言った。

「何！団体交渉だと！てめえら、他人の家に地下足袋はいて上がって来やがって、団体交渉も糞もあるもんか！人を舐めると承知せんぞ！」

竹田は一歩退き身構えたが、かかって来なかった。中里はストーブの前にどっかと胡座をかきながら言った。

「話あるなら、地下足袋脱いで、礼を尽くして話し合えばいいんじゃないか。いくら開拓でも礼は礼だぞ」

部屋の中がしーんとなった。

竹田がものを言わずに、地下足袋を脱ぎ捨て、中里の前に胡座をかいて座った。他の者もそれにならった。

事の成り行きはこうであった。

今年の三月、二十五年度分の営農資金が出た時である。当時組合長であった水上が支庁の拓殖課長に呼び出されて

「T開協で米が買えなくて困っている。同じ開拓者仲間だ。少し貸して助けてやってもらえまいか」

と言われ、五十五万円貸している。ところが、その五十五万円が八月になってもT開協に融資されずに、課長名義の通帳に入ったままになっていた。この事実を嗅ぎつけたのが竹田であった。

竹田は早速、監事の岡を連れて支庁に行き、その真偽を糺した。課長は始め言を左右にして認めようとしなかったが、竹田に

「そんなに、意固地張るなら、証人を連れて来るぞ！」

と脅されて、しぶしぶ預かっている事実を認めた。しかし、契約を楯に交付を拒絶した。

竹田はテーブルを叩いて迫った。

「貴様！公務員のくせして公金を横領する気か！契約、契約って言うけど、もう八月だぞ！」

側にいた係員が見かねて課長に諌言した。

「課長、ばれたら仕方ないじゃないですか。渡してやんなさいよ。困っているのはT開拓の人達だけではないでしょう」

課長の顔がひきつった。部下に、お客さんの前で諌言された屈辱の顔であった。

「止むをえん。明日来給え！」

課長はそう言って、吸いかけの煙草を灰皿にねじ込みながら立ち上がった。

当日、その資金を受け取りに行ったのは、上林組合長と水上前組合長の二人であったが、この話をいち早くキャッチしたA地区の人々が開拓入り口で二人を待ち伏せして脅し、一人一万円ずつ奪い取ったのである。

Ｋ開拓は、周囲が標高百メートル～二百八十七メートル程の諸山に囲まれた帯状の盆地になっており、中央にR岳に源を持つM川が流れている。

地域内距離は直線にして約二十キロメートル程あるが、幅は広い所で約二キロメートル、狭い所では一キロメートルにも満たず、ハコ状に分断されている。

そのため、下流からA、B、C、D、E、Fの六地区に区分して、各地区に実行委員を設置して開拓行政の運営に当たっていた。

竹田が語気を強めながら言った。

「他の地区の人ならいざ知らず、事もあろうに岡の地区の人々がそんな山賊まがいのことをするなんて、けしからんですよ。皆、かんかんに腹立ててんだから。これじゃ、早い者勝ちっていうことで、組合の秩序なんて丸潰れですからね。いくら執行部がだらしないからったって、組合は組合だよ。苦しいのはA地区の者だけではないですよ。われわれの地区だって喉から手が出るほど欲しいんだから。それで、A地区に一万円出したら、俺らにも一万円出せと、こうなったわけだ。ところが、上林組合長はそんなに出したら後の人の分が無くなると、こう言ってきかないんだよ。中里さん、あんただって、営農資金一銭でも多く欲しいんでしょう。A地区の人に一万円出して、あんたには出せんって言われたら、どうだ、腹たたんかね」

中里が勢いをそがれた形になり、唖然とした。竹田がその虚につけ込んで食い下がった。

「中里さん、投げられたサイコロは如何に不当なものであっても、やり直しはきかんものですよ。俺はね、出来ることならこんな山賊まがいのことをしたくないですよ。しかし、ここに集まっている人達の顔を見てご覧なさいよ。果たして、穏やかに鞘に収まる顔かね。この顔は…」

一斉に、血走った視線が中里の顔に集中した。中里はそれを剣が峰になって堪えながら、竹田に責められて部屋の片隅に蹲っている上林組合長に尋ねた。

「岡さんもその中に入っているんですか」

組合長が憮然として答えた。

「分からん」

原が食いついた。

「分からんって、組合長、相手は幽霊ではないんだぞ。金渡す時に顔を見てんでねが」

「金は戸川さんに一括して渡したんだ」

「しかし、待ち伏せしたのは戸川さんだけではないだろう」

「勿論…」組合長は切り返すように言った。「しかし、暗くてさっぱり見分けがつかなかったんだよ。おまけに、頬被りしていた者もいましたからね」

「誤魔化すな！」原が興奮して叫んだ。

「初めて会う人じゃあるまいし、顔分かんなくとも、姿恰好で分かるんじゃないか！A地区の連中が今日営農資金が出るっていうことを知っていること事態がおかしいんだよ。岡が入って無いわけないだろう」

古賀が重ねて言った。

「入っているさ。あの野郎が扇動者だも。組合長、勿体ぶんないで、さっさと金出したらどうだ」

後方から
「てめえ！岡に買収されたんだろう」と叫ぶ者がいた。

突然、組合長が中里からデレッキをひったくりながら立ち上がり叫んだ。

「黙れ！買収とはなにごとか！岡さんはそんなことをする人じゃないですよ。そんなに俺の言うことが信用出来なかったら、岡さんを呼んで来て、証言してもらおうじゃないか」

今にもデレッキを振り上げんばかりの剣幕であった。怖じ気ついて、誰も反駁する者がいなかった。

中里が言った。

「それがいい。これ以上言い合ったって、水かけ論でどうにもなんめえ。誰か岡さんを呼んできてくれんかね」

皆、視線を反らして何も言わない。中里が立ち上がって言った。

「よーし、てめえらが行くの嫌なら、俺が行って来る」

原が腰を上げながら応じた。

「俺も行く」

三

岡は満州の引き揚げ者である。軍人ではない。満州移民である。引き揚げたのは敗戦間もない年の暮れであった。

翌年正月、S町に住んでいた兄の紹介でP乳業のS工場に入社。昭和二十二年に卓越した経営の才と実直さがかわれて抜擢され、工場長になっている。しかし、たまたまU町種畜牧場の解放運動が起こると生来のフロンティア精神がうずき、入植して開拓民として生きることを決意。工場長の椅子をかなぐり捨てて、十勝の開拓実習所に入所している。そこで一年間開拓の技術を学んだ後、二十五年十一月、日高支庁で行われたK開拓創立準備会に出席し、抽選によって入植権を確保し、年の暮れに元種馬牧場分厩舎に寝泊まりして着手小屋を建てて、翌年三月、雪解けを待って、中学一年の長男を頭に七歳の長女、三歳の次男の三人の子を連れて入植している。

着手小屋というのは、タンゴの木を二つに割いて並べ、隙間に白樺の皮を揉んで柔かくしたものや山苔を詰め込み、その上に土を塗って建てた掘建小屋で、二、三ヶ月もすると拝むようにかしがったためオガミゴヤとも言われている。

部屋は子供部屋と夫婦の部屋、それに台所兼居間の三つで、毛布で仕切られていた。

入植した時、P乳業のS工場長という人も羨む要職を捨てての入植であったため、人々から、敗戦のショックで気が狂ったんではないかと揶揄されたが、全く意に介さず、分厩舎までトラックに当面必要な家財道具と食料を積み、そこから橇に荷物を積んで入山している。

小屋には、板戸の玄関が半開きになって雪が吹き込んでいたが、しかし、雪の重さでかしぐこともなく、立ち木と笹藪の中に凛として建っていた。

岡はその前に立って言った。

「こんな家でこれから苦労かけるけど我慢してね」

妻は着手小屋の前にしょんぼり立っている子供達を急き立てて小屋を一巡し
「お父さん、この小屋、アルプスの山小屋に似ているね。こんな家に住めるなんて、ロマンチックじゃない。お伽の国に来たみたいだよ」

そう言って、子供達と一緒になって歓声を上げたのである。

岡は嬉しかった。

家が褒められたからではない。妻の心尽くしが、これから始まる原野への挑戦の百万の味方になると思ったからである。

岡は早速落ち葉の下から黒土を取って来て、着手小屋を作った時朴の木で作った神棚に収めて居間の正面に安置した。

長女の杏子が父の背にもたれかかりながら尋ねた。

「お父さん、それただの土でしょう。そんなもの神棚に祀ってどうするの？」

妻が代わって答えた。

「これはね。山の神様が作った土だからね。これから私達の命を守ってくれる大事な土なんだよ。お父さんがこれからこの山を拓いて、芋でもトウキビでも何んでも作ってくれるからね。大事にしようね」

杏子が神棚の前に跪いて言った。

「それじゃ、この土、神様なんだね」

岡が杏子の頭を撫でながら
「そうだよ。土の神様なんだよ」

そう言って、杏子の傍に跪いて柏手を打った。

中里の家にある「土の神様」は、中里が入植した時、岡が作ってくれたものである。

岡夫妻が入植当初最も心配したのは子供達の通学であった。

小学校は岡が入植したA地区の対岸にあったため、通学するにはM川を渡らなければならなかったからである。橋はあったが、丸太を二〜三本並べてその上に板を乗せて作った仮の橋であったため、転落の危険性があった。とりわけ、橋が凍った時や増水した時は危険であった。普段、通学は近所の子供達が一ヶ所に集まって、集団で登下校していたが、その時はそれだけでは安心出来ず、親が付き添って渡らせる必要があった。増水した時は学校を休ませなければならないこともあったのである。

それだけではない。岡が入植した土地は開協や学校があるM川右岸と違って、全くの未開の地で、道らしい道もなく、一応通学に先駆けて、笹や木の下枝を払って人が通れるようにしたものの、所によっては木が生い茂り、鬱蒼として薄暗い所もあり、四六時中心の安まる暇が無かった。少しでも帰宅が遅れると、いたたまれず、橋の袂で待機することがしょっちゅうあったのである。

そんなわけで、開墾は通学路の道筋から始めた。

方法は、まず予め開墾予定地を決めてその中の立木を伐採し、周囲数メートル幅の笹や草木を刈り取って焼き払い（柴焼きとか野焼きと言った。夕刻皆競うようにして焼いたため、花火大会のように壮観であった。そんなわけで、夕食後一家総出で高台に上がって見物する人もいた）、数日後、火が完全に消えたのを見計らって、数メートル間隔で開墾し、その中に播種したのである。開拓民が条蒔きとか削り蒔きと言った方法である。

しかし、立木と笹藪で覆われた山地の開墾である。まして、この開拓事業は敗戦直後の難民救済策としてとられた応急措置である。牛馬も機械もなく、開墾は全て人力であった。かてて加えて、道具と言えば鉈と斧と鍬と唐鍬と鎌、鋸及びシャベルだけである。家族総出で働いても、せいぜい月に三段程度しか開墾することが出来なかった。石が多かったり、埋もれ木があったりすると、一段も拓けないことさえあったのである。

蒔いたのは主に大豆、イナキビ、稗、芋、トウキビ等々であった。

伐った木は、太い木は十二尺位に切って、土場まで出して売ったが、その他は薪や炭にした。薪はイタヤで一間（五尺×五尺）七百円。雑木で四百円。多い年で一年間五百間程出した。炭は一俵（八貫匁）釜元渡しで大凡三百円であった。

こうした仕事は何れも昭和三十年前後まで続けられたが、入植当初の苦しい生活を支える貴重な臨時の収入であった。劣悪な条件の中で、餓死することもなく、どうにか生命を繋ぐことが出来たのはこの恵みがあったからである。

岡はこうした生活を木食い虫と揶揄している。

岡の家は上林組合長の家から一キロメートル程東の山際にあった。急いで行けば夜道といえども、小半時で戻れる道程である。しかし、中里と原が岡を連れて戻って来たのはそれから一時間程経ってからであった。事の次第を聞いてびっくりした岡が証人として岡の隣に入植していた戸川を連れて行くことを要求したからである。

皆、外で焚き火をしながら待っていた。

話し合いはその焚き火を囲んで行われた。

まず、戸川がこの事件には岡が全く拘わっていないことを証言した後、われわれが敢えてこのような挙動に出たのは昨日の昼、C地区のある人から、今晩営農資金が出るということを聞いたからだと弁明した。

一斉に「ある人とは誰か」という質問ともヤジともつかない野次が飛び交った。戸川はしばし戸惑ったが、すぐ思い直して言った。

「そんなこと、今更言ったって始まらんでしょう」

竹田が反対した。

「戸川さん、そんな無責任なことってないでしょう。はっきり言ったらいいんじゃないですか」

「………」

古賀があじった。

「この野郎、嘘ついてんだよ。俺達はな。てめえらが組合長をとっちめて、金奪ったっていうこと聞いて、初めて営農資金が出るっていうことが分かったんだぞ」

「嘘だって…」戸川が反論した。「その人はな、古賀さんから聞いたって言ってたぞ」

「何!そんなでまかせを言って、人を愚弄する気か!誰だ、その人っていうのは…」

「………」

「言え!ここに連れてきて、白黒をはっきりさせようじゃないか」

戸川が肩をいからせながら言った。

「よし、あんたがその気なら…」

岡が遮った。

「戸川さん、それは止した方がいいですよ」

原が尋ねた。

「どうしてですか」

「どうしてって、あんた、その人がここに来てだよ。言ったとか言わないとか言い合ってみたところで、物的証拠があるわけでもないしさ。どうにもならんでしょう。かえって、お互い憎しみを募らせるだけじゃないですか」

突然、焚き火がパチパチはじけ、火の粉が四方に飛んだ。

岡は一寸間を置き
「戸川さん、金返せったら、皆、返してくれますか」

戸川が吸いかけの煙草を火の中に投げ捨てながら答えた。

「恐らく返さないと思いますよ。C地区の野郎共だけに甘い汁吸われてたまるかって、皆かんかんに怒ってんだからね」

古賀が反駁した。

「山賊まがいのことをしておきながら、何言ってけつかるか!罪を他人になすりつけて…。それは責任転嫁じゃないですか」

「何!もう一度言ってみろ!」

岡が、額に青筋立てて古賀に挑みかかろうとする戸川を制しながら、

「そうむきになるんでないって、そんなこと言い合っていたら、問題がこじれてゆくばかりでねが」

そう言って、組合長に尋ねた。

「組合長、今、ここにいる人達に一万円ずつ渡したとしたら、金いくら残りますか」

　組合長が無造作に答えた。

「はっきりしたことは分からんけど、七万円足らずだと思うよ」

「すると、A地区以外の人達には……ええと、七十人の七万円だから、一人千円位しか当たらん勘定になりますね。果たして、それで納得するかな」

「する筈ないべ。ゼンコ欲しいのは皆同じなんだからね」

　竹田がすかさず応じた。

「大丈夫だよ。営農資金って言うのは、今回だけじゃないですからね。これからも出ることだしさ。今回千円しかもらえなかった人には、この次には一万円多くやるようにしたらいいじゃないですか」

「しかし、この次ったって、何時のことか分からんでしょう」

「いや、遅くとも今月末か来月初めには出る筈ですよ。三月に出たのは去年の分ですからね」

　岡が口を挟んだ。

「それじゃ、納得するかも知らんな。しかし、ここだけで決めるわけにはゆかんでしょう」

　竹田がしたりとばかりに応じた。

「勿論ですよ。民主主義の世の中ですからね。この際、役員会を開いてさ。慎重に審議する必要がありますね。特に、今回の事件は不測の事件と言うよりも、起こるべくして起こった事件ですからね」

　中里が煙に咽びながら

「起こるべくして起こった事件？」

「そうだろうさ。もしもだよ。上林組合長がね。水上前組合長の経理の引き継ぎを早急に行うという、春の総会決定を忠実に履行していたら、こんなことにならずにすんだかも知らんからな」

古賀がちらっと上林組合長を流し見ながら言った。

「全くな、もう、五ヶ月にもなるっていうのにさ。このざまだもな。これじゃ、われわれ、何のためにあんたを組合長に選んだのか分からんからな」

「同じ穴の狢だも、出来っこないんだ。実はね。事務所で、面白い話聞いたんですよ」

皆の視線が竹田に集中した。竹田はそれをゆっくり見回しながら続けた。

「確か、入植する直前だったから、四月に入って間もなくだったと思うんですけどね。住宅のことについて調べたいことがあったんで、支庁へ行ったんだけど、その帰りよ。事務所に立ち寄ったら、水上さんとばったり出会ってさ。昼近くなったんで、糞して帰るべと思って、便所に入ったんですよ。その時、水上の親父も俺と一緒に小便しに入ったんですけどね。ところが、間もなくして、課長が入って来てよ、いきなりお前営農資金のこと開拓民に話さなかっただろうなって言うわけよ。小便している水上さんに。その課長が。水上の親父、俺が糞するために便所に入っているって言えんべ、それで、まあまあ、その話は後で…と言って話をそらそうとしたわけよ。ところが、課長の野郎、水上の親父がまあまあと言って誤魔化そうとでも思ったんだろう、きっと。誤魔化すなよ、話したんだろう、さっき支庁に竹田って言う男が来て、営農資金は何時出るのかって、根掘りはほり、あのガミガミ声を張り上げて聞いて行ったらしいんですよ。それで、水上の親父、慌てちゃってさ、一寸糞したくなったからって、そう言って俺が入っているドアをドンドン叩きながら、『竹田さん、まだかい』って、そう言ったもんだも。それで、俺も仕方なしに出て来てさ。課長に挨拶したんだけど、あの野郎、狸だべ。内心は動転する程びっくりしたんだろうけど、なんだ、竹田さんかい、食事しようと思って出て来たんだけど、丁度よかった。一緒に行きませんかなんて、おべんちゃら言うんですよ。あの時、それを断って追求すればよかったんだろうけど、まだ、入植もしていないうちにさ。変に楯突いて、取り消されでもしたら大変だと思って、のこのこついて行っちまったんですよ。全く、あいつら、表向きはうまいこと言っているけど、陰で何こそやっているか分からんからな。この際、役員会を開いて徹底的に洗い直してさ。抜本的な浄化策を考えるべきだと思いますよ」

「同感！」

竹田はその声の主を確かめながら続けた。

「だけどね、俺は決して水上さんをいじめようなんて、そんなケチな魂胆でこんなことを言ってんじゃないですからね。あくまでも、開拓民のことを考えて言ってんだからね。誤解しないでくれよ。この原野を地獄にするか、それとも極楽にするか、それはわれわれ開拓民一人一人の肩にかかっているんですからね。この際、個人的な感情を捨ててさ。例え、天が裂けようとも開拓内部に巣食いつつある悪は糺さなければならないと、俺は思うんですがね。皆さんはどう思いますか」

拍手がパチパチ火の弾ける音に混じって鳴った。

山の端が白々と明けていた。

四

役員会が事務所で開かれたのはそれから三日後であった。
議題は
㈠営農資金の配分について
㈡水上前組合長の経理の引き継ぎについて
であったが、前者については予め竹田の工作で、B、D、E、F地区の実行委員会の了解を得ていたため、今回はA、C地区には一人一万円、B、D、E、F地区には一人千円とし、次回にはB、D、E、F地区には一人一万円、A、C地区には一人千円支給するということですんなり決まったが、後者については百花斉放の状態であった。上林組合長が一ヶ月程前に行われた道の監査を楯に、もう引き継ぎは終了したと言って開き直っただけでなしに、これ以上引き継ぎに拘るのは平地に乱を起こして己を誇示しようと言う人達の思うツボでしかないとあじったからである。
竹田が卓を叩きながら激しく抗議した。
「とんでもない。平地に乱をおこして己を誇示する人達の思うツボでしかないとは何事か！。あんたは何時から悪代官共の走狗になったのか。そういう言動はあんたを選んだ組合員に対する裏切り行為であるということが分からんのか。今回の監査で、道は不正はない、問題は水上前組合長が経理に不慣れであっただけでなしに、事務所が開拓地にでなく街の中にあり、組合長と組合員の意志の疎通が不十分であったと言って、辻褄を合わせているけどね。われわれの調査では少なくとも六十万円の使途不明金があったんではないかということになっているんですよ。大体ね。支出を見てご覧なさい。六万円そこそこでしょう。例え四ヶ月足らずとはいえ、百三十戸の竃を、それも、着のみ着のままで、吹き溜まりのように集まって来た開拓民だよ。これしきの数字でまかなえると思いますか。更にだな。支出の大半が事務費で、接待費がわずか五万円そこそこでしょう。これはどう考えたっておかしいですよ。如何にわれわれがだな。当時、天井桟敷に置かれていたとはいえ、盲ではありませんからね」

竹田はそこで一息ついて、会場を見回しながら続けた。

「組合長、水上前組合長が悪代官共とぐるになって、昼日中から芸者に三味線ひかせて、どんちゃん騒ぎしていたのをわれわれが知らんとでも思っているんですか。あんたがこんな出鱈目な監査を楯に、正常な引き継ぎを拒むなら、われわれとしては臨時総会を開いて、組合員に真を問う以外にないですよ」

「臨時総会?その必要はないよ。この際、道の監査を尊重して組合の再建に当たるべきですよ。皆入植したばかりで、猫の手も借りたいほど忙しいんだからさ」

それまで、壁に寄りかかってマドロスパイプをくゆらせていた本間であった。

「いや」竹田が遮るように言った。「組合長が開拓民から託された課題を果たそうとしないんだから、臨時総会を開く以外に、解決の方法はないじゃないですか。この際、出すものは皆吐き出してさ。そこから再出発すべきですよ。臭いものに蓋をしたって、ろくなことないんだから。あんた、開拓民が組合をどんな目で見ているか知っているかい」

「………」

「開拓民はな。組合を信用していないんですよ。皆、水上前組合長と同じ穴のムジナだって、そう言ってんですよ」

「あんた方が、大挙して組合長の家を襲ったりするからですよ」

本間はそう言って嘲るようにパイプをプカプカふかした。

「何!」竹田が額に青筋立てて怒鳴った。「貴様のような西洋かぶれの腑抜けに何が分かるか!」

側に居た岡が

「まあまあ、そう力まないでさ。皆、開拓のためのことを思って言っているんだからさ。ざっくばらんに話し合いましょうよ」

そう言って、こじれかかった話を前へ進めた。

「要するにだ。竹田さんの言われるように、臨時総会を開いて、あくまでも水上前組合長の不正を追及するか、それとも、組合長や本間さんの言うように、道の監査報告で手を打って組合の再建に当たるか、どっちかだと思うんですけどね。皆さん、どう思いますか」

しかし、竹田の怒声に怖じ気づいて、誰も口を開こうとしなかった。たまりかねて、岡がそれまで何も言わずに成り行きを伺っていた西東に尋ねた。

「西東さん、どう思いますか」

西東は当惑したように頭に手を上げながら答えた。

「そうですね。やむを得ないんじゃないですか」

「何がですか」

「臨時総会を開くことがさ。だって、組合長が言うように、道の監査で引き継ぎを終了させたとしても、それを組合員に報告する義務があるんじゃないですか」

「そうだ、その通りだ」

竹田が勢いづいて言った。

「組合長、これで決まりだな。今ここで臭いものに蓋をして通り過ぎても、又同じような事が再燃するよ。この際、総会を開いて、徹底的に問題を追求して、組合の中に潜んでいる膿を絞り出すべきですよ。それが民主主義って言うもんだよ」

「………」

組合長は苦虫を潰したように押し黙ったままであった。本間も竹田の正統論に押しまくられて、マドロスパイプをくゆらせているだけで何も言わなかった。

竹田が押し切るように言った。

「いつにしますか」

皆、あっけにとられて竹田を見つめているだけであった。竹田は止めを差すように言った。

「二十三日はどうですか」

古賀が言った。

「その日は運動会でないの」

「そうだ、運動会だ。しかし、運動会は午前中に終わんべ。その後やればいいじゃないですか。そうすれば、手間暇かからんしさ。この忙しい時期に、一挙両得じゃないですか」

賛成の声が上がった。

竹田が更に駒を進めた。

「議題はどうしますか」

岡が言った。

「今までの話をまとめると、次の二つになるんじゃないですか。一つは西東さんが指摘された道の監査の報告ですね。そして、もう一つはこの報告とも関連するんだけど、竹田さんが一貫して要望しておられる水上前組合長の引き継ぎ問題ですね」

原が異議を挟んだ。

「もう一つ、組合浄化というか、再編の問題があるんじゃないですか」

「それは、当然、二つ目の方に入るんじゃないですか」

竹田が応じた。

「そうだ。別だって言えば別だけどもさ。浄化なんて言ったら、あんまり聞こえがよくないしさ。第二の方に入れて、一緒に協議するようにしたらいいんじゃないですか」

話はこうして、立て板を流れ落ちる水のように、竹田のペースでどんどん進められて行った。

その様を冷ややかに見つめていた本間が呟いた。

「所詮、蠅は蠅でしかないな」

竹田がのど首をつり上げるようにして本間を睨め付けたが、何も言わなかった。

側に居た原が身を寄せて聞き返した。

「えっ、何だって、蠅だって、それどういう意味？」

しかし、本間はマドロスパイプをくわえて、天井を見つめたまま何も言わなかった。岡がその気まずい空気をそらしでもするかのように口を挟んだ。

「本間さん、竹田さんと実習所で一緒だったからね。同じ釜の飯を食った仲間だって言いたかったんでないの…」

本間がパイプをプカプカふかしながら呟いた。

「うまいことを言うね」

マドロスパイプの雁首から、白い煙がユラユラと揺らめき上っていた。

外は会議の途中から降り出した雨でけぶっていた。皆、しばし、戸口で空を仰ぎ見ながら、晴れるとか、晴れないとか口々に呟いていたが、雨足がだんだん繁くなってゆくのを見て諦め、それぞれに頬被りをしたり、上衣を頭から被ったりしながら雨の中を駆けて行った。

本間は最後に裸足になって外に出た。頬被りもしなければ駆け出しもしなかった。マドロスパイプをくわえながら、悠然と歩き出した。まだ、四時を過ぎたばかりであったが、雨にけぶる山間の空は黄昏時のように薄暗かった。

彼は満州の引き上げ者である。

敗戦の時、旅順に居た関係上、引き揚げには苦労しなかったが、引き揚げ後は落ち着く先が無く、函館、小樽、室蘭とぶらつき歩き、都市ルンペンのような生活をしていた。働こうと思えば働く先が無かったわけではなかったが、敗戦で受けたショックから働く意欲を失っていたのである。子供がいなかったから、どうにか食いつなぐことが出来たものの、時には駅に行ってモク拾いをしたことさえあった。マドロスパイプはその時身につけたものである。

妻は満州人であった。小柄で、色浅黒かったが、目鼻立ちの整った可愛い女であった。勤勉であったが、無口で愛そうが無く、道端で人に会ってもろくに挨拶もしなかった。そんなわけで、開拓の中では、偏屈な夫婦として変人扱いされていた。しかし、夫には従順な女で、叩かれても殴られても抵抗せず、右を向けと言われれば何時までも右を向いているような女であった。と言って、デクではなかった。これぞと思ったら、踏まれても蹴られても前へ出る芯の強い女でもあった。

入植は彼女の強い要望によって実現した。彼は今更そんな苦労はしたくない、街にいれば贅沢は出来なくても、自由にどうにか生きて行けるんではないか、そう言って妻を説得したが、彼女は開墾は私がする、あんたは自由にやりたいことをやって暮らせばいい、そう言ってきかなかった。

そして、十勝開拓実習所に入所させたのである。実習所では竹田と同期生であった。

入植後の本間の生活は変わっていた。物臭者という程でもなかったが、気が向かなければどんなに天気のいい日でも働かなかった。釣りに出かけたり、愛馬、夜光と共に駆け回ったり、時には昼日中に風呂をたてて（風呂と言ってもドラムかんの露天風呂であった）、風呂の中でセックスして小半日過ごすことさえあった。人が側を通って覗き見しようが何しようがでんとして動じなかった。

又、拓いた土地には穀物は作らなかった。余市から葡萄の苗木を数百本買って来て植え、十年後には全山を葡萄の楽園にしてみせると吹聴していた。皆が、ここは余市と違う、気候も土壌も葡萄には適していない、そんなことをしていたら、今に日干しになるぞと諭しても、お前たちには夢が無さ過ぎる、何のためにこんな原野に入って来たのか、これからの農民はそんなことでは駄目だ、もっと夢を大きく持て、と逆にやり込められる始末であった。

そんな彼がここでどうにか生きて行けたのはヤチダモの木で野球のバットを作って売っていたからである。

そんなわけで、何かにと噂の多い男であった。が反面、博学多識で、且つ開拓一番のインテリ（小樽高商卒、在満中は満鉄管理部の課長）であったため人気もあり、五月の第一回通常総会では監事長に選ばれている。

彼の唯一の自慢は人々が白樺御殿と評している家である（事務所から一キロメートル程下がった谷川沿いの高台に建っていた）。一ヶ月程前、開拓に転がり込んで来た弟の佃夫婦と共に建て替えた家である。それまでの家は通称開拓民がオガミ小屋と言っている、丸太やタンゴの木を二つに割って並べて立て、隙間に粘土を塗り込んだ掘建小屋であったが、建て替えた家は鉈で上下を削った白樺の丸太を井だてに組み上げた天井付きの家であった。それも谷川から拾って来た石で基礎を固めて床を高めに取り、谷川側に小窓を切り込んだアルプスの山小屋風のモダンなものであった。

佃が考案したものであった。

五

佃は引き揚げ後婿入りをして、電々公社に勤務したが、去年の秋、レッドパージで失業した男である。多芸多才な男で、特に画才にたけ、各種の展覧会に出品して、二、三の賞を受け、日曜画家として名をなしつつあった。画風は主にモジリアニ風の裸婦であったが、開拓に入ってからは開拓民の生活と山岳風景を好んで描くようになっていた。特に好んで描いたのは事務所の裏にある石灰山からの風景であった。この山は早くから石灰採取が行われていたため、八合目あたりまで道路が切り開かれていた。開拓地が一望に出来るだけでなく、山の彼方に、日高の峰々が見え、眺望は素晴らしかった。とりわけ、夕刻は絶妙であった。家毎に、伐採した木々を燃やす煙や炭焼き釜から立ち上る煙が山間にうねるように漂い流れ、茜の空に和して幻想的な光景を醸し出したからである。

佃はこの日、朝からそこに出かけていた。

本間は家の真ん前に架けてある丸太の橋の中央に立ち止まって、雨にけぶるわが家を見つめた。妻が夕餉の支度をしているのだろう、煙突から立ち上る煙が谷川沿いに、尾を引くようにたなびいていた。それはごくありふれた風景であったが、本間にとっては誰にも汚されることのないとっておきの風景ということもあって、魅惑的な風景であった。

彼は感極まって空を仰ぎ目を閉じた。雨が顔を叩いて、胸から腹に流れ落ちて行く。その都度、五臓六腑が洗われるような気がした。

大きく口を開き、雨を口で受けた。その時である。

「お兄さーん」

彼はハッとして目を開き、声のした方を見た。佃の妻が傘をさして橋の袂に立っていた。

彼女は顔立ちは十人並であったが、色白で、口元の愛くるしい女であった。胸もよく張り、セーターを着た時などは歩く度に、盛り上がった二つの山がゆさゆさ揺れた。

「お兄さーん」彼女はもう一度本間の名を呼び、手を上げながら言った。「そんな所で何してんの?」

本間は歩き出しながら言った。

「迎えに来てくれたのかい?」

「え、、岡さんが怪我して、家で休んでいるんです」

「それは大変だ。川にでも落ちたのかい？」

「いや」彼女は向こう岸を指差しながら言った。「あそこで転んで、腰を打ったらしいんです。歩けなくて、原さんが家までおんぶして来たのよ」

岡が転んだのは勾配が急であっただけでなしに、川原に近かったため大小の石が転がっている凸凹の道であったからだ。岡はそこで躓き、横転して突き出た石に腰をしたたか打ったのである。

彼女は、本間にすり寄って、傘を高く上げて言った。

「どうぞ。遅かったのね。どうしたんですか」

彼女の体臭が冷え切った体に滲みて行く。彼は一瞬、ずぶ濡れの身で傘に入ることを躊躇したが思い直して、彼女が差し出した傘の中に入って歩き出した。

本間は、坂を上り詰めた所で尋ねた。

「文夫は帰っているのかい？」

「いや、まだ帰っていない」

「そう…、迎えに行かなくてもいいのかい？」

「いいよ、どうせ西東さんの家で雨宿りしてるんだから…」

「西東さん？」

「えゝ」彼女は傘をすぼめ、玄関の戸を開けながら言った。「先週の日曜日、石灰山で娘さんに会ってね。帰りに御馳走になったらしいんです。それ以来、石灰山に行ったら、きまって、西東さんの家でお茶飲んで来るらしいんです」

そして、本間の返事を待たずに
「そこで待っててね。着替え持ってくるからね」

そう言って、あたふたと靴を脱いで、家の中に駆け込んで行った。

本間の妻は街に買い物に行って留守であった。

玄関には佃の描いた絵が二枚架けてあった。何れも四号の小品で、一枚は開拓の風景を描いたものであり、もう一枚は妻をモデルにした裸婦の絵で、渓流の岩に腰を下ろして水を掬うポーズの絵であった。

本間は居間に入るなり毒づいた。

「こんな雨の中を走ったりするからバチ当たったたんだよ」

岡がやり返した。

「それにしても、あんた遅すぎるんでない。まさか、組合長と密談でもして来たんでないべな」

「とんでもない！」本間がむきになって反発した。「そんなことをする男だと思うか。俺はな、会議では組合長に賛成したけどよ。本当は反対なんだ。本心はな、お前達と同じ意見なんだ」

「そんなら、どうしてあんなにけっぱったのよ」

「竹田が気にくわねんだよ。あの男は用心した方がいいよ。口先はうまいけど、恐ろしい男なんだよ。後ついて行ったら、しまいに尻の毛も抜かれちゃうよ」

原が反駁した。

「そうかな。俺はそうは思わんけどな。寧ろ、世直し大明神のような気がするんだけどな。だって、お前、水上の経理の出鱈目を暴いたのはあいつだからな。それぁ、今回のことは何となくおかしいとは思っていたよ。しかし、思っているだけで、誰も何も出来なかったんじゃない。この忙しいのに、毎日仕事もしないでさ。走り回って、開拓のために働いているんだからな。偉い奴だと思うよ。俺は…」

本間が濡れたマドロスパイプを拭きながら言った。

「そこが付け目なんだ。お前達は騙されているんだよ」

「騙されているって?とんでもない。お前のように、鼻から人を疑っていたらな、それこそこの世は地獄だよ。今、われわれに必要なことは何だと思う?」

「………」

原が声を弾ませながら言った。

「和だよ。お前、人という字がどんな意味を持っているか知っているかい」彼は両手の人差し指で人の字型を作りながら言った。「お互いに支え合うということでしょう。どんなに気が強くて、タフな者でもね。人間は一人では生きて行けないと思うんだ。俺はな、あんたみたいに学がないから難しいことは分からんけどよ。組合の精神っていうのはこの和にあると思うんだよ。ところがだよ、どうだ、ここは。和どころか皆バラバラだべ。もう入植して十ヶ月も経ってんのによ。百三十戸の開拓民の中で、組合の事真剣に考えている人いるか。皆、自分さえ良ければいいっていう人ばっかりでねが。その点、竹田さんは偉いよ。自分のことほったらかしてさ。人のためにかけずり回ってんだからな。今回の事件だって、彼が支庁に行って、あの木っ端役人共を向こうに回していろいろやってくれたから事なきをえたようなもんだけど、もし、上林組合長にまかせていたら、どうなっていたか分からんべ。あの人を組合長に選んだのは間違いだったよ。水上の不正を暴くどころか、すっかり水上とグルになっちゃってんだからな。このまま放棄しておいたら、あの野郎、何をしでかすか分からんぞ」

「お前はおめでたい男だよ。あの男の口車に乗っていたら、それこそ今に手ひどい目に遭うよ」

本間がマドロスパイプに煙草を詰め込みながら言った。

「何！」原が喉首を吊り上げて叫んだ。

「止しなよ。大人げない」岡がいきり立つ原を制しながら言った。「本間さん、ここは実習所ではないんだよ。実習所で何があったか知らんけどさ、竹田さんは水上前組合長の不正を糺して、敗戦で生きる場を失い、吹き溜まりのように集まって来た開拓民のために、身銭を切って働いているんだからさ。それを認めてやらなければならんと思うよ」

「………」

「俺は二、三度役員会で会っただけで特別付き合っているわけではないけどね。水上前組合長の問題で、よく一緒に支庁に行ったからね。少しは知っていると思っているんだけど、人相は良くないけどね。弁は立つし、度胸はあるしさ。課長なんか、彼の前に立つとオロオロしちゃってさ。手も足も出ませんからね。開拓にとっては貴重な存在だと思うよ。今回の営農資金問題だってね。原さんが言われたように、あの人が動かなかったら、どうなっていたか分かりませんからね」

本間が濡れている髪を撫で上げながら言った。

「そんなだから、あんた方は世間から反乱軍だって言われるんですよ。確かに、竹田は弁は立つし、度胸があるし、実行力はあるよ。しかし、巧言令色の徒で、言っていることと行っていることはちぐぐですからね。俺が思うには、あの男にとって、水上問題は己の野望を達成するための手段でしかないですよ。人間と言うのはな。四十歳にもなれば、心が顔や言動に染み出て来るもんだよ。今、あんた方の話を聞いて、殊更にそういう観を深めたね。あんた方はあの男が衣の下に何を隠しているのか見抜くことが出来ないんですよ。論語にもな、〝巧言令色鮮《スクナ》し仁〟と言うコトバがあるが、竹田はその典型的な人物ですよ。そもそも入植した時から異常だったよ。箪笥を二つも三つも持って入植するなんて、常識では考えられんからね。よく、支庁で入植を許可したと思うよ。明日食う米がなくて、入植を希望している人が沢山いるって言うのにさ。おまけに、それを皆に見せびらかせてさ。もっての外ですよ。何か魂胆があるとしか考えられませんよ。実習所でよく、俺は将来大牧場の経営者になるんだっておお法螺こいていましたからね。根っからの山師ですよ」

その時、内倉と中里が一升瓶をぶら下げて訪ねて来た。雨が降って退屈だからお茶飲みに来たと言うが、その実、役員会の結果を聞き出すのが狙いだった。

二人が加わることによって、話は今後の営農問題や開拓のビジョン等で華やいだが、酔いが回って来るにつれて、再び臨時総会開催の件に移って行った。

中里も内倉も、臨時総会開催には大賛成だった。水上前組合長の糾明なくして開拓の展望は開けないし、総会決定をないがしろにするような執行部は改善すべきであるとも主張した。

本間が水を差すように言った。

「臨時総会開催を主張したのは竹田なんだよ」

中里が一瞬苦い表情を見せたが、すぐ思い直して言った。

「そうですか。竹田がね、あの男も不思議な男だよ。あんなことをしたら、大体、総会なんて開きたがらないもんですけどね」

「狙い所が違うんですよ」

「狙い所？」

「え、、あんたはまだ若いから分からんかも知らんけどね。あの男は事を荒立ててさ。漁夫の利を占めようとしているんですよ。決して、組合のことを考えて言っているんじゃないですよ」

原が牽制した。

「あんたもしつこいね。あんたの話聞いていると、不思議でならんのだがね。監事長であるあんたがね。どうして総会開催に反対されるのかな。本来なら、あんたが陣頭指揮を執るべきでしょう。それを事もあろうに、上林組合長の片棒を担いでさ、あんなインチキ監査に同調しちゃってさ。いくら竹田が嫌いだからって、上林組合長の片棒担ぐなんて、それはないよ。この際、個人的な好き嫌いを言っている場合じゃないでしょう。組合の将来に関わる問題なんですからね。竹田に、何か個人的な怨みでもあんのかい?」

「えーっ」中里がびっくりして尋ねた。「本間さん、反対されたんですか。それは心外だな。この間、西東さんがね。今回の道の監査報告書を作成したのは大森参事だって言ってましたけど、本間さん、それ本当ですか」

「知らん。参事だからね。何らかの協力はしただろうさ。しかし、作成はしていないと思うよ」

「いや」岡が口を挟んだ。「それ本当かも知らんよ。というのはね。五月の通常総会の後にね。支庁の課長がね。炉辺談話で、理事って言うのは、方針を決定するものであって、職員の代行のようなことはすべきでない。しかし、この開拓の理事はあれもこれも口を出し過ぎると、そう言ったことがあるんですよ。勿論、参事は組合の職員だから、支庁とは関係ないけどね。しかし、報告書作るったって、あいつら、ろくに開拓に来ませんでしたからね。恐らく、参事に作らせたんだと思うよ」

「そうだ。大森参事が作ったんだ」内倉がせき立てるように言った。「実はね。二、三日前、管内の青年会の代表者会議に出席した時のことなんだけどね。大森さんを知っている人に出会ってね。いろいろ聞いたんだけどね。あの人用心した方がいいって言うわけよ。どうしてかって聞いたらね。あの男は水上が樺太から引き上げて来た直後に組合長をしていたEの漁業組合の幹事をしていた男で、水上の回し者だっていうんですよ」

本間が水を差した。

「しかし、大森が参事になったのは、上林が組合長になって、町にあった組合事務所がここに移されてからだよ」

「そうだ。表向きは上林組合長が水上の後始末のため採用したことになっているけどね。しかし、実際は五月総会の追求をそらすために水上のテコ入れで採用されたらしいんですよ。皆、同じ穴のムジナなんだ。あの男、親切でさ。一見真面目そうに見えるけどね。なかなかの策士でね。あの男に泣かされた者が何人いるか分からんって言っていましたよ。漁業組合ったって開発漁業の組合で、引き揚げ者の吹き溜まりですからね。漁師のことなんかさっぱり分からん連中ばっかりでしょう。それをいいことにしてさ。いかさま漁具を世話して、ぼろ儲けしたっていうからね」

岡が表情を曇らせながら呟くように言った。

「そうか。それは初耳だな。若し、それが事実だとすると、これは事だぞ」

内倉がしたり顔に応じた。

「この話なら、竹田さんも知っている筈ですよ。というのはね。俺がね、この話を聞いた直後、事実確認のために竹田さん宅を訪ねたんですけどね。その時彼も同じことを言ってましたから…」

「けしからん奴らだ!」原が興奮して言った。「われわれを侮辱してけつかる。この際、何としても総会開いて、徹底的にやりこめてやらねばならんな。本間さん、どうだ。もう、あの男をけなす理由はないべ」

本間は答えなかった。マドロスパイプの雁首をマッチの棒でつつきながら歯ぎしりしただけであった。

岡が立ち上がりながら言った。

「よし、これから竹田さんの所へ行って、それを確かめてみようじゃないか」

原が慌てて立ち上がり、炉の縁でフラフラした岡の体を支えながら言った。

「おい、おい、大丈夫かい」

「大丈夫だよ。転んだ位で、へたばってたまるか。もう、我慢がならねえ。鉄は熱いうちに打たねばならんからな」

岡がそう言って歩き出した。休んでいるうちに、挫いた足が癒えたのだろう、びっこは引いていたが歩く分には別段支障が無かった。中里も、内倉もつられて腰を上げた。

原が玄関先で本間に声をかけた。

「本間さんも行って見ませんか。竹田を知るいいチャンスだよ」

「沢山だよ。しゃぶらなければ味が分からん程、俺はぼけてはいませんからね。せいぜい、しゃぶり過ぎて、顎を外さないように用心した方がいいよ」

本間はそう言って、茶碗酒をぐいと飲み干した。

雨は山肌を叩くように激しく降っていた。

本間はあまり酒が強くなく、一合も飲めばたちどころに全身真っ赤になるのが常だったが、この時は感情が無性に苛立ち、アルコールが十分消化されなかったのだろう、一向に酔いが回って来なかった。

「お兄ーさん、何してんの?」

隣室から、佃の妻が声をかけた。本間は答えず、茶碗に酒を注いだ。

「お酒飲んでんの。私も飲みたい…」

稲妻が光り、雷が渓谷を転がるように鳴り渡った。佃の妻がそれにせき立てられるように隣室から出て来て、本間の側にいざり寄りながら、茶碗を差し出しながら言った。

「注いで頂戴…」

男達の話に嫌気が差して、布団に潜って寝ころんでいたのだろう、髪が乱れ、乳房がはみ出さんばかりに、胸元が開いていた。目が潤み唇が濡れていた。

本間は下腹の虫がズキズキ疼くのを覚え、思い切り彼女を抱き寄せたい衝動に駆られた、が、しかし、それをふっ切って立ち上がった。玄関の戸をガタガタさせながら妻が帰ってきたからだ。

又、稲妻が光り、それを追うようにして雷が鳴った。前と違い、山肌を引き裂くような激しい音であった。

「落ちたな」

彼は、そう言って、窓辺に寄って戸を開け、外を見た。冷たい風が煙草と酒気で澱んだ部屋に吹き込んで来た。

六

八月二十三日は生憎の雨で運動会は中止になり、運動会の勢いを利用して総会を盛り上げようとした竹田等の目論見は外れた。しかし、営農資金に関する総会であるということもあって、出席率は予想に反して良く、九割を越える盛況振りであった。中には、夫婦して出席した者もいた。

議題は役員会で決定した次の二つであった。

①水上前組合長の道庁の監査の報告

②水上前組合長の引き継ぎ問題の究明

来賓として、警察の他に支庁から拓殖課長と主事が出席した。

水上前組合長は腹痛を理由に欠席している。

議長は原であった。

まず、上林組合長から臨時総会の経過報告があった後、拓殖課長が原議長の指名で登壇し、道庁の監査報告をした。

報告書は五月の通常総会に提出された決算書と提出されなかった特別会計の二つからなっていた。

内倉が配布された印刷物を頭上高く掲げながら質問した。

「課長にお尋ねしたいんですが、この報告書は誰がどのようにして作成したんですか」

課長が座ったまま答えた。

「われわれが大森参事の協力を得て作成したものです」

内倉が重ねて尋ねた。

「この報告書は結論として、五月の通常総会の決算報告を認めているが、しかし、決算数字を見てみると、収支共にトータルで百二十万円多くなっている。これは矛盾しているんじゃないですか」

課長は印刷物をパラパラめくりながら言った。

「三枚目のプリントをご覧下さい。左の方が総会の折の決算報告で、右の方が特別会計です。特別会計と言うのは創立費と予備費等の内訳で、五月の総会に提出されなかったものですが、この二つを合わせたのが、一枚目と二枚目のプリントです。トータルで若干の違いがありますが、これは経理上のミスであって、決して皆さんが懸念されるようなものでないと判断します」

「誤魔化すな！」岡の側に座っていた古賀が憤然と叫んだ。「こんな作文に誤魔化されるようなわれわれではないぞ！」

そして、監事の本間を指差しながら言った。

「どうして、君はこの特別会計を五月の総会で公表しなかったのか」

本間は右手に持っていたマドロスパイプを左手に持ち替えながら、ゆっくり立ち上がって言った。

「通常、総会というのは年度切り替えの四月に開かれるのが通例ですが、生憎書類が整わず、止むなく五月にずれ込んでしまったんです。書類は主に私の前任であった安本さんが作成したものですが、日程が切羽詰まっていたため十分検討することが出来なかったんです。それで、総会を延期したらどうかという意見もあったんですが、時期的に皆忙しくて時間的な余裕が無く、一応書類が整っていたので、予定通り五月に開くことに決まったんです。そんなわけで、特別会計があることを知ったのは、総会後の上林組合長への事務引き継ぎの折りだったんです。決して隠したのではない」

古賀が更に食い下がった。

「それなら、どうして今まで放棄しておいたのか」

「特別会計に不正が認められなかったからだ」

「それはおかしいじゃないですか。名前は言えませんけど、役員の中のある人によると、組合で購入した自動車の件だが、この特別会計によると、三十万円となっているけど、実際は十五万円だったたって言うんじゃないですか」

「それは意外です。それが事実かどうか、水上前組合長に糺してみる以外にないでしょう」

「水上さんではない。監事長であるあんたに聞いているんです。そんな大事な事を監事長であるあんたが知らんわけないでしょう」

本間が声をあらげて言った。

「だから、提出された報告書を見る限りでは、不正が無かったたって、さっきから言っているでしょう」

「言い逃れはよし給え！誰が見たってあんなオンボロ車三十万もするわけないでしょう。いくら経理が不慣れだって言ったたって、小間物ならいざ知らず、車ですからね。いくらで買ったか位覚えているでしょう」

議長がドンとテーブルを叩きながら牽制した。

「古賀さん、しつこいぞ！監事長が不正が無いって言ってんだから、われわれはそれを信用する以外にないでしょう。他に質問ありませんか」

岡が発言した。

「古賀さんの言うことが事実だとするなら、これは由々しき問題ですね。しかし、いくらここで言い合っても確証がないんだから、審議のしようがないんじゃないですか。本間さんの言うように、水上前組合長に真偽を糺して見るべきだと思いますよ」

「そうだ。この件については事実を確かめてから、改めて協議すべきですよ」石山がそう言って、この問題に止めを差して質問した。「ところで、話変わるけど、この監査報告書を見てみると、予備費が五十万円となっていますが、主に何に使ったのか、ご説明して下さい」

主事が答えた。

「先程、課長から説明があった通り、水上前組合長の経理の不慣れから領収書がなく、はっきりしたことは申し上げられませんが、主に職員の出張費と事務所の修理であったのではないかと思います。聞くところによると、水上さんは常に鞄の中に金を入れておき、交際費どころか職員の給料さえ、あたかも自分の金を出しでもするかのように、ひょいひょい鞄から出していたって言うんじゃないですか。あの頃、事務所が町にあったんで、私もちょいちょい事務所に行ってましたけど、あの人は公金を横領するような人ではないと思いますよ。右も左も分からない、無い無いずくしの悪条件の中で何とか皆の役に立ちたいと、昼夜も分かたず一生懸命働いていましたから…」

八方から野次が飛んだ。

「誤魔化すな！あの男は昼日中から芸者上げて酒にいりびたっていたというじゃないか！」

「てめえも、水上とグルなんだべ。上林を唆して、営農資金を鼻先にぶら下げて、一緒に酒くらったんだべ」

中には、足踏みして抗議する者さえいた。議長が又ゲンコツでテーブルを叩いて言った。

「静かにして下さい！いろいろ意見があると思いますが、質問は説明が終わってからにして下さい」

「説明の要なし！」

「こんな作文は破いちまえ！」

会場が騒然となり、議長の手におえなくなった。

急遽、役員が相談した結果、更に報告書の説明をするか否かで採決をすることに決定。採決の結果、満場一致で説明の要無しに決まった。以後、議題は二の水上前組合長の引き継ぎ問題の究明に入り、今後の取り組みについて話し合われた。

岡が発言を求めた。

「さっきの特別会計の件も含めて、この問題は役員会の責任に於いて解決すべきことだと思います。その結果、水上さんに罪があるとすれば罪を憎むべきですが、しかし、開拓者同志ですからね。本人の更正の途も考えてやる必要があると思います。いくら経理に不慣れでふしだらな組合長であっても、水上さんを選んだのはわれわれ組合員なんですからね。われわれにも責任があるんですね」

内倉がすかさず反論した。

「それは岡さん、甘過ぎますよ。われわれが水上さんを選んだって言うけど、総会で水上さんを推薦したのは支庁でしょう。それに、あの時の総会は組合創立総会でお互いに何処の馬の骨だかさっぱり分からなかったからね。支庁から組合長選べって言われたって、誰を選んだらいいのか、さっぱり分からなかったからね。そんな状況の中で、支庁から、水上さんはE漁業組合の組合長をしている人だから組合のことは知っているし、適任者だって言われたら、それを信用する以外になかったでしょう。岡さんのそういう考えは甘過ぎますよ。この際そういう個人的な感情を抜きにして、あくまでも水上個人の問題として審査すべきだと思います」

「確かに、内倉さんの言われる通りです。しかしですよ。今、ここで、はっきりした証拠もないのに、ああでもない、こうでもないと言って何時までもいがみ合っていても事態を悪化させるだけで、組合のためにはならないと思いますよ。もう、水上さんが組合長止めてから三ヶ月も経っているんですからね。そんなことでゴタゴタいがみ合って無益な時を過ごすよりも、役員会の責任に於いて解決した方がいいと思いますよ。皆入植したばっかりで、猫の手も借りたい程忙しいんですからね。組合を速やかに正常な運営に戻すことがわれわれの当面の責任ではないですか」

議長が尋ねた。

「と申されますと、事実がはっきりしたら、罪は罪として水上さんに償いをしてもらうということですか」

「そうです。役員会の責任に於いて事実を明らかにして、本人に数字的に責任を取ってもらうということです」

島村が反対した。

「そんな生ぬるいことでは駄目ですよ。やるならもっと徹底的にやったらいいじゃないですか」

竹田が後押しした。

「その通り。根っこを取らなくちゃ、又同じことが起こりますよ」

議長が反問した。

「それ、どういう意味ですか」

「一応、五月の総会で役員が変わったけどさ。全部変わったわけでもないしさ。変わったのは一部でしょう。さっきから水上一人が悪玉のように言われているけど、俺は悪いのは水上一人ではないと思うよ。例えば、さっき、古賀さんが言われた自動車の件もそうだけど、今年三月、共有備林約千五百町歩の立木全部を五百万円で苫小牧の山崎に売却したことだって、まさか、水上一人で決めたわけではないでしょう。組合員には何の相談もなかったけど、契約書に捺印した役員もいるんですからね」

会場又々騒然となり、竹田の声が聞こえ無くなる。議長が立ち上がって制した。

「静粛に願います」

竹田が、会場が静まるのを見極めながら続けた。

「聞くところによると、この地の原木は五万石余もあったと言われているから、ざっと見積もっても四千万円はした筈です。とすると、三千五百万円が宙に浮くわけですが、それがどうなったのか。誰かがちょろまかしたのか、それとも、山崎の儲けになったのか。そこのところは定かでないが、伐採が始まった時、私は支庁に訪ねて行ったことがあるんです。ところが、支庁の小役人が舌打ちしながら、馬鹿者！根拠があってそんなことをぬかすのか、顔を洗って出直して来い、変なことを言ったら、開拓から追い出すぞ！、そう言って脅されたんですよ」

後方から突然野次が飛んだ。

「課長！それ、本当か！」

課長は目をつぶったまま答えなかった。

議長が催促した。

「課長、竹田さんの話は本当ですか」

課長はしぶしぶ立ち上がって答えた。

「共有備林千五百町歩の立木は山崎さんに売ったことは事実です。しかし、五百万石余もあったということは嘘です。竹田さんは何を根拠にそう言われるのか分かりませんが、あの山は二十年前に一度伐採していますからね。せいぜい見積もっても六千百石位でしょう。とすると、一石土場渡し八百円として、約五百万円ですからね。決して不当な契約だったとは言えない筈です」

「嘘だ！」

「誤魔化すな！」

　課長は野次の飛んだ方を見据えながら続けた。

「嘘でも誤魔化しでもない。私の証言が信じられないようでしたらあの山へ行って、切り株をお調べになって下さい。大凡の石数は分かる筈ですから…。それから、竹田さんが支庁に訪ねて来られた時のことについてですが、その時私は生憎出張中で、真相は分かりませんが、事実であるとするなら、公僕としてあるまじき行為でもありますので、帰庁後厳重に注意したいと思います」

「議長！」突然、島村が議長席に詰め寄りながら叫んだ。「課長の意見なんか当てにならんぞ！署名した理事の意見を聞いたらどうだ」

　署名したのは、創立当時の監事であった本間と中里の二人であったが本間が代表して答えた。

「確か水上前組合長から話を聞いたのは、今年の正月だったと思います。その頃、支庁から、土地はやるが木はやれない、伐った木の代金は支払ってもらうと口うるさく言われていましたしね。町有備林の立木を売って、その金で農道整備の代金を支払えば、皆さんに喜んでもらえるんではないかと、単純にそう思って署名したんです。しかし、竹田さんの言われたことについては、私も中里さんも直接交渉に当たっていませんので何とも申し上げられません。真相は水上前組合長に聞いてみる以外にないと思います」

　一斉に、野次が飛び交った。

「馬鹿野郎！捺印しておきながら何を言うか！」

「てめえ、それでも監事長か。お前のような奴は首だ！」

島村がそれを踏まえて、拳を振り上げながら叫んだ。

「こんな無責任な役員に不正を糺す権利はない！直ちに役員を改選して出直すべきだ！」

「賛成！」西東であつた。「今、われわれに必要なことは個人を誹謗することではなくて、これまでの不正を糺して、新しい出発をすることだと思うんですが、そのためには組合員の信頼の上に立った船長が必要だと思うんです。ところが、お見受けするところ、今の執行部にはそれが欠けているように思われるんです。こんな状態ではこの先が思いやられます。上林執行部の不信任を要求します」

「同感！」竹田であった。彼は立ち上がり、会場を見渡しながら言った。「さっき、岡さんが役員の責任に於いて不正を糾弾すると言われましたけどね。その役員が不正に連座しているんだからどうにもならんでしょう。この際、役員を改選して、悪の根源を断ち切って再出発する以外に解決の道はないですよ。上林執行部の退陣を要求します」

反対する者がいなかった。

直ちに、上林執行部不信任の採決が行われたが、過半数の支持を得て可決されている。

役員改選については不明のこともあるので、日を改めて実施してはどうかという意見もあったが、多忙でその暇がないということで、即座に実施されている。

選挙は十分間の休憩を取った後行われた。

結果は、竹田が圧倒的な支持を得て組合長に当選。役員も大半交代し、旧役員で残留したのは岡と

郵便はがき

料金受取人払郵便

札幌中央局
承認

6150

差出有効期間
平成31年10月
15日まで
●切手不要

0 6 0 - 8 7 8 7

8 0 0

札幌市中央区北三条東五丁目

株式会社共同文化社 行

お名前
（　　　歳）

〒　　　　（TEL　　－　　－　　）

ご住所

ご職業

※共同文化社の出版物はホームページでもご覧いただけます。
http://kyodo-bunkasha.net/

愛読者カード

お買い上げの書名

お買い上げの書店

書店所在地

▷あなたはこの本を何で知りましたか。

1 新聞(　　　　　　　)をみて　6 ホームページをみて
2 雑誌(　　　　　　　)をみて　7 書店でみて
3 書評(　　　　　　　)をみて　8 その他
4 図書目録をみて　(　　　　　　　　　)
5 人にすすめられて

▷あなたの感想をお書きください。いただいた感想はホームページなどでご紹介させていただく場合があります。

〈個人情報の取扱いについて〉

(1) ご記入いただいた個人情報は次の目的でのみ使用いたします。
・今後、書籍や関連商品などのご案内をさせていただくため。
・お客様に連絡をさせていただくため。

(2) ご記入いただいた個人情報を(1)の目的のために業務委託先に預託する場合がありますが、万全の管理を行いますので漏洩することはございません。

(3) お客様の個人情報を第三者に提供することはございません。ただし、法令が定める場合は除きます。

(4) お客様ご本人の個人情報について、開示・訂正・削除のご希望がありましたら、下記までお問合せください。

〒060-0033　北海道札幌市中央区北3条東5丁目　TEL:011-251-8078／FAX:011-232-8228
共同文化社：書籍案内担当

ご購入いただきありがとうございました。
このカードは読者と出版社を結ぶ貴重な資料です。ぜひご返送下さい。

原の二人だけであった。本間は当選したが辞任している。後任に、内倉が繰り上げ当選している。

次いで新役員の紹介と新組合長の挨拶が行われたが、その中で、竹田は緊急議題として、薪炭の販売は、従来の個人の自由契約販売では不利益で且つ不適正であるため、今後は組合を窓口として、木田売炭所で一括契約することを提案している。二、三、不安を述べた者がいたが、それまでの個人契約と違い、契約時の煩わしさもなく、且つ、搬出も一々個人が届ける必要もなく労力的にも効率的であると説得されて矛を収めている。岡も原も、かねがね道から立木問題について厳しい指導を受けていたこともあって、敢えて反対しなかった。

真っ向から反対したのは中里一人であった。しかし、支持する人がなく、暗黙のうちに流されている。

そんなわけで、竹田のこの緊急提案は、過半数の支持を得て可決されている。

第二章

一

頭から太陽がじりじりと照りつける暑い日であった。原は今年最後の成功検査があるというので、早朝から、イナキビの中から頭を突き出している雑木の刈り取りや、雑草の駆除に余念がなかった。

原の入植地は本間の入植地の上流一キロメートル程の左岸の入り込んだ窪地にあった。立木が多く、人に羨ましがられたが、しかし、肝心の道がなく、川が唯一の交通路であった。そのため、雨後は川が氾濫して子供は水が引くまで二日も三日も学校を休まなければならなかった。

そんなわけで、入植後いの一番に手掛けたのは通学路の建設と家の周辺の開墾であった。しかし、川筋の窪地であったため、石や埋もれ木が多く開墾は容易でなかった。夫婦で汗みどろになって働いても一日せいぜい二十畝位しか開墾出来なかった。それでも、播種期までには五反程開墾し、イナキビ、トウモロコシ、大豆等を植えた。栽培法は条蒔きとか削り蒔き（伐採した木の間だけ開墾して播種する）と言われる原始的農法であったが、それでも、土地が処女地で肥えていたのだろう、無肥料でイナキビは反二俵程穫れた。

成功検査というのは支庁の役人が開拓の合否を決めるために定期的に行う開拓状況の視察である。検査は厳しかった。入植者の中には、木の伐採や炭焼きに専念し、開墾を疎かにする者がいたからである。

妻が炊事のため、帰宅した直後であった。

「父ちゃん、お客さんだよ」

イナキビ越しに、子供の日焼けした顔と並んで、開拓農協職員の西東麗子が立っていた。

麗子がペコリ頭を下げながら挨拶した。

「こんにちは。一生懸命ですね」

「なーに、成功検査があるからね。恰好つけているだけさ。何か用？」

西東麗子は用事をすませてすっとんで帰って行く子供の後ろ姿をちらっと見やりながら答えた。

「え、、組合長に頼まれたんだけど、役員会を開くから、今すぐ事務所に来て下さいって…」

原はむかっとした。十日程前にも、これと同じようなことがあったからだ。その時は前日、共有備林立木契約問題の現地調査があったため、緊急事態でも発生したのではないかと思い、とるものもとりあえず駆けつけたが、緊急事態どころか、小林というヤクザまがいの若い男（拓大出で柔道三段。体格が良く、且つ目つきが悪く、睨まれると足がすくんだ）を連れて来て、四、五日前、町に創立した自動車修理工場（小林が主任）の内祝いをしたのである。集まったのは修理工場の職員の他、原、西東、島村、古賀、石山、保見及び売炭所の木田であった。竹田はその人達に祝い酒を振る舞いながら、開拓者は土地を開くだけが能ではない、時代を先取りして、多角的に仕事をしなければならない、それが本当の開拓者だと息巻いたのである。原は、一瞬、耳目を疑った。それは卓見ではあるが、入植の条件に抵触し、開拓者としては許されない行為であったからだ。竹田は水上初代組合長の不正を暴いた張本人であり、且つこれからの組合正常化の責任者でもある。その彼が、公然と禁を犯そうとしている。これをどう受け止めたらいいのか。律義者の彼にはどうしても納得出来なかった。更に、解せなかったのは、その時、小林に、組合法を一時間余に渡って講義させたことである。講義は第二章第四節の管理が中心であったが、小林はその中で、憎まれっ子世に憚るの諺を引用しながら、案に竹田組合長の僭主独裁を是認する論を強調したのである。

　彼はその日のことを思い出して吐き捨てるように言った。

「今すぐったって、もう昼だよ。一体、何の用事かな？」

「詳しいことは分かりませんけど、警察の人が来ていますから何か調べ事でもあるんじゃないですか」

「警察の人？」

「え、」

「組合長が呼んだのかい？」

「どうでしょうかね。父も知らなかったようですから、竹田組合長が呼んだんだと思いますけど…」

もう成功検査どころではなかった。彼はイナキビをかき分けながら
「麗ちゃん、すまんけど、家の奴に事務所に行ったたって伝えてくれませんか」

そう言い捨てて駆け出した。

しかし、彼が事務所に着いた時には、既に書類の点検は大方終わって、皆書類が山積みされている机の周りに集まってお茶を飲みながら談笑していた。

しかし、岡の姿が見えなかった。

竹田が戸口に目をぎらつかせながら突っ立っている原を隣室に連れて行って言った。

「突然だったんでね。どうしようもなかったんだ。実は、投書した奴がいるんです」

「投書？」

「え、」竹田が困惑を隠さずに言った。「七月にさ。それまで水上の屋敷にあった開拓神社は開拓民全体のものであるからということで、共有地に移管したでしょう。あん時、大森の野郎、帳簿を誤魔化したらしいんだよな。最初は、警察でも、嫌がらせだと思って知らん振りしたらしいんだけどね何回も何回も、それも一人や二人でなく、沢山の人からあったたんで、それで止むなく腰上げたって言うんですよ」

「だけど」原は竹田の言葉を遮って言った。「移管したって言っても、場所だけで、誤魔化す金なんか

一文も無かったんでないの？」

竹田が白い歯を見せながら言った。

「お前もとんまだな。社は建っていなくとも、立木があったでしょう。参道と境内の。それを誤魔化したらしいんだよ」

「だって、あれは社を建てる時の材料と資金にするって言うことで、業者に預けた筈じゃないですか」

「そうだ。そこが盲点さ。伐採面積を誤魔化しているんですよ。原さん、役員会で決まった参道と境内の面積、どれ位だったか覚えているかい」

「確か、二町歩だったと思うんですけど…」

「そう、二町歩に間違いないんですけどね。ところが、実際に伐採されたのは二町五反程あったらしいんですよ。それも、立木が最も密生している所だよ」

原は半信半疑であった。

竹田はその表情をまさぐるように見つめながら続けた。「しかし、これは天の助けですよ。これで何もかにも明らかになりますからね。あいつら、皆、ぐるなんだから。今まで黙っていたけど、C地区の農道工事だって何こそしているか分からんですからね。この際、開拓百年のために、例え天が裂けても、正義は行われなければならんよ」

C地区の農道工事というのは遷宮の前の月、課長が是非われわれにやらせて欲しいという開拓民の要望を無視して、室蘭の土木業者に請け負わせたものである。その時、課長から、今、支庁には予算が無いから契約金六十万円の内三十万円を予算が出来次第返済するから、差し当たり開拓民が出して欲しいという要望が出された。開拓民はその横暴さにあきれ、生き死にの状態にあるわれわれにそんな金がある筈がないと突っぱねたが、そんなことを言ってわれわれに背くなら、今後一切営農資金は出さないぞ、一戸当たり二、三間ずつ薪を出せば生み出せる資金ではないかと脅されたため、止むなくその要望に応じている。

ところが、出した薪と予算の関係が釣り合わないというのである。それだけではない。この混雑を利用して、人夫のピンハネが行われている疑いさえあるというのだ。

竹田は止めを刺すように言った。

「あんたの気持ちは分かるよ。しかし、内部から告発されたんではね。どうにもならんべ。警察の指示に従う以外にないですよ。書類の調査はまだ若干残っているけど、これまでの調査では、書類の偽造はほぼ間違いないようですからね」

原は竹田組合長が警察の介入を許可したことは了解したが、この役員会に岡が出席していないことが腑に落ちず尋ねた。

「岡さん、どうして出席していないんですか」

竹田は原を見据えながら言った。

「子供が風邪をひいていて病院に行ったらしいんですよ」

「そうか。息子が具合が悪かったら止むをえんけど、こんな大事な役員会に彼が欠席しているなんて残念ですね」

　原はそう言って更に折り畳むように尋ねた。

「大森の取り調べはもうすんだのかい」

「分からん。大森は今月休んでいるからね」

　竹田はそう言って立ち上がりながらこうつけ加えた。

「休んでいるところを見ると、調べられているんでないのかい。こんなことばれたら如何に大森とはいえ、ノコノコ出てこれるもんじゃないですからね。もしかしたら、もう失踪しているかも知らんよ」

　竹田の言う通りであった。大森は以来十日経っても、二十日経っても事務所に姿を現さなかった。知人や警察を通じて調査したが何処へ行ったのか皆目見当がつかなかった。

　直ちに、後任問題が問題になった。警察の取り調べが済むまで西東麗子にまかせておいた方がいいではないかという意見もあったが、女にはこの仕事は無理だ、この際、有能な人材を補充すべきであるという竹田の強い要望によって、後任を採用することに決定した。

　二人推薦された。一人は竹田が推薦した村田であり、もう一人は原が推薦した佃であった。

　村田は竹田が開拓実習所に入所していた時の先生である。

　早速役員会が開催された。

　竹田が二人の略歴を紹介した後こう言った。

「この問題はこれからの組合運営に関わる重大問題ですからね。私の権限で決めたいと思いますが、どうですか」

岡がすかさず反対した。

「農業協同組合法の第四十二条によると、参事の選出は理事の過半数により決めなければならないとなっているから、組合長の今の発言は越権行為です。この問題は規定通り、理事の採決によって決めるべきです」

竹田がジロリ岡を見据えながら言った。

「それじゃ、一人一人意見を伺うことにしよう。石山さん、二人のうちどちらが適任だと思いますか」

「言わずと知れた、村田さんですよ。佃さんは本間さんの居候で、言うなれば開拓の厄介者でしょう。それに比べたら、村田さんは開拓実習所の先生ですからね」石山はそう言って、隣の西東に同意を求めた。「なあ、西東さん…」

西東は「そうですね…」と言って苦笑した。

それを見て原がさっと手を上げながら言った。

「一寸、待って下さい。組合長、そういう討議の進め方はまずいですよ。聞かれている本人にしてみれば、まるで踏み絵を踏まされているみたいですからね。この際、公平を期してさ。人事のことでもあるし、無記名投票で決めた方がいいじゃないですか」

竹田が反論の気配を見せたが、岡がすかさず竹田を牽制して言った。

「勿論、無記名投票で決めるべきですよ。そうした組合長のやり方はまずいですよ。相手は組合長が推薦した人ですからね。組合長は、そんなことにこだわらず、自分が信ずる人を選べばいいじゃないか、口で言っても紙に書いても同じではないかと思うかもしらんけどね。しかし、人にはそれぞれ思惑がありますからね、どうしても、組合長が言ったことに左右されますからね」

反対する者がいなかった。竹田も岡の理詰めの抗議を恐れて反論しなかった。

投票の結果は五対五であった。

さて、どうするか。

意見は二つに分かれた。籤で決めるという竹田の意見と、頭痛で欠席している戸川の意見を聞いて決めるべきであるという岡の意見である。だが、二度譲歩を余儀なくされている竹田は自説を繰り返して譲ろうとしなかった。戸川がA地区の実行委員であるということを知っていたからである。すったもんだの末、じゃんけんぽん採決となった。結果は岡に軍配が上がった。直ちに、戸川宅に使者が派遣されたが、戸川は佃を支持した。ところが、当の佃がそのいきさつを聞いて嫌気が差したのだろう、サラリーマンは性に合わぬと言って辞退したのである。役員会が開かれた翌日のことであった。原は推薦した手前、彼を説得して、何とか参事に就任させようとしたが、佃は頑なに自説を固守して首を縦に振ろうとしなかった。

昼食後、原は佃を連れて竹田宅を訪れた。佃は引き受けるならまだしも、断るのに何故行かなければならないのかと言い張ったが、推薦した俺の立場も考えて欲しいという原の立っての頼みに負けて、敢えて訪れることにした。

二

竹田の入植地は原の入植した所から更に一キロメートル程上流にあった。原の入植地同様、谷川沿いに細長く区画された土地で、平坦な土地であったが、しかし、原の入植地に比べて熊笹が多く、立木も少なかった。

入植したのは昭和二十五年十月で、原と同時であったが、翌年五月に行われた第一回通常総会で理事に選ばれている。

しかし、開墾は殆どせず、当初U町内にあった開拓事務所や日高支庁を訪れ、営農資金の調達や初代組合長水上の経理監査請求に奔走していた。

家はオガミ小屋ではない。平屋であったが、この年の春、入植者の中に元大工がいたので、その人に建ててもらった立派な家であった。

既に、島村、古賀、西東、石山、小林が来宅していた。原は玄関先で、佃に挨拶をさせて、すぐ帰ろうと思った。が、竹田に珍酒があるから飲んで行けと言われて、靴を脱いだ。入植する時に人々を驚かせた洋服箪笥二箇が正面に安置してあり、五人の客が、その前で食卓を囲んで談笑していた。竹田が佃に五人を紹介した後お世辞を振りまいた。

「あんたはなかなか目のつけどころがいいな。矢っ張り、絵描くだけあるよ。サラリーマンなんかするより、ここで好きなことをして、絵描いていた方がなんぼいいか、あんたは幸せ者だよ。そのうち、俺の顔でも描いてもらおうかな」

　島村が横槍を入れた。

「オッパイやオシリならいいけど、組合長のような色気のない髭面なんか描けんべさ」

　皆がどっと笑った。

「そう言えば、西東さん、あんたの娘さんも絵描くんでなかったかい」

　古賀が西東に酌をしながら言った。

「あのね。佃さん、この人の娘さん、開拓農協の職員なんだけどね。絵描くんですよ。よく、うちの畑に来て、馬を描いてるんだけどさ。なかなかうまいんですよ」

「え、、知ってますよ」

「ほほう」反木が酔眼をパチパチさせながら言った。「さすが絵描きだな。目が早いですな」

　西東が慌てて弁解した。

「実は、娘がこの人に世話になっているんですよ」

　竹田が興味ありげに身を乗り出して尋ねた。

「世話になっているって…、何がですか」

「絵習っているんですよ」

　佃が西東のコトバを押さえ込むようにして言った。

「いや、全道展に出品したいって言うもんですからね。見てやっているだけなんですよ」

「出品するって、今描いている俺ん家の馬の絵かい。あの絵なら入選するよ。生きた馬のようだも」

島村が、ふふーんと鼻笑いしながら言った。

「あんな馬じゃ、いくらよく描けているったって、たかが知れているさ。西東さん、娘さんに言って頂戴よ。入選したかったら、俺の家の馬に切り替えなさいって…」

原があじった。

「そんなこと言ったって、お前、馬いないんでないか。かかの馬づらでも描いてもらうなら別だけどさ」

「何言ってんのお前、俺、馬買ったんだよ」

「ほほう、それは知らなかったな。それじゃ、帰りに見せてもらおうかな」

「帰りなんて言わずに、今、ここに来るから見て行けばいいさ」

「今、ここに来るって？」

竹田が代わって答えた。

「実はね。原さん、俺が世話したんですよ。前に、帯広で馬喰していた時、管理人していた人なんだけどね。今、私の後を継いで馬喰しているんですよ。その人が今日、その馬連れて来るんですよ。もう、じき来ると思うんですけどね。是非見ていって下さいよ」

その時、玄関先で竹田の妻の声がした。

「お父ーさん、お客さんだよ」

皆「それ来た」と言って一斉に腰を上げた。と同時であった。客が玄関先に顔を出しながら言った。

「やあ、遅くなってすまんすまん。何だ、お前、昼日中から宴会かい。開拓って、乞食みたいな生活していると思ったら、豪勢なんだね」

原が馬の周りを一巡した。竹田が馬の尻を叩きながら言った。

「いい馬でしょう」

「何歳ですか」

馬喰が答えた。

「十歳ですよ。働き盛りっていうところだな」

原は黙って馬の轡を取って口を開かせた。奥歯が欠け、口内が荒れていた。

原は顔をしかめて言った。

「島村さん、この馬買うの止した方がいいですよ」

島村がびっくりして尋ねた。

「どうして？」

「この馬、十歳ではないですよ。少なくとも、二十歳にはなっているな。それに腸がいかれているしね。使い物にならんですよ」

馬喰が原から轡をひったくるように取り上げて言った。

「あんた、何も知らんくせして、いいがかりをつける気か。何の証拠があってそんなことを言うのか」

原は見たままを話した。馬喰が憤慨して言った。

「なんだと、貴様のような土百姓に、馬のどこが分かるのか！」

しかし、原も負けてはいなかった。

「土百姓とは何だ！これでも、俺はな、十五の年から装蹄師をしてたんだぞ、二十歳の馬か十歳の馬か見分けがつかんでどうするか。貴様こそ、こんな廃馬を売りつけて、インチキ馬喰でないか！」

「貴様！」小林が突然原の襟首を掴んで叫んだ。「変なことをぬかすと、タメにならんぞ！いくら欲しいんだ！」

原は、小林の突然の豹変に驚き、返す言葉がなかった。

「………」

「いくら欲しいんだって聞いてるんだ！聞こえんのか！」

原は、漸く我に返り、抗議した。

「いくら欲しいんだなんて、とんでもない。いくら貧乏しても、そこまで落ちぶれてはいないぞ。見くびるな！」

「この野郎！まだ分からんのか！」

小林がそう言って、両手で、再度原の襟首を掴み、締め上げた。竹田が後ろから小林の肩を軽く叩きながら言った。

「止せ、止せ。誰にだって間違いはあるからな。見間違えたんだよ。きっと。それに、いくら馬に詳しいったって、獣医でもないしさ」そう言って牽制し、諭すようにこう言った。「なあ、原さん、俺達は仲間じゃないか。この人は本当に掛け値無しに、島村さんのことを考えて、この馬を世話しているんですよ。そんなこと言ったら､折角の厚意が台無しになるんじゃないですか。悪いこと言わんからさ。この際、小林さんに謝っておいた方がいいですよ」

「組合長、本気でそんなこと言っているんですか。この馬は、誰が見たって二十歳の廃馬ですよ。組合長だって、馬喰していたことがあるなら、そんなこと位分かるんじゃないですか」

「何！」竹田が突然目の色を変えて叫んだ。「この俺が廃馬を承知で世話をしようとしているって言うのか。下手に出るといい気になりやがって、俺に楯突いたらどういうことになるか、分かってるんだろうな。これまで俺に楯突いて竈かえした奴が何人もいるんだぞ。もう、貴様のような分からず屋に用はない。さっさと帰り給え！」

そう言って、大地を蹴るようにして家の中に引き上げて行った。島村、古賀、石山、西東がその後について行った。小林が最後に、原の前に仁王立ちになって

「後で泣きべそかくんでないよ」

そう言って、肩をいからせながら彼等の後について行った。馬喰が馬を側の立木に繋ぎながら言った。

「あんた、竹田さんがどんな男か知ってて、そんな言いがかりをつけてんのかい」

原はそう言う馬喰の心を理解しかねた。

「あんた、竹田さんの何なのかね」

「何でもないよ。ただの馬喰だよ。まあ、悪いこと言わんから、ここで生きて行きたかったら、あの人に、下手に楯突かない方が賢明だよ。それにあの若者、拓大出のインテリで法律に明るいんだ。柔道三段で、腕っ節も強いし、用心した方がいいよ」

そう言って家の中に入って行った。

原が馬の鼻先を撫でながら、佃に尋ねた。

「この馬、夜光より若いと思う？」

夜光とは、本間が飼っている愛馬である。

佃はそれに答えずに尋ねた。

「竹田さんって、どんな人？」

「どんな人？」原が歩き出しながら言った。「人相が悪くて、付き合い憎い人ですけどね。付き合ってみるときさくでね、いい男だよ。ああして、気にくわないとすぐ怒るけど、後腐れがないんだな。明日会ったら、あっけらかんとして、原さん、原さんって話かけてくるんだから。それに、実行力があり、正義感の強い人だしね。この開拓には無くてはならない人ですよ」

佃が原と肩を並べて歩き出しながら言った。

「そうですか。兄は、あの男は弁は立つが巧言令色の徒で、狡猾な男だから用心した方がいいって、彼がここに入植したのは手に豆して、土地を拓いて百姓になるためではないって、立木が目当てなんだって、立木を売って、その金で牧場を作って、この開拓の殿様になるためだって、山師だって、そう言ってましたけどね。兄とは大分見方が違うんですね」

「ああ、違うさ。本間は水上前組合長問題ではしょっぱなから竹田さんにやられているからな。それに、お前の兄をけなしては何だが、理想ばっかり高くて、開拓民としては失格だも。皆、昼夜ぶっ通しで、汗みどろになって働いているっていうのによ。毎日ブラブラして、たまに鍬持ったかと思うと葡萄を植えてみたり、西瓜を作ってみたり、まるで趣味でここに入植して来たみたいなもんだも。それあ、本人は真剣であるかも知らんけどね。私の目から見たら、出来れば、竹田さんや岡さんの爪の垢を煎じて飲ませてやりたい位ですよ。ここは、余所の開拓と違って立木があるからね。どうにか生きてゆけるけど、余所なら、とっくに飢え死にしているよ」

佃は原の意見に同調も抗議もしなかった。足許の大きな木の根株を避けながら言った。

「竹田さん、本当にあの馬二十歳だと言うことを知らないんだろうかね」

「知らんさ。知っていたら、世話なんかしたりしないよ。直ぐばれるんだも。あんな廃馬、使い物にならんからね」

佃は立ち止まり、

「だって、あの馬喰、竹田さんの管理人だったんでしょう。グルだっていうことも考えられんじゃないですか」

そう言って、原の顔を覗くようにして見つめた。原は佃の疑惑を切り捨てるように答えた。

「管理人ったって、独立してしまえば赤の他人さ。相手が誰であれ、儲ければいいんだから。馬喰なんて、本当にきたない人間なんだから…」

三

原は帰宅後、笹地三反歩程の野焼きをした後風呂に入った。

風呂は本間の家と同じく露天のドラム缶風呂である。内側に白いペンキを塗って、下に二、三個の石を並べ、その上にドラム缶を置いただけのものであった。臨時の五右衛門風呂である。原はこの風呂に入るのが楽しみであった。雨が降ろうが、風が吹こうが、欠かさず入った。雨の日は杭を立てて、それに傘を縛り付けて入った。晴れた日、星空を仰ぎ見ながら入るのもよかったが、雨の日に、傘を打つ雨音に耳を傾けながら入るのも又格別であった。

粗野な風貌に似ず風流な人間だったのである。

彼は両腕をドラム缶の縁にかけて、江差追分を歌った。今日に限らず、入る度毎に歌う歌である。節にならず、よく妻子に馬鹿にされたが、しかし、本人はいい気なものであった。あたかも、日本一の歌い手にでもなったかのように、上がるまで、繰り返し繰り返し歌うのが習わしであった。

そろそろ上がろうかと思っていた矢先であつた。後ろから、ポンと肩を叩かれた。さては子供の悪戯だな、そう思って、両手で湯水を掬って投げた。

「うわーっ！この野郎、湯水をぶっかけるとはけしからん！」

原はびっくりして後ろを振り向いた。立っていたのは子供ではなく、岡と本間と中里の三人であった。

岡が湯水を浴びて濡れた着物を手で払いながら言った。

「何だ、自棄酒くらってると思ったら、風呂に入って鼻歌歌ってんのかい。暢気な奴だな。お前は…」

原がドラム缶の中で仁王立ちになりながら言った。

「何だ、子供かと思ったらお前達か。自棄酒?何で俺が自棄酒飲まなきゃなんないんだ」

本間が答えた。

「弟に、皆聞いたんだよ」

「あ丶、馬のことかい」原がドラム缶から出ながら言った。「島村の馬鹿たれ奴が、あんな老馬を買わされて―。しかし、竹田さんも竹田さんだな。すっかり馬喰の言うこと信用しているんだからな」

本間が語気を強めて言った。

「馬喰が悪いんでないよ。悪いのは竹田だよ」

原がうすら笑いを浮かべながら言った。

「それはないさ。あんたは竹田っていうとすぐ目くじら立てて罵るけどね。あの男はあんたが考えている程悪人ではないよ。直情型で、癇にさわるとすぐかーっとなるけどね。根は優しい男なんだよ。まあ、明日行ってもう一度話してみるさ」

「まだそんなことを言っている。お前は川に突き落とされないうちは目が醒めないんだな。全くのお人良しだよ。実はね。ここに来る途中、島村と小林と反木と西東の四人に偶然出会ったんだよ」

本間はそう言って、途中四人に出会ったことのいきさつを語って聞かせた。

三人が林道と山道の分岐点（T字路になっており、真っ直ぐ行くと竹田の家に行く）にさしかかった時である。暗闇の中に、竹田宅から帰って来る四人の話し声を聞いた。三人は慌てて草むらに身を隠した。皆酔っていた。とりわけ、小林が酩酊していた。島村の肩に寄りかかりながら千鳥足であった。小林が分岐点で立ち止まり、ろれつの回らない声で言った。

「原の家はこっちだろう。これから奴の家へ行こうじゃないか。このままじゃ、胸がくしゃくしゃして眠れそうにもないからな」

島村が諭すように言った。

「まあ、今晩はこのまま帰った方がいいよ。へたに突っついて、傷口を大きくしても困るからな。なー に、親爺が組合長になってしまえば全てこっちの天下だからな。少々噛みつかれたからって、ジタバタする必要はないさ。それにあんな奴、本間と同じで、口先だけだからね。ドカンと一発食らわせたら、ペチャンコになるさ。問題なのは岡と中里だよ。特に中里だよ。あの男ヤクザ上がりで、手強い相手だからな。放っておいたら、何やらかすか分からんからな。敵に回したら厄介な存在ですよ」

小林が反問した。

「ヤクザ上がり？」

古賀がふらつく小林の体を後ろから支えながら言った。

「そうなんだよ。あの男、ここに入植する前、東京でヤクザしていたらしんだけどね。チンピラ仲間では恐れられていたっていう話だよ」

「アッハッハッハッ…」

小林が突然高笑いしながら言った。

「ヤクザか。それは面白い。それじゃ、近いうちに挨拶に行かなきゃならんな」

そう言って、再び島村の肩に寄りかかりながら、林道に入らずに立ち去って行ったのである。

原の妻が人声を聞いて外に出て来て声をかけた。

「あんた、お客さんかい?」

原が浴衣をはおりながら答えた。

「そうだ。岡さんと本間さんと中里さんの三人だよ。今すぐ行くから、酒用意しておいて…」

酒は自家製のドブロクと山葡萄酒である。妻が入植してから見よう見まねで覚えて作ったものだ。

話はその酒の出来具合から馬の話へ、そして再び竹田の話へと移って行った。

原は彼等が四人に出会ったことをまともに信じようとしなかった。あくまでも、自分を彼等の側に引き入れようとする手であるとしか考えなかった。そもそも、原は本間を信じていなかった。人間として、捨てきれない魅力があったが、どうしても後について行けなかったのである。

本間があきれ顔で言った。

「あんた、あの馬喰、どんな人間なのか知ってんのかい?」

「…………」

岡が言った。

「実はね。ある人を通じて、あの男のこと内々調べてもらったんだけどね。帯広で牧場していたなんて真っ赤な嘘なんですよ。実際は、道議で、開拓常任理事をしているFに雇われて廃馬を殺して肉を内地へ送って、ぼろ儲けしていたらしいよ。馬喰っけもあってね。時々その廃馬を十歳馬だと言って偽って開拓に売りつけていたらしいんだけどね。それがばれてね。訴えられたこともあったらしいんだけど、Fが中に入って事なきをえたらしいんだよ。恐らく、今日の馬も、きっとそこから連れて来たんだと思うよ。それから、先月、竹田が町に作った自動車修理工場のことなんだけどね。あれは、竹田が帯広から連れて来たバー『香港』の女将が八十万出して作ったものらしいんだよ。香港の女将って言うのは大した女でよ。港に船入ると、ホステスを連れてよ。船の中まで押し掛けて行って、客引きをするっていうからな」

中里が相槌を打った。

「竹田には勿体ない程のいい女だもな。先月の末、町役場のKさんに、薪のことで呼び出されてよ。町へ行った時なんだけどね。小林に、後ろからがっちり掴まえられちゃってよ。香港に連れて行かれたんだけど、あの時はびっくりしたよな。正直言って、言いがかりをつけられてよ、一発やられると思ったもな。ところが、竹田も女将も出て来てよ、開墾は大変でしょうとか、食べ物は不足していませんかとか、いろいろオベンチャラ振ってよ。ビールは出すわ、ウイスキーは出すわ、大した御馳走になったんですよ。そして、別れる時もよ、町へ来たら、遠慮しないで是非寄ってくれなんて言われてね。手が痛くなる程握手されたんですよ。竹田と女将の二人に…」

岡が中里に酌をしながら言った。

「敵に回ったらうるさいから、やばっちいから、自分の味方にしようと思ったんでないのかな。そういう人間なんだ、あの男は。恐らく、香港に連れて行かれたのは中里さんだけではないと思うよ。見かけ次第、誰彼無しに連れて行っているんじゃないかな」

「そうらしいよ。女将が言っていたも、昨日は島村と西東と木田の三人が来て行ったって…」

本間が尋ね返した。

「木田?売炭所のかい」

「そうだ。連れて行かれたのか、それとも行ったのか分からんかったけどね。大分ご機嫌だったらしいよ」

「そうか」岡がうなずきながら言った。「さては、あの野郎、何か企んでいるな。大体な、薪炭を木田売炭所に全部委せるなんておかしいよ。自分の木だも、何処へ売ろうと勝手だと思うんだけどな」

それまで黙って聞いていた原が言葉を挟んだ。

「それは、岡さん、考え過ぎだよ。木田売炭所に決めたのは確かに提案したのは竹田さんなんだけどね。

皆バラバラに売ったんでは値切られて損するからっていうことだったんですよ。自分のためにやったんではないんだよ。皆のことを考えてやったことなんだよ。実際ね。支庁なんか、ひどいんだから。人の弱みにつけ込んで脅迫するしね。その点、組合として契約したらね。安心して売ることが出来るからね。決して、魂胆があって木田売炭所に決めたわけじゃないですよ」

本間がうすら笑いを浮かべながら言った。

「しかし、あんたは、本当にお人良しだな。森の石松以上だよ。そんなことでは、しまいにはあの男に尻の毛まで抜かれてしまうぞ。一体、あんたはメンタマ何処につけてんのよ」

「何だと!」原が突然立ち上がって叫んだ。「貴様!俺をなぶり者にする気か!俺はな、お前のような腑抜けの開拓者とは違うんだぞ。帰れ!いくら貧乏していてもな、貴様のような腑抜けに説教される程俺はまだ落ちぶれてはいないんだから…」

顔に青筋が二、三本立っていた。中里が中に入ってなだめようとした。が、原は彼を両手で押しのけながらわめいた。

「うるさい!帰れ!顔も見たくない」

本間がゆっくり立ち上がりながら言った。

「そんなこと言って、後で後悔するなよ。まあ、今晩、ゆっくり胸に手を当てて考えてみるんだな」

「この腑抜け奴が、何をぬかすか!とっとと帰りやがれ!」

妻が中に入ってなだめようとしたが取り付く島がなかった。

三人を追い出した後、原は怒りをぶちまけながら外に飛び出し、暗闇めがけて塩を撒き散らした。最後に塩を大地に叩きつけた時であった。炭焼き釜の後ろから、スーッと女の人が現れた。彼はどきっとして叫んだ。

「誰だ！」

「竹田の家内です」

女はそう言って丁寧に頭を下げた。後ろから子供が現れ、母に身を寄せながらじーっと原の挙動を窺っていた。原は胸の動悸を押さえながら尋ねた。

「今頃、そんな所で何をしているんですか」

女は二、三歩歩み寄りながら言った。

「今晩、泊めて頂けませんか」

原は突然の申し出に戸惑い返す言葉もなく佇むだけであった。女は更に数歩歩み寄りながら言った。

「実はこの子を連れて家を出て来たんです。明日の朝早く山を下りたいと思うんですが、今晩泊めて頂けないでしょうか」

女はそう言って又深々と頭を下げた。

「いいですよ。どうぞお入り下さい」

原は突然の申し出によって乱れた感情を整理しきれずに答えて、家の中に入った。妻が玄関先に立っていた。

「誰?」

「竹田さんの奥さんだよ。今晩、泊めてくれって言うんだよ」

「竹田さんの奥さん?どうしたの、今頃…」

彼は草履を無造作に脱ぎ捨てながら言った。

「家出したらしいんだよ」

「家出?」

彼女がそう言うのと同時であった。開け放たれた玄関の灯りの中に竹田の妻が現れた。

「今晩は。夜分申し訳ありません。お願いします」

野良着のままであった。

彼女が原の家を訪れたのはこれが初めてではない。一度だけ島村の妻と連れだって訪れたことがあった。五月の第一回通常総会直後原宅で役員会が開催された時であった。

彼女は和服であった。玄関先の上がり框に腰を下ろして、深々と頭を下げ挨拶した。

「昨日入植した竹田の家内です。よろしくお願いします」

そして、金一封を役員一人一人に手渡したのである。皆、暗闇に灯火を見たような錯覚にかられた。そして、無意識に、こういう高貴な方も入植されるんだから、この開拓地もまんざらではないのだと思うのだった。

しかし、その夜の彼女にはその面影は露程も残っていなかった。わずか数ヶ月の間に、人間はこうまで変わるのかと、原の妻は不審に思いながら尋ねた。

「どうなされたんですか」

彼女は暫く俯いて語ろうとしなかったが原に、

「私が帰った後何かあったんですか。奥さん、私は思いついたままのことを言っただけなんですけどね。もし、私の言ったことが原因しているなら、明日竹田さんに会って話してあげますよ」

と言われて、やおら顔を上げ、

「いや、原さんに関係ないんです」

と言って、原が帰って行った後のいきさつを語り出した。

その時、竹田の妻が涙ながらに語ったことはこうであった。

島村等四人が帰った後、竹田は馬喰に
「ああいう馬鹿者がこの開拓には沢山いるんだ。どうせ、腑抜けの木喰い虫で、開墾しようなんて考えは毛頭ない連中ばっかりだ。駿馬なんて勿体ない。二十歳ったって、中にはまだまだ踏ん張りの利く馬もいるしさ。そういう馬見つけたら連絡してよ。いくらでも世話するからさ。肉にするよりも儲かるぞ」
と言って教唆したという。

彼女はその時、台所で仕事をしていたが、神経が縮まるようなショックを受け、過って手を切っている。

馬喰が言った。

「だけど、あの男がいてはね」

「あの男？」

「この馬見抜いた男さ」

「あ、、原かい。あれは大丈夫だよ。ガンガンもの言うけどね。口程にもなく単純な男でね。俺の言うことは何でも聞くんだから、案ずるに足らんよ」

包丁を持った手が震えた。

彼女は帯広に住んでいる時、廃馬売買問題で、如何に辛酸を舐めさせられたことか。時には、被害者に罵られ、足蹴りにされたことさえあった。そのことを思い起こすと身の縮む思いに駆られるのだった。

彼女は銚子を持って馬喰の側に座った。

「奥さん、迷惑かけるな」

馬喰が目尻を下げながら言った。彼女はそれを冷ややかに見据えながら尋ねた。

「あの馬は本当に二十歳なんですか？」

馬喰は面食らい、助けを乞うように竹田を見た。竹田が顔を強ばらせながら言った。

「そんなこと、お前に関係ないべ。あっちに行ってなよ」

だが、彼女は席を離れようとしなかった。竹田が彼女から銚子をひったくりながら独酌するのを見つめながらこう言って詰め寄ったのである。

「あんた、ここでそんなことしたら、私達がどうなるか分かっているでしょうね」

竹田の顔が見る見る硬直した。

「そんなこととは何だ。お前、何も分からんくせしてツベコベぬかすと承知せんぞ！」

「だって、原さんの話だと、あの馬、老馬で、それも腸こわしていて使い物にならない馬だっていうんじゃないですか。そんな馬をこともあろうに島村さんに売りつけるなんて…」

「うるさい！」手がコトバより早く彼女の頬に飛んだ。「あっちへ行っておれ！」

しかし、彼女はひるまなかった。いきり立つ彼の顔をはったと睨み返しながら抗議した。

「それが組合長のすることですか。ここに入植する時、もう絶対にやらないって言ったことを忘れたんですか」

「うるさい！その目は何だ！俺に刃向かう気か！」

激昂した彼は、立ち上がりざま、右、左と足蹴りにしたあげく、彼女の頭髪を鷲掴みにして振り回し、半狂乱になって叫んだ。

「この売女奴！俺に説教する気か。出て行け！」

馬喰が慌てて立ち上がり、いきり立つ竹田を押さえた。が、竹田は押さえ込まれながら、なおも彼女を足蹴りにした。泣き喚き、母親にしがみつく子諸共に。

原の妻が話し終えてうなだれる竹田の妻に茶を勧めながら尋ねた。

「これからどうなさるんですか」

「実家に帰って、それから考えたいと思います」

原がこみ上げる悔恨の情を吐き出すように言った。

「そんな男だったのか。そんな男の片棒を担ぐとは、俺も落ちたものだな」

竹田の妻が深々と頭を下げながら詫びた。

「申し訳ありません。あの人は生来、山師で、ここで真面目に生きて行けるような人ではないんです」

原が尋ねた。

「帯広の道議とは、まだ繋がりがあるんですか」

「え、」

その時、外で物が倒れる音がした。竹田の妻が慌てて物陰に身を隠すような素振りを見せた。原はそれを制しながら外に出た。しかし、物音は風で軒下に立て掛けてあった杭が倒れたのだろう、誰もいなかった。が、彼は念のため、家の周りを巡視した。しかし、怪しむようなことは無かった。

第三章

一

翌朝、原は未明に起きて竹田母娘を三キロメートル下のバス停まで送り届けた後、岡宅に立ち寄った。

岡の妻が玄関先に立った原を見つめながら尋ねた。

「あら、原さん、こんなに早く、何かあったんですか」

早いと言っても小学生が登校する時間である。決して早い時間ではなかったが、何せ、七町歩毎にオガミ小屋が建っている山間の開拓地である。それにまだ開墾も進まず、道は二〜三メートルに広げられていたものの、あたりは鬱蒼とした林である。八時前に他人の家を訪れるということは緊急事態でも起こらない限りありえないことであった。

「まあな、あったと言えばあったことになるけどね。組合長の奥さんが家出してね。下まで送って来たんですよ」

「え？」彼女は原のコトバを疑うように尋ねた。「組合長の奥さんって、竹田さんのかい？」

「そう」原が框に腰を下ろして草鞋を脱ぎながら言った。「全く、あの男には失望したよ」

彼女がそれを見つめながら、きまり悪そうに言った。

「原さん、主人は留守なんです」

「朝仕事ですか」

「いや、三十分程前でしたけど、本間さんに呼び出されて、中里さんの家に行ったんですよ」

「何かあったんですか」

「えゝ、中里さんが薪を積み出そうとしているんで、竹田さんが怒って、役員を集めて抗議しているらしいんです」

「場所は？」

「中里さんの家の前です」

「中里さんの家の前？それはただごとではないな」

原はそう言って、脱ぎかけた草鞋を履き直して玄関を飛び出した。

原が現場に駆けつけた時、竹田、古賀、島村、石山、西東、村田、小林、岡等がトラックの下で薪積みをしている中里を取り囲んで談判中であった。

　岡が発言していた。

「中里さん、悪いことは言わんから今回は諦めろ。総会に背いたら、組合員を敵に回すことになり、下手するとお前はここにおれなくなるぞ」

　中里はせせら笑いながら言った。

「ふざけるんでないよ。お前達は、俺が総会決定に背いているって言うけどな。何の根拠があってそんなことを言うんだ。この契約はな、総会以前に決めていたものなんだからな。お前等にとやかく言われる筋合いはないよ。相手は誰だと思う。支庁の職員だよ。あいつら、俺に土下座して、安くしてくれって、普段威張りちらして、ふんぞり返っている奴等がだよ、頼んで前金五万円支払っているんだぞ」

「嘘言え！」

　竹田が身を乗り出しながら言った。

「契約書もないのに、誰が信用出来るか」

「だから、さっきから今持っていないので、この薪届けたら帰りに持って来るって言ってんでないか」

　小林が横から喝を入れた。

「誤魔化すな！持って行っちまえばおしまいではないか。てめえがその気ならこっちにも考えがあるぞ！」

「貴様！組合員でもないのに何をほざくか！」

中里はそう言うや否や、懐中より自転車のチェーンを出して、小林の足許を思い切り叩きながら言った。

「てめえが何をほざいても、絶対にこの薪は出すからな。いくら相手が役人でも、約束は約束だからな。そこどきやがれ！」

皆恐れをなして遠のいた。中里はその隙に乗じて、トラックに飛び乗り、運転手をけしかけてエンジンを入れさせた。竹田、小林、古賀、島村が矢庭にトラックの前に立ったが、トラックが走り出すと尻を巻いて逃げ出した。

小林が運転席を目がけて石を投げながら叫んだ。

「ここは東京と違うぞ！帰って来てみやがれ！お礼はとっくりしてやるからな」

他の連中も、ヤクザだとか、気狂いだとか、口々に悪態をつきながら土塊を投げた。竹田が遠のいて行くトラックを見つめながら言った。

「あの野郎、総会決定を無視しやがって、許せん！こうなったら、目には目をだ。総会開いて責任を追及してやる以外にないな」

直ちに古賀、石山、島村、西東等が同調した。原と岡は総会開催は無謀である。その前に、中里の言い分が正しいかどうか、役員会で調査すべきであると強調したが、組合の秩序を守るためには、直ちに、断固たる措置を講ずるべきであるという竹田の公式論に押しまくられて立つ瀬がなかった。

二

総会の日、未明から激しい雷雨となった。雷雨は夜が明けても降り止まなかった。

そんなわけで、開拓民の出足は悪く、出席率は半数にも満たなかった。A、B、C、Dの各地区は大半出席していたが、奥のE、F地区からは殆ど出席していなかったのである。普通なら流会になるところだが、緊急事態を考慮して成立させたのである。

議長は原と島村である。

議題は本題である「薪炭の不法販売者の処置について」の他に、緊急議題として「鹿の被害対策について」がつけ加えられた。竹田が臨時総会を開催するために提案した苦肉の策である。

鹿の出没に苦慮したのは入植以来のことであるが、深刻な問題になったのは端境期に入ってからである。所によっては、作物が一夜で全滅に近い被害を受けた所さえあった。二十数年来の禁猟によって、鹿が激増していたからである。開拓民は空き缶を畑に吊したり、柵を設けたり、案山子を立てたり、時には見張りを立てて駆除に当たる等様々工夫をこらしたが防ぎきれなかった。追っても追っても、夜昼見境いなしに、津波のように群をなして襲って来たからである。

木を倒し、笹を焼き払い、根っ子と根っ子の間を耕し、その間に播種して（条蒔き）、辛うじて育てた作物である。決して実入りは良くなかったが、それでも、この年は天候に恵まれ、鹿の被害さえ無ければこの冬を越せるだけの収穫は見込まれていた。開拓民は作況を観察しながら、この調子なら来年はいけるぞと密かに胸をふくらませていた。その矢先の出来事であった。開拓を去るか、残るか。鹿は開拓民の死活の問題にさえなっていたのである。特に、中里の入植地は山の裾にあった関係もあって鹿の通り道になっており、壊滅的な被害を受けている。一夜にして、収穫を間近に控えた稗や大豆が全滅していたのである。

妻は食いちぎられて茎だけになって雑木に混じって立っている大豆畑に蹲って泣き夫に訴えた。

「お父さん、ここでは生きて行けないよ。花田さんのお母さんが亡くなったのは、病気ではなくて、栄養失調だったっていうんじゃないですか。もう、冬がそこまで来ているというのに、このままだったら、凍え死んじゃうよ。東京へ帰ろう」

中里は泣き崩れる妻を抱きおこしながら言った。

「いや、大丈夫だよ。幸い、ここには立木があるからね。これを伐って売ればこの冬は何とか越せるよ。それにここは、余所と違って石も埋もれ木も少ないし、土地も肥えているから、開墾が進んで土地が増えれば、少々鹿の被害を受けても、食ってゆけるだけの収穫は確保出来るよ。花田さんが入植した土地はここと違って立木が少なく、石が多かったからね。どうにもならなかったんだよ。このまま山降りたら、今日までの苦労が水の泡になってしまうじゃないか。苦しいけど、頑張ろうよ。そのうち、きっと幸せの女神が微笑んでくれるよ」

側で、娘の麻里が相槌を打って母を励ました。

「お母さん、私の家には〝土の神様〟があるからね。きっと守って下さるよ。頑張ろうよ。私も一生懸命働くから…」

　妻は娘を抱き寄せて、咽び泣きながら言った。

「ありがとう。お前には苦労かけるね。遊びたい盛りだっていうのに、辛い思いばっかりさせて…。東京にいたら、こんな苦労させなかったのにね。ごめんね。お母さんが悪かったんだよ。鹿ぐらいで泣きべそかいて…」

　そう言って立ち上がり、鹿に食い荒らされた畑の整理に取りかかったのである。

　意見は百出した。が、決め手になる案がなかつた。しかし、策はもう出尽くしていた。残された方法はただ一つ、禁を犯して鹿狩りをする以外になかった。それも、畑に出て来た鹿を獲るというのでなく、周辺の山々を猟して鹿が畑に近づかないようにすることであった。これは、これまでも個人的に密かに行われていたが、しかし、あっちを叩けばこっちに出、こっちを叩けばそっちに出るという具合に、抜本的な解決策にはなっていなかったのである。それを全地域で一斉に行うというのである。

　最初にこの問題が審議された。

　鹿狩り賛成論が圧倒的に多かったが、しかし、直ちに実行することについては不安の声が多かった。もし、ばれて罰金でも取られたら、それこそもともこも無くなるんではないかと言うのである。それなら支庁に願い出てはどうかという意見も出されたが、藪蛇になる恐れがあるということで否決された。議論は行きつ、戻りつ、難航したが、最終的には組合の責任に於いて、組織的に密猟を行うということで決着した。背に腹はかえられなかったのである。

会議は一旦ここで休憩に入った。

その頃からがら空きであった会場はぼつぼつ遅れてくる人達によって八分方埋まっていた。

原は会議が再開されるに先立ってトイレに立った。放尿している時であった。後を追うようにして入って来た小林と古賀に、話があるからと言われて宿直室に連れて行かれた。原は不吉な予感が脳裏をかすめたが、断りきれずに二人の後について行った。

古賀が部屋に入るや否や原の前に仁王立ちになって言った。

「原さん、これからの会議には俺達の意見以外取り上げないようにしてもらいたいんですよ」

原はむーっとして答えた。

「何で？」

「何でって、お前、今回のことは総会決定違反ですからね。論議する必要なんかないですよ」

「そんなこと出来んよ。議長っていうのは公平無私でなければならんからね。それに、いくら総会規定違反だって言ったって、中里さんの弁明も聞く必要があるんじゃないですか」

小林が突然原の襟首を掴みながら言った。

「貴様！生意気言うな。この際、俺達の言うこと聞けなかったら、後でどうなるか知ってんのか？」

そこへ、竹田が何喰わぬ顔で入って来た。両手を乗馬ズボンのポケットに突っ込み、小林の側に立って言った。

「原さん、こいつら、中里の事でいらいらしてんだからな。へんに楯突かん方がいいですよ。後で何こそされるか分からんぞ」

原は一瞬、全身から血の気がうせてゆくのを覚えたが、窮鼠猫を噛む思いで、なおも襟首を絞め上げて来る小林の手を払いのけながら部屋を出た。誰も追いかけて来なかった。

出がしらに内倉にばったり出会った。彼は何喰わぬ顔を装い、すり抜けるようにして離れた。が、内倉が追いかけて来て声をかけた。

「原さん、何処へ行っていたのよ。岡さんが探しているよ」

「足痛くて、宿直室で寝てたんですよ」

「そう言えば、顔色がよくないね」

「うん…今日は陽気が悪いせいか、足がもぎ取られるように痛いんですよ」彼は足を抱えながら言った。

「悪いけど、俺帰るから、後頼むよ」

そう言って、内倉に引き止める余裕を与えずに外に出た。

雷雨はややおそ降りになったものの、止むことなくしぶきを上げて大地を叩いていた。彼は蓑をすっぽり頭から被って外に出た。屈辱が怒りに交じって脳天に突き上げて来た。足が重かった。引き返そうかと思って、何度も立ち止まった。しかし、気持ちだけで、足はドンドン前へ進んだ。

「意気地なし!」

後ろで、誰かがそう言って罵ったような気がした。立ち止まり、恐る恐る後ろを振り返った。しかし、大地を叩く雨足だけで人影は無かった。

妻が玄関口に立った原を見て尋ねた。

「どうしたの？もう、総会は終わったの？」

「いや、まだ終わんないけど、足が痛くて帰ってきたんだ」

そう言って、棚から焼酎を取り出して飲み始めた。妻が心配して、

「痛い時飲んだら益々痛くなるよ」

と言って諭したが、無視して一升瓶をラッパにして飲んだ。

三

原は有珠山が噴火した次の年、有珠山麓の寒村に生まれた。三人兄弟の末っ子である。

少年の頃、飛んでも走っても相撲を取っても負けること知らずで、二、三歳上の子を子分にする程剛毅な子であった。それだけではない。成績も良かったため、村人達は敬遠しながらも、反面、この子は大人になったら…と密かに期待した。が、その期待に水を差す不幸が不意に彼の身を襲った。

五年生の秋の運動会の時であった。二人三脚に出て、転んで怪我をしたのである。何せ、噴火の後の火山灰地である。運動場は整理されていたが、軽石がそちこちに転がっていた。そんなわけで、大怪我ではなかったが、軽石が膝から向脛にかけて突き刺さり、容易に止血しなかった。学校ではそれなりの治療はしてくれたが、傷みは帰宅した後も止まなかった。しかし、彼は母に、又喧嘩してきた

のだろうと折檻されるのを恐れてヨモギをもんで付けただけで何もしなかった。ところが、三日程すると急に熱が出て腫れ上がり、歩けない程痛み出したのである。それで母はびっくりして、医者に連れて行ったが、何せ田舎の藪医者である。化膿しただけだと言って、切って膿を出しただけですましたのである。だが、十日経っても、二十日経っても、腫れは引かず、だんだん悪くなるばかりであった。それで、母は心配して、室蘭の市立病院に連れて行った。結果は骨膜炎であった。その時すぐに入院でもすれば大事にいたらなかったであろうが、何せ、その日暮らしの貧乏人である。村営の医院に通院していたが、それすら十分でなく、月に二、三回程度で、後はあっちの神様、こっちの神様と歩き回るだけであった。それでも、一年後どうにか歩けるようになり、復学はしたものの、進級することが出来ず、一級下の者と机を並べなければならない羽目になった。それは、彼にとって耐え難い屈辱であった。落第生という負い目、それもある。それ以上に、往年のガキ大将としての権威がすっかり失墜していたからである。跳んでも走っても、相撲をとっても、勝てる相手が一人もいなくなったからである。金魚の糞のように、彼につきまとっていた者さえ、かつての鬱憤を晴らしでもするかのように、彼の前では君主のように横柄に振る舞ったからである。少しでも楯突こうものなら、舌を出して逃げ出し、ここまでお出でと言ってからかったのである。こうした状況は彼が小学校を卒業するまで変わらなかった。時には糞っ！と思って挑みかかって行くこともあったが、しかし、踏ん張りがきかず、てんで相手にならなかったのである。しかし、三つ子の魂百までの譬えの如く、きかん気は衰えるどころか、屈辱の中で日に日につのってゆくばかりであった。

彼が卓抜した才気と行動力に恵まれていながらも、遂に幸運を掌中に収めることが出来なかったのは、この肉体と精神のアンバランスな構造にあった。彼はそのことをよく知っていた。知っていたが体が言うことを効かず如何ともしがたかったのである。

小学校を卒業すると、函館で輜重兵をしている叔父に見込まれて丁稚奉公に入った。叔父は中学しか出ていなかったが五年前幹部候補生の試験を受けてパスし、既に中尉になっていた。打つ、買うの道楽者であったが、反面正義感が強く、悪事を働くと寒中でも外に放り出されて、改悛するまで座らせられた。彼が装蹄師の資格を取ったのはここに居た時である。奉公して四年目の秋であった。合格した時叔父は小躍りして喜び、娘婿にすることを約束した（叔父には二人の娘がいた。姉の方は一年前に嫁いだが妹の方は彼と同じ年で、まだ家事に従事していたのである）。

そんなある日のことである。嫁いだ姉が姑との関係がこじれて戻って来たのである。叔父は、そんな我が儘は許さないと言って、連日殴る蹴るの折檻をしたが、姉はその都度いざりのように居間に座って動こうとしなかった。

十日程後の真夜中のことである。姉が突然髪を振り乱して彼の部屋に駆け込んで来て、父に殺されるから匿ってくれと言って、助けを求めて来たのである。彼は一瞬途方に暮れたが、彼女は匿ってくれなかったら自殺すると言って、出刃を喉元に突き刺す仕草をした。もう説得の余裕はない、思案の末、ここではとても匿いきれないからということで、青森の親戚の所へ身を寄せることにした。同情、それもあったが、彼はもともとこの姉が好きであった。嫁ぐ時は姉の部屋の軒下で、一晩中蹲って過ごし、彼女の部屋に潜り込もうと隙を窺った程である。その姉が胸を開いて、自分から転がり込んで来たのである。しばし途方に暮れはしたものの、正直言って、天にも駆け上りたい気持ちであった。登別温泉で一週間程滞在。その間、青森の親戚に手紙で事情を知らせ、保護を依頼した。しかし、親戚は冷たかった。犬畜生じゃあるまいし、そんな非情なことは許されないと言って、密かに函館の叔父に知らせ、二人が来るのを待ち伏せしていたのである。

玄関先に叔父が現れた時、姉は卒倒した。原も息が止まりそうなショックを受けた。

叔父は原の襟首をひっ掴まえて土下座させ、謝罪を要求した。が、原は叔父の腕を振り切って立ち上がり、

「俺に謝る筋合いは無い。悪いのは娘の言い分を聞かないで、投げる蹴るの折檻をしたあんたではないか」

と啖呵を切って、玄関を飛び出したのである。

これは原にとって自立への第一歩であった。

懐中は文無しであったが、無銭旅行で姉（原の姉）の夫が漁師をしているU町へ行った。

義兄は共産党員であった。

その頃、共産党は治安維持法が制定された直後であったが、高揚する労働運動を背景に、日本の津津浦々に細胞が形成され、党員が散らばっていたのである。

原は姉が結婚して以来、一度も義兄に会ったことがなかった。親に、共産党は人殺しよりも悪い人

達の集まりである、義兄と付き合えば親子の縁を切ると脅されていたからである。しかし、義兄は何のこだわりもなく原を快く迎え入れ、原が装蹄師の資格を持っているということを聞いて、共産党員で、家畜院を経営している田原を紹介したのである。

その頃、田原家畜院には、原を入れて四人の職人が住み込みで働いていたが、田原は彼等を決して呼び捨てにしなかった。誰彼なしに君づけで呼び、専門的な仕事以外は、薪割りから炊事、掃除、洗濯の果てまで、一切合財主客の関係無しに共同で働いた。だが、反面、主義者には似ずバンカラで、悪さも人後に落ちなかった。

原は酒を飲むと、田原家畜院での生活を回顧しながら、余興紛れにこんなことを話して人を笑わせたものである。

「田原っていう男はね。今でこそ、町民から神様のようにあがめられているけどね。若い時にはバンカラでよ。いろいろ悪さをしてたんだ。家畜院の前に、道路を挟んで料理屋と芸者屋があったんですけどね。それで、よく警察が来たんだけど、警察が来れば、オイ、トッパやるべって、わざと窓開けて、トッパやるんだ。見つかると、警察を前にして胡座かいてな、何もかけていないと、カルタやって何悪いと、お前等だってやるんでないかと、こうやり返すもんだもな。だもんだから、警察なんか、トツパやってるって分かっていても、見て見ぬ振りして寄りつかなかったもんだよ。こんな話題だったら、一日中喋っても喋りきれない程あっけどな、おっかない話もあるんだ。

料理屋の婆さんが死んだ日だったたな。俺と金田の権ちゃんとそれに田原と三人で賭けすんべってなったわけよ。焼き場から骨取ってきたら五円払うと、もし、取って来れなかったら、お前が五円払えと、こうなったわけだ。その頃、今と違って、焼いてしまったら、鉄板かぶせて帰ちまったんだよ。

次の日、骨をね、取りに行くわけなんだよ。今考えてみると田原の奴、俺から金をひったくろうとしたんでないのかな。というのは、賭けする前によ。さんざん脅かされたんですよ。人霊が立つとか、あの婆さんは妾で不幸だったから、泣き声がするんでないかとかさ。丁度その夜は雨だったしよ。薄気味悪かったんだ。しかし、俺も男だもな。よし、やるべと、あんなもの何でもないと、こうなったもんだもな。じゃんけんで負けてよ。俺が一番先に行くことになったんだけど、焼き場に着いたのはいいけど、骨取ろうと思ったら、まだ熱いわけよ。薄気味悪いの何のって、それで、足で蹴っ跳ばして取ってよ。なっぱ服に入れたわけよ。それから花─骨だけでなく、花も証拠に取って来いって、こうなったわけよ。用心深いんだ。犬の骨で誤魔化されるとでも思ったんでないかな。ところが、その花が竹で出来てるもんだから、なかなか折れないときた。引きずれば婆が出て来るような気がしてよ。仕方なしに、花だけ少し取って逃げた。もう無我夢中よ。行く時はいいけど帰る時っていうのは嫌なもんだよ。婆があとぼっかけて来るような気がして…持って来た骨は腕骨だったけど、ポケット焼けて穴開いてた。慌てていたからね、それに暗くて見えないべ。炭も入れたんだな。それで俺、五円貰ったんだけどよ。

次に、権が行くことになっただけど、田原の奴ずるいんだわ。権が骨持って来たら又、五円取られんべ。それで、権が出かけた後、おい、脅しに行くべって、田原が白衣を着て、俺に大きな鏡持たせてよ。それで照らすべって、こうなったわけよ。途中、墓場の中通るんだからな。しかし、二回目だべ。怖かったんだわ。婆さんが出てきてよ、お前、さっき私の骨持って行ったべ、返せって言われると思って…。しかし、権が骨持って帰って来たら、五円取られんべ。それで、よし、やるべと、こうなったわけだ。それで、鏡持って、墓場の石塔の陰に隠れていたんだけど、ところが、暗がりでフーフーって音するんだわ。よく見たら権の野郎、歩けなくなって這ってんだわ。フーッフーッって溜息ついて。俺、それ見て、権が死ぬかと思ったよ。権の奴、それでも焼き場の方へ一人で行こうとするんだ。五円取られんの嫌だもんだから、必死だも。とうとう行って、骨取って来た。しかし、取ってきたのは炭だけだったんですよ。それなら失格だと、こうなったわけだ。あん時、権の奴、泣きべそかいてよ。可哀想で見てられんかったよ。

それからもう一つ、面白い話あるんだ。その料理屋に鶏が十羽程いたんだけどな。それが邪魔なんだよ。向かいの広場が馬の蹄鉄を打つ場所になっていたんだけど、馬車追いが蹄鉄ぶちに来る時、馬にエンバク食わすんだよな。それを鶏が突っつくんですよ。それで馬車追いが嫌がるんだ。鶏の糞が入ったら、馬の毒になるんだから。それで、腹くそ悪いから、毒薬入れて殺してやるべと、こうなったわけだ。それで、毒薬をどれ位やったらいいかって田原に聞いたら、少な目にやればいいって言われて、田原から薬もらってやったんだ。その日も雨だった。ところが、雄鶏がね。食ったらカッカッカァッてね。方向分かんなくなって道路の方へ走って行くんだよな。それだも、何処で死なれっか分かんねべ。それで、俺が鶏のあとついて行って追い返すんだよな。次の日、料理屋の女将さんが、死んだ鶏持って来てね。田原さん、家の鶏、こんな具合に死んだんだけど、何か悪いもの食べたんでないべかって、鶏の羽根広げて聞くわけよ。しかし、田原も役者だもな、知らん顔して、そうか、よし、それじゃ、解剖して調べてやるからってね。全部持って来させてよ。料理して食べたんですよ。あの頃、鶏の肉なんてそんなにないべ。心配だったけどよ。田原が、なに、腸を取れば大丈夫だって言うもんだからな。皆んなして、煮て食べたんですけど、うまかったな。今でも、あの時の味が舌先に残っているよ。

しかし、田原は素晴らしい人間だよ。頭はいいし、腕は立つし、人の面倒見はいいし、それにいばらないしね。こうと思ったら誰が何と言おうとも一歩も後に引かないしね。人間的に魅力的な男だよ。

人間はな。一生の間に、いろんな人に出くわすけどよ。忘れられない人間っていうのは、そうざらにいないぞ。せいぜい居ても二人か、三人だ。俺の場合は岡と田原、この二人しか居ないな。俺は不運から這いずり上がった男だからね。立派な奴の臭いをかぐことが出来るんだ。豚と同じよ。お前等、豚はな。鼻がいいんだから。もし、原がこの二人に出くわさなかったら、今頃、狼少年のように、狼の餌食になっていたんでないかと思うよ。俺は、今もって貧乏しているけどよ。しかし、ホントウに幸せだと思っているよ。だって、貧乏しなかったら、こういう人間に出くわさなかったんだからな」

だが、そう言う原も、その頃は田原の主義にはどうしてもついて行けなかった。共産主義者の中には、田原のような人間がいるということが分かっていても、アカは人殺しよりも悪いという先入観が心に染みついていたからである。

浜口首相が東京駅で狙撃された日のことである。夕食後であった。お茶を飲みながら側で新聞を読んでいた田原に尋ねた。

「愛国社って共産党の組織ですか」

食後の満腹の中で、何とはなしにふーっと湧いた素朴な質問であった。が、田原は突然立ち上がって、恫喝したのである。

「ふざけるな！共産党がそんなことをする筈がないだろう。何も知りもしないで、勝手なことをぬかすと承知しないぞ！」

目が吊り上がり、唇がピクピク震えていた。原は事の意外さに、只呆然として、田原の仁王のような顔を見つめているだけであった。田原は、煮えくり返る怒りをセーブでもするかのように、しばし、間を置いて

「貴様は普段から、共産党員は人殺しよりも悪いと、そう思っているから、そういう質問が出てくるんだ。この顔が人殺しよりも悪い人間の顔かどうか、とくと見給え！」

そう言って、顔を原の顔の前に突き出したのである。原は思わず顔をそらした。しかし、田原は、その顔を両手でわし掴みにして、正面を向けさせてこう言ったのである。

「そらすんでない！大事な時に、顔をそらす奴は人間の屑だ。こっちを向いて、ちゃんと俺の顔を見つめなさい！」

そして、しばし睨み据えた後、こう尋ねた。

「どうだ。この顔が人殺しよりも悪い人間の顔に見えるか！」

原は答えなかった。というよりも、田原の真剣な挙動に圧倒されて、答える余裕がなかったのである。しかし、田原は容赦しなかった。わし掴みにした原の顔を離さずに、自分の鼻づら許にぐいと引き寄せて、こう言ったのである。

「どうして、答えないんだ。俺の顔が人殺しの顔に見えるか」

原が否定しようと思った、がそれより先に、田原は原を突き放してこう誹謗したのである。

「お前の顔こそ、人殺しの顔ではないか！」

「何！」原はカーッとなって叫んだ。「人殺しの顔だと！それなら、あんたは何だ！ソ連のスパイではないか」

売り言葉に買い言葉であった。原は内心、しまったと思った。がその瞬間、彼は右頬に田原のビンタを受けて横転した。田原は横転した原の上に馬乗りになり、あらん限りの罵声を浴びせかけながら、ところかまわず打ちまくった。原は抵抗したが、所詮かなう相手ではなかった。しまいには、頭を抱えて、打たれるままになった。もし、他の職人が驚いて駆けつけて来なかったら、恐らく半殺しにされていたかも知れない。それ程田原の怒りは激しかったのである。

田原は、謝れば何もかも水に流して、従来通りここで働いてもいいと言ったが、原は謝らなかった。自分は決して間違ってはいない。只思っていることを言っただけに過ぎないではないか、意見を言って何故悪いのかという考えもあったが、それ以上に叩かれ、罵られたあげく、謝ることの屈辱に耐えられなかったからである。

原はその翌日、日高支庁に行って樺太移民の手続きをしている。

第四章

一

「父ちゃん、父ちゃん！」

原は妻の声で目を覚ました。

ストーブの側に横になりながら、自棄酒を飲んでいるうちに、何時の間にか眠りこけてしまったのである。もう、窓の少ないオガミ小屋の中には、薄闇が迫っていた。

原は癪に障って叫んだ。

「うるさい！」

彼はゆり起こす妻の手を払いのけて、又背を丸めて毛布を被った。妻がその毛布を除けながら又言った。

「岡さんと本間さんと中里さんと内倉さんの四人が見えているんですよ」

岡が玄関先から声をかけた。

「奥さん、そのまま寝かせておきなよ。総会が終わったんで、どうしたのかなと思って、寄ってみただけですから…」

原が跳ね起きながら言った。

「何だ、お前等か。上がんなよ」

本間がニヤニヤしながら応じた。

「酒食らって、寝ているところを見るともう良くなったんだね。無理して、ぶり返しでもしたら困るから、今日は帰るよ」

「そんな殺生な」原は自分の仮病に不信を抱いていそうにもない四人の表情見て、安堵の胸を撫で下ろしながら続けた。「折角来たのに、総会の報告もしないで帰るなんて、薄情じゃないか」

妻が帰ろうとする四人を炉端に案内し、残り酒を勧めた。

女の子が原の後ろからもたれかかりながら言った。

「お父さん、お母さんが酒飲んだら足治らないって言っていたよ」

原が後ろを振り向きながら言った。

「これは酒ではないよ。水だよ」

「そんなこと言って、お父さん、嘘つくから嫌い！」

女の子はそう言って、台所に立つ母の方へ駆けて行った。原はその後ろ姿を目で追いながら尋ねた。

「ところであの後どうなったの」

岡が答えた。

「われわれの完勝さ」

「ということは、中里さんの処分が取り消しになったということかい」

「それもある。しかし、それだけではないんだ。竹田に対する不満が爆発したんだよ」

内倉が興奮して言った。

「本当にあの時は凄かったからな。『もう組合員は竹田組合長を信用していない。どうしてこんな状態になったのか。よく自分の胸に手を当てて考えてみなさい。お前は暴君でヴィジョンが無い。組合員に信用されないで、なお且つ組合長の椅子に未練を持つが如き態度は男の恥ではないか』そう言って不信任を要望した人もいたからね。それだけではない。理事が四人も竹田とは一緒に仕事は出来ないと言って辞表を提出しているんですよ」

「辞表を提出した四人の理事って言うのは誰ですか」

「私もその中の一人ですけどね。他に、保見、上田、高木の三人ですよ」

「保見さんもですか?.意外ですね。あの人は竹田の隣に入植した人で入植以来家族付き合いしていたんじゃないですか」

「奥さんがいた時はね。しかし、奥さんが家出してからギクシャクしているらしいんですよ。説教でもしたんじゃないですか」

「そうですか。しかし、四人も辞表を提出するとは痛快でしたね」

「お前も、おればよかったのに…。あの時は竹田の顔が引きつっていましたからね」中里が会心の笑みを浮かべながら言った。「竹田批判が吹き出したのは、俺の薪出し事件の報告が済んだ後なんですよ。古賀の奴が、こういうことが二度と起こらないようにするために、懲罰委員会を設置して、組合長に不正を取り締まる権限を与えるべきであるという提案を出した時さ。岡さんが立ち上がって、幹事の一人として、そんなことは認めるわけにはゆかないって突っぱねた時は痛快だったな。胸がすかっとしたよ。皆、賛成して拍手したからな」

「だって、あの野郎、こんな不正をする者がいる限り、組合の秩序は保たれないから、懲罰委員会を設置して、直ちに離農させるべきであるって言いだすんだも。あの男に処罰の権限なんか与えたら、それこそ、この先何されるか分かったもんでないべ。皆、それが分かっていたから、拍手して賛成したんですよ」

「離農させろって、中里さんをですか」

「そう、竹田の野郎、中里さんを目の仇にしているからな。何とかして、ここから追い出したくて仕方がないんだな。今日だって、あんなデマをでっちあげてよ」

「何ですか。そのデマっていうのは…」

岡が顔を紅潮させて言った。

「中里さんが薪を出したのは、今回だけでなしに前にも町役場に出しているって言うんですよ。それも、今回と違って、竹田が組合長になってから契約したものだって言うんですよ。それで中里さん、怒っちゃってさ。それ本当なら、俺は腹切ると、しかし、嘘なら貴様は何をするか！って片肌脱いで竹田に迫ったんですよ。あれからだも、形勢逆転したのは…」

「そうだ」本間が岡に酌をしながら言った。「お前が中里さんの〝土の神様〟の話をして、娘の作文を紹介してさ。こんな素晴らしい開拓者を離農させようなんてとんでもないって、昔、中里さんが東京で何をやっていたか、そんなことはどうでもいい。改心して、生まれ変わって、ここで荒れ地を拓いて、〝土の神様〟を祀って、百姓になろうとしている、それこそ本当の開拓者ではないか。バーやったり、自動車修理工場やったりして、大法螺こいて、われわれを威圧して、さっぱり土地拓こうとしない貴様こそ開拓者失格だ、ここから出て行け！と、そう言って竹田に詰め寄った時はすごかったからな。皆、拍手してよ。中には竹田に〝土の神様〟を拝ませてやれなんて、野次る者もいたからな」

原が感服して言った。

「〝土の神様〟か。それは良かったな」

岡が頭を掻きながら言った。

「いやぁ、あんな大それたことが出来たのは、皆原さんのお陰だよ」

原は顔をしかめながら言った。

「きつい皮肉だね」

「原さん、それ皮肉じゃないよ」内倉が岡を弁護して言った。「本当の話だよ。実はね。宿直室の前原さんと別れた直後にね。宿直室から竹田と古賀と小林の三人が出て来るのを見たんですよ。それで、変だなと思って、それとなく三人の後を付けてみたんだ。そしたらね。あいつら、あれだけヤキ入れられたんだから、われわれに不利になるような発言は取り上げたりはしないだろう、なんて言ってね。大笑いしたんですよ。俺は、その時、直ぐ、岡さんに話したんですよ。あいつらの発言は何としても抑えなければならんって。でなかったら、この開拓はあいつらに牛耳られて駄目になってしまうと、そう言って岡さんに訴えたんですよ」

岡が原に酌をしながら言った。

「それにしても、原さん、あん時、どうして、俺達に一言言ってくれなかったの？もし、内倉さんが宿直室の前で彼等に出くわさなかったら、この総会どうなっていたか分からなかったからな」

「なんだ、お前ら知っていたのか」原は茶碗酒を一気に飲み干して、鬱積した感情を吐き出すように言った。「所詮、俺は負け犬でしかないんだよ。昔、田原家畜院に勤めている時に、田原さんに、大事な時に目を反らしてはいけない、そういう人間は屑だつて言われたことがあったけどね。今回は、この開拓にとって大事な時だったのに、こそこそと逃げ帰ってしまったからね。人間の屑ですよ。負け犬ですよ」

「そんな馬鹿な」岡が語気を強めて言った。「原さんが屑で、負け犬だったら、この世に勝ち犬なんていないんじゃないですか。どんな人間にも過ちはあるし、時には悪いと思っても、妥協したり、後退したりする必要もありますからね。猪のように、がむしゃらに突進して行くことだけが能じゃないですよ。妥協する勇気、後退する勇気ということもあるんじゃないですか」

「いや、うわべだけですよ、強そうに見えるのは。よく人に食いつくけど、大事な時に太刀振り上げて切り込んで行くっていう、岡さんや中里さんのように、敵陣に単身で乗り込んで行くっていう果敢な精神が俺にはないんですよ。矢っ張り、長い物には巻かれろっていうか、そう言う悪い面があるんですよ。ジャコウジカなんですよ。何もない所で苔なんか食べて、死なないで踏ん張る強い鹿なんですけどね。反面、だらしなくて、逃げ足が早くて、身軽でね。余所に良い所があるとすぐそこへ行ってしまう樺太のジャコウジカなんですよ」

　岡が相槌を打って言った。

「いや、お前だけでないよ。ここに入って来た者は皆ジャコウジカなんだ。戦争に負けて、希望も、行く所もなくて、町の引き揚げ者の宿舎に入っていたんだからな。漁師やっても、日雇いやってもどうにもならんし、と言って良い職場もないし、ブラブラしているよりも山に入れば芋でもイナキビでも何でも作れるべと、そう思って入って来たのが大半なんだべ。この土地拓いて、開拓民として生きるというよりも、行く所がなくて入って来たのが大半なんだから―。しかし、裸一貫で、何もない所に入って来て頑張っているんだからね。お前だけでなくて、ここに入って来た者は皆ジャコウジカなんだ」

「そうだ、ジャコウジカだ。だから、身軽な人間が踏み止まったりすると、よくジャコウ踏ん張ったって言うでしょう。俺はそういう人間なんだ。五年生の時、骨膜炎になってすっかり自信を失くしてしまったっていうこともあるけど、親が貧乏で人にすがってゆかなければ生きて行けなかったということも影響しているんですよ。喧嘩犬でも、小さい時負けたらね。使いものにならないって言うでしょう。だから、喧嘩犬育てるためには小さい時、強い犬と喧嘩させるなって言うんでしょう。強い犬にするために、弱い犬とばっかり喧嘩させるでしょう。そうすれば絶対に勝てるっていう自信がつきますからね。人間も、これと同じですよ。ところが俺は何時でも負けてばっかりおったもんだから、気ばっかり強くてね、とっかかって行く前に、負けるんではないかっていう弱気が働くんですよ。これではいけないと思ってもね。三つ子の魂百までってでも言うのかな。いざっていう時になると、どうしようもないんだな。でなかったらね。あんな奴にヤキ入れられた位で、尻尾巻いて逃げて来たりしませんよ。正直言って、竹田なんかおっかなくないけど、あのアンコ、何するか分からんからね。馬の一件以来、ずっと嫌がらせが続いているからね」

　岡が尋ねた。

「どんなこと?」

「夜中に、家の前に糞尿を撒かれるとか、炭焼き釜に穴が開けられるとか、いろいろあるけど、まあ、そんなことは物理的なことでね。大したこと無かったけどね。参ったのは、俺の留守を見計らって家にやって来て、女房につきまとい、嫌がらせを言ったり、悪ふざけをして行くことですよ。それで、女房もすっかり参っちゃってね。最近はおちおち出歩くことも出来ないんですよ」

「そうか」本間が嘆息しながら相槌を打った。「実はね。俺の所にもそれと似たようなことがあったんですよ。幸い、家には弟がいるからね。適当にあしらっていたけど、この様子だと他にも被害者がいるんじゃないかな」

「だとすると」中里が本間のコトバを次いで言った。「これはただごとではないな。今日だつて、竹田が反対意見を述べた者の氏名を、あの男は誰だって確認しながら、島村に書かせていたからな。このまま放棄しておいたら、それこそこの開拓は地獄に陥るな。何とかしなければならんな」

　原が宣告するように言った。

「リコールだな」

「リコール？」

　本間がそう言って、怪訝そうに岡の顔を見つめた。

　岡は訝る本間の顔を見つめながら答えた。

「本間さん、鉄は熱いうちに打てって言うけどね。竹田組合長をリコールするなら今だぞ。今日も、総会でリコールを要求した人がいましたからね」

「よし、やるか」原が膝を叩いて言った。「やるべ！今度こそ、俺は目を反らしたりはしないよ」

「しかし、竹田を取り巻く連中が多いし、それに竹田は金持っているからな、何を企むか知れたもんじゃないですからね。やり方如何では、それこそ反乱軍にされかねませんからね。情勢はそんなに甘くないもの。やるなら、それなりの覚悟は必要だし、どうして竹田では駄目なのか明確にし、この開拓のヴィジョンというか、展望を組合員一人一人にキチンと理解させる必要があると思うね」

「勿論だよ。要はそれをどうやってやるかだべ」

　中里が身を乗り出して言った。

「地区毎に懇談会をやったらどうだべ」

「いや」すかさず岡が水を差した。「それはまずいよ。そんなことをしたら、あの野郎、それこそ何をやらかすか分からんぞ。それに懇談会やるったって、恐らく誰も集まらんと思うよ。それほど情勢は甘くないも。皆、竹田を怖がっているからな」

「それじゃ何をすればいいんだ」

「歩くんだよ」

「歩くって?何処を歩くんですか」

「きまっているべ。一軒一軒歩いてさ。竹田組合長の横暴と不正を訴えて、署名を取るんですよ」

「それがいい。一対一で話さないと皆警戒して本心を明かさないからね」

「だけど、長引かせたら駄目だよ。竹田の手が回らないうちに、電撃的にやらないと…」

　原が咳払いをしながら言った。

「大丈夫だよ。手分けして歩いたらわけないさ。善は急げだ。俺はこれからF地区に行って浜田さんに会って話してくるよ。浜田さんとは同じ樺太帰りということもあって、昵懇の間柄で、あの人が下に下がる時は何時も俺の家に足を止めて、お茶飲みながら開拓の話をしていますからね。きっと協力してくれると思うよ」

「そうか。お前もあの人を知っていたのか。あの人はね。K開拓が解放になる前から道有林の飯場で働いていた人ですからね。この開拓の神様みたいな人で、この開拓のことなら何でも知っていますからね。それにPTAの会長もしており人望が厚い人ですからね。あの人の協力があれば鬼に金棒ですよ。私もちょいちょい尋ねて行って、野菜の作り方であるとか、酪農の仕方であるとか、あの人は飯場で働きながら、奥さんと二人で、野菜作ったり、乳牛一頭飼って飼育していましたからね。手ほどきを受けていたんですよ。あの人は、よくここは農作物には向かない、水がきれいで豊富だから、酪農が最適だって言っていましたけどね」

「そうだ」原が相槌を打って言った。「奥地のD、E、F地区には三十人程いますからね。この人達の協力を得たらわけなくリコールは成立するよ」

　内倉が感服して言った。

「よし、それなら、俺も一緒に行くよ。そんな素晴らしい人がこの開拓にいるとは知らなかったよ。原さん、紹介してよ」

　こうして署名運動が各地区毎に手分けして一斉に行われたが、しかし、山と渓谷に分断され、十二キロメートルにも及んでいる開拓地である。かてて加えて降雪前の農繁期である。運動は早朝と夜に限られ、容易に進まなかった。二、三日どころか十日経っても奥地の一部が残るという有様であった。

しかし、浜田の献身的な協力もあり、結果は予想以上の反響を呼び、署名者の中には、よく立ち上がってくれた、この間の総会の時は腹が立って、腹が立ってぶっ殺してやりたい位であったとか、あんな者は開拓のバイ菌だから即刻この開拓から追い出してしまえというような憤りを叩きつける者さえいた。

しかし、竹田は共産党の田原と原の関係を強調し、この運動は共産党に利用された政治的陰謀であり、その目的はこの開拓を共産村にすることであると非難し、容易に要請に応じようとしなかった。のみならず、当時地下潜行中の共産党の幹部を匿っているというデマを流しのである。丁度その頃、共産党はマッカーサーの反共攻勢の中で、極左冒険主義に走り、農村には細胞を中心に農村工作隊が密かに結成されつつあった時期である。警察はこの動きに神経をとがらせ、開拓内に私服の警官を潜入させて、彼等の動きを内偵させている。

運動妨害も相次いで起こった。小林等が夜となく昼となく連日押し掛けて来て、本人と言わず妻子といわず、誰彼なしに、署名に応じないよう圧を加えたのである。

こんなことがあった。

原と中里がC地区の署名に歩いていた時のことである。突然、物陰から開拓では見たことのないチンピラまがいの若者が数人現れ、とうせんぼし、帰れと脅迫したのである。二人は、お前等は何者だと、誰に頼まれてそんなことをするのかと迫ったが、若者達は誰にも頼まれてはいない、自分の意志でやっているのだと、抵抗したらどんなことになるか知っているのかと、啖呵をきりながら二人を取

り囲んだ。中里はこんなこともあるだろうと、かねて用意していた自転車の鎖を懐中から取り出し、

「貴様等、俺を誰だと思っているんだ。故あってここに身を潜めているけど、ここに来る前はな、東京で澤田の次郎と言って、身体も張ったことのある男なんだぞ。貴様等チンピラには分からんかも知らんが、浅草では少しは名も売れたこともある男なんだぞ」

そう言って、彼はボスとおぼしき体格のいい男の足許を鎖で思い切り叩きながら言った。

「てめえらのような仁義も弁えぬチンピラを恐れるような男ではないぞ」

そして、さっと足を開き、前こごみになり、手を開きながら仁義を切ったのである。

「おひかえなすって、てめえ、中里三郎こと澤田の次郎は…」

驚いたのは若者達であった。それに答える術も無く、メダカのように一目散に逃げ去ったのである。

この話は、たちまち開拓に広まって行った。元気付いたのは日頃竹田に不満を抱いている開拓民である。それまで、迫害を恐れて口をつぐんでいた者までが、進んで署名に応じてくれただけでなしに、竹田組合長の不信任を決議して、独自に臨時総会の開催を竹田執行部に要請した地区も現れたのである。

こうなれば、如何にワンマンの竹田といえども、要請に応じざるをえなかった。しかし、老獪な竹田である。みすみす敵の軍門に降るようなへまはしなかった。もう、逃げ場の無いことを悟ると、執行部の不統一を口実にして、一方的に解散して、役員改選のための臨時総会の開催を要求したのである。

リコールを逆手に取った逆襲である。

二

臨時総会はそれから一ヶ月後の、年の瀬も迫った十二月二十日に開催された。

岡が早急に開催するよう要望したが、竹田は、今、降雪前で皆冬の準備で忙しいとか、まだ業務報告書の作成が出来ていないとか、あれこれ屁理屈をこねて時を稼ぎ、批判の声を封じ込めようとしたのである。

臨時総会には支庁と開拓農協の双方からの要請で次の人達が臨席している。

支庁開拓課長　池田正
U町警察署　堀啓臣
町議会議員　田原道行
農民組合U町支部長山下春吉他数名
新聞記者　二名

田原町議会議員の臨席を要請したのは竹田であった。岡は典型的な反共である彼がどうして共産党員である田原の臨席を要望したのか不審であったが敢えて反対しなかった。田原のこの総会への出席は、開拓の内情を知ってもらう願ってもない好機であると思ったからである。

議題は次の四つであった。

①竹田執行部の業務報告

②監査報告

③竹田執行部不信任案について

④役員改選

出席率は九五パーセントで、病気等の特別の理由がある者以外は殆ど出席している。中には代理人を立てて出席した人もいる程の熱狂振りであった。

この日、開拓の空は青くすみ渡っていたが、大地はカチカチに凍てつき、畑には霜柱が立っていた。原は明け方、足の痛みで目を覚ました。始めのうちは痺れの伴った鈍痛程度であったが、一時間もすると、居ても立っても居られない激痛となった。これまでにも、激痛は再々あったが、揉んだり、暖めたりすると間もなく鎮静したが、この日は寒さが災いしたのだろう、四時間しても五時間しても鎮静しなかった。彼はあせった。こんな大事な時にと思うと、いたたまれなかったのである。しかし、苛立てば苛立つ程痛みが増した。しまいには、妻の揉み方が悪いからだと難癖をつけ、暴れ回った。そうなると妻も負けてはいない。男の癖してみっともないとか、そんなに人を怒鳴る余裕があるなら、うんうん唸るなとか、今日は総会に出席するのが嫌なので、仮病を使っているのではないかとか、悪態の限りをついた。彼は激怒し、妻に打つ蹴るの暴力を働いた。妻は逃げ回る、女の子は隅に蹲って泣き喚く、家の中が大騒動になった。

そこへ、ひょっこり、本間が訪れて来た。

本間はしばし、玄関先でそのさまを傍観していたが、一向におさまる気配がないので、ガラリ内戸を開けて中に入った。

「朝っぱらから、みっともないぞ。止せよ」

妻は突然の乱入者に驚き、一瞬立ちすくんだが、原は動じなかった。その隙に乗じて、妻を一蹴してこう悪態をついたのである。

「後妻のくせして、勝手なことをほざくと承知せんぞ！」

原の妻は後妻である。

先妻は、彼が樺太から引き揚げた年の暮れに、子宮外妊娠で死亡している。二年生の男の子と四歳の女の子がいた。

再婚は次の年の春、先妻の父に、男の手一つで二人の子を育てるのは大変だろうと勧められてやったものであるが、実際は、先妻の父が娘の死を利用して、引き揚げて来て足手まといになっている原を遠ざけるための苦肉の策であった。

年は十歳程離れているが、明朗磊落な女で、開拓の人気者であった。原が入植後のぎくしゃくした人間関係の中で立場や意見の食い違いを越えて幅広く交際出来たのは彼女に負うところが大きかった。

再婚した次の年、男の子が生まれたが入植する三ヶ月程前に亡くしている。溺死であった。その夜のことである。彼女は、彼が用便に発った隙に、溺死した仏を抱いて海辺に走った。彼がすぐその異常に気づいて後を追いかけ、事無きをえたが、彼女は亡骸にしがみついて、私も一緒に死にたいと言って泣き喚き、夜が明けるまで海辺に蹲って家に戻ろうとしなかった。彼がK開拓への入植を決意したのはその時である。この女ともう一度人生をやり直してみようと思ったのである。

「後妻のくせして!」

これは、夫婦喧嘩をした時の彼のおきまりのセリフである。大抵、負けそうになると出てくるセリフであった。

本間は二人の間に割って入りながら言った。

「全く、お前にはあきれちまうな。こんな大事な時によ。夫婦喧嘩も何もあったもんでないべ。お前が見えないので、皆さん、どうしたんだろうって、心配してんですよ。それで、岡さんに様子見てきてくれって言われて来てみたんですけどね。夫婦喧嘩とはね。ぐずぐずしていたら総会終わっちまうぞ。リコール掛けた張本人が欠席したら、一体どうなるか、お前分かってんのか」

原は囲炉裏端に腰を下ろしながら言った。

「今朝から、足が痛くて動けないんだよ」

本間は侮蔑の感情をむき出しにして言った。

「足痛いって?お前、又、仮病使ってんでないだろうな」

「馬鹿いえ」原は跳ね返すように言った。「そんな卑怯な真似は二度とせんよ。起きがけから、本当に足が痛くて、動くことが出来ないんだよ」

「だってお前、女房追い回していたんでないか」

原はハッとした。足の痛みが全く無くなっていたのである。彼は両手で足を揉みながら弁解した。

「いや、本当なんだよ。明け方から、ずっと痛くて、女房に揉んで貰っていたんだよ」

本間が皮肉った。

「便利な足だね、お前の足は…」

妻が喧嘩のことを水に流して弁護した。

「本間さん、この人、本当に足痛くて、さっきまで、うんうん唸っていたんですよ。喧嘩したのは、この人が私の揉み方が悪いって、ケチつけたからなんですよ」

原はさっと話をそらした。

「ところで、総会の方はどうなったんだね」

「え、、主役が居ないようでは話にならんということで、暫く待っていたんだけどね。そのうち来るだろうからっていうことで、さっき始まったばかりなんだけど、さっぱり盛り上がらないんだよ。あれ程署名の時盛り上がったんだけどね。竹田が睨みをきかせているもんだから恐れて皆発言しないんですよ」

「そうか、悪かったよ。じゃ、すぐ行くよ」

「足、大丈夫?行けるの?」

原は揉む手を休めて言った。

「喧嘩に夢中になったお陰で、すっかり治っちまったようだよ。大丈夫だよ。今、用意するから、待ってて…」

本間はフラフラ立ち上がった原を見て、心配そうに言った。

「そうしてもらえたら、助かるんだけどね。何せ、竹田の野郎も、必死だからね。お前がいなかったら困るんだよ」

「大丈夫だよ」原は服を着替えながら言った。「這ってでも行くから、余計な心配するんでないよ。俺はジャコウジカだからね。こんな時でなければ踏ん張れないんだよ」

本間は安心して腰を上げた。原の妻が台所から声をかけた。

「お茶、飲んで行って…」

「いや、そんな暢気なこと言っておれんよ。開拓は今、死ぬか生きるかの瀬戸際に立たされているんですからね」

本間はそう言って、着替えて出て来た原を急き立てて外に出た。

総会は第一議案である竹田組合長の業務報告が終わって、第二議案の審議に入っていた。

D地区の浜田が発言していた。

「岡さんは先程の監査報告の中で、執行部の不統一と経理のずさんさを上げられましたが、一体、それはどういうことなのか。俺は入植地が奥地で、交通の便が悪く、総会に出席出来ず、皆さんに迷惑をかけていますが、具体的に、説明して下さい」

「それでは、岡幹事長、お願いします」

岡がゆっくり立ち上がり、会場を見回しながら言った。

「この件については、先程議長からも説明ありました通り、前回の総会で言い尽くされたことでもありますが、卑近な例を上げて簡単に申し上げます。まず、監査報告についてですが、例えば、出張状態の管理、上司の決裁は勿論のこと、重要案件の処理については全く放任されているような状態です。従って経理の面は目茶苦茶で、出納簿と現金残高が一致せず、伝票等は、時によっては未整理のまま机上に積み重ねて放棄してある有様です。これは竹田組合長の統率力の欠除を物語るものですが、前組合長の不正を糾弾した組合長らしからぬ処置としか言いようがありません。経理というのは組合に限らず、何処の団体企業でもそうですが、毎日、日計表を作成して、参事の決裁を受けるというのが常識ですが、それすら守られていないというのが偽りのない現状です。

どうしてそうなったのか。私の察するところでは、次の二点が禍しているんじゃないかと思います。

第一は、竹田執行部に将来に対するヴィジョンが無いということです。ややもすれば、組合を私利私欲の具にしようとしている傾向さえ見受けられます。

第二は、この臨時総会開催の直接の原因となりました竹田組合長の独断的非民主的な言動です。

今更申し上げるまでもなく、組合は開拓民の単なる集合ではありません。協同組合法にもうたわれてありますように、開拓民の同志的結合と申しますか、相互扶助的な機関であり、開拓民個々の生活を援護し、保護する職能的な協同組合でもあります。ですから、その運営はあくまでも民主的でなければなりません。まして、敗戦の風にあおられて、裸一貫で、吹き溜まりに集まる枯葉のように、ここに集まって来たわれわれです。皆、肩を摺り合わせて、丁度、芋の皮を剥く時、芋を桶の中に入れて揉み合わせるように、われわれは肩を寄せ合って、前途に横たわる困難を一つ一つ克服して行くようにしなければなりません。皆芋と南瓜、それにイナキビ等の黄色い飯食ってさ。病気になってもろくに医者に診てもらうことも出来ずに生死の境目で生きている訳ですからね。一人でも勝手なことをすれば、この大地はたちまちち骨肉相噛む修羅場と化してしまいます。しかし、遺憾ながら、開拓の現状は芋擦りどころか、互いにいがみ合い、憎み合い、蔑み合っているというのが偽りのない実態です。

どうしてそうなったのか、

お互いに貧しくて、人のことにかまけておれないとか、入植したばかりで、相互理解に欠けているとか、この開拓地が地形的にM川沿いに細長くハコ状に分断されていて、開拓民の地域的結合が阻害されているとか、いろいろ原因があるでしょう。しかし、忘れてならないことは、われわれ百三十戸の開拓民の機関車ともいうべき執行部がこの悪条件を克服するための努力をしていないということです。それどころか、前の総会で竹田組合長が提案した懲罰委員会の設置を見てみても明らかなように、組合長は自分の足固めのためにのみきゅうきゅうとしているじゃありませんか。懲罰委員会というのは、そもそも組合員の利害に反する行為をした者を懲らしめるために設置されるものじゃありませんか。決して、個人の利益のために設けられるものではないのです。例えば…」

突然野次が飛んだ。竹田に二十歳の老馬を買わされた島村であった。

「努力していないなんて、一体誰のことを言っているんだ！貴様だって役員の一人ではないか。人を誹謗する前に自分のことを反省してみたらどうだ！」

岡は一瞬びびったが、島村を見据えながら続けた。

「例えば、前組合長水上さんの不正問題ですが、これはあくまでも開拓内部の問題だから、警察を介入させるべきではない、われわれ自身の手で解決すべきであると申し上げましたが、竹田組合長はどうしたわけか、われわれを敬遠し、独断で支庁や警察に連絡して、俺と原さんをすっぽ抜かして調査に当たり、大森参事を追放して、あなたが入所していた十勝開拓実習所の村田さんを就任させたんではないですか。一体あなたはK開拓の組合長として、何を目論んでおられるのか。果たして、正常な解決を望んでおられるのかどうか。首をかしげざるをえないのです」

「黙れ！」

竹田が突然立ち上がって、側の壁をどんどん叩きながら叫んだ。

「貴様こそ、何を企んでいるんだ！警察の介入は組合員の投書があって止むなくやったんであって、俺の独断でやったんではないんだ！」

その時、それまで会場の後ろに立って会議の成り行きを見守っていた原がズカズカ役員席に進み出て、竹田の前に立って言った。

「竹田！何をほざくか。皆お前の独断でやったことではないか。お前は警察の介入は組合員の投書があったので止むなくやったと言うが、投書したのはお前だっていう情報もあるんだぞ！」

「何っ！役員のくせして、今頃、のこのこ出て来やがって何をぬかすか！何の証拠があってそんな出鱈目をぬかすのか。ここを何処だと思っているんだ。総会の場だぞ。事もあろうにその場でそんな出鱈目を吹聴されては黙って下がる訳には行かない。取り消せ！取り消して、皆の前で謝れ！」

「その必要はない」本間がマドロスパイプをくゆらせながら立ち上がり発言した。「これは出鱈目ではない。投書は竹田組合長の自作自演だ。投書した人の中には、竹田組合長に脅されて投書したっていう人がいるんだぞ」

竹田が又ドンドン壁を叩きながらわめいた。

「黙れ！お前も原の片棒担いでデマをでっち上げ、俺を陥れる気か！」

議長がたまりかねて竹田を牽制した。

「壁を叩くのは止して下さい。議論するのは結構ですが。冷静にお願いします」

「組合長」E地区の森だった。「口はばったいようですが、一言思いついたことを述べさせて頂きます。総会は私ども開拓民の唯一の意思表示の場です。その場で発言している者に対して黙れ！と言って恫喝して意見を封ずることは間違っているんじゃないですか。組合長は少々下腹痛いことを言われても虚心坦懐にそれを受け止め、反論すべきことがあったら反論し、是正すべきことがあったら是正する、それが組合長の正しい姿ではないですか。私は奥地の者で情報に疎く詳しいことは分かりませんが、今皆さんの意見を聞いて驚いている次第です」

「そうだ。そうだ」という野次が飛んだ。竹田はその声の方をギョロリ見据えながら、側の書記に「今、野次った者の名前を書いておけ！」と命じながら反論した。

「俺は岡さんの意見を封じたのではない。根も葉もないことを言うから牽制しただけだ。もう一度、はっきり言っておくけど、警察の介入は組合員の投書があったから止むなくやったんであって、俺の独断でやったのではない。投書というのは、組合員の声無き声の反映ではないか。それを無視することこそ非民主的ではないか」

原が応酬した。

「何をほざくか。お前はこれまで、発言している者を恫喝し、野次った者の名前を書記に書かせて組合員を威圧して不正を正当化して来たんではないか。一体、お前は何のために、これまで水上の経理不正問題に関わってきたのか。前の総会の言動といい、今回の自作自演の投書問題といい、先程来の暴虐といい、組合員の誠意に悖るが如き言動は遺憾に堪えない。水上の不正に学ぶどころか水上の不正を模範にして不正を働いているんではないか。お前がいくら弁解しても、お前に脅迫されて投書した者が何人もいるんだ。潔く往生したらどうだ」

森が原の意見に誘発されて発言した。

「実は私も投書した一人ですが、原さんや本間さんが言われることが本当だとしたら由々しき大事です」

古賀が森の発言をもぎ取って否定した。

「本当な訳が無いだろう。竹田組合長を引きずり下ろすためのでっち上げだ。そんなことを信用してお前も反乱軍の片棒を担ぐ気か！」

森は一瞬びびったが、すぐ思い直して続けた。

「でっち上げかどうか私は奥地の者で情報が疎くて分かりません。ただ、この開拓地に生きる者として真相を知りたいだけです。幸い、この席に堀巡査と池田課長が出席されていますから、二人のご意見を聞いて見たらいいじゃないですか」

こうして、会議は自動的に第三議案の竹田執行部の不信任案に入って行った。議長はそれを確認した上で堀巡査と池田課長に発言を要請した。

まず、堀巡査が発言した。

「折角のご要望ですが、この件については、支庁からの要請があってやったことであって、内実はわれわれには全く分かりません」

次いで、池田課長が議長に指名されて発言した。

「ご指名ですので、一言申し述べさせて頂きます。

先程来の皆さんのご意見を拝聴して、漸くこの総会が開かれた理由が分かった次第です。

ご指摘の書類送検についてですが、先程来の皆さんのご意見を聞いていると、何かわれわれに計画的意図があったんではないかという疑念を抱かれているようにも見受けられるんですが、この機会に敢えて、申し上げます。断じてそんなことはありません。組合からの要請があってやったことであって、われわれがある意図のもとに、強権を発動してやったものではありません。誤解しないで頂きたいと思います。内容については、只今検討中で、何とも申し上げられませんが、結論が出次第ご報告したいと思っています。それから、投書した人についてですが、投書は無記名でしたので、われわれとしては誰が投書したのか、一切分かりません。只、筆跡の違いから、一人の人ではなく、複数の人からの投書であったということだけは申し添えておきたいと思います」

竹田が発言を求めたが、議長は無視して宣言した。

「それじゃ、もう、意見は出尽くしたようですので、この辺で討議を打ち切り、竹田組合長不信任の採択に入りたいと思いますが如何ですか」

島村が反対した。

「議長！それは無謀です。まだ意見は出尽くしていない。もっと、竹田組合長の意見を聞くべきじゃないですか」

「議長！」中里が島村の意見を押し返すように声を張り上げて言った。

「これ以上竹田の弁明なんか聞く必要はない。全て前回の総会で決着がついている。今更何を弁明するつもりですか。これ以上竹田組合長の泣き言を聞いていたら、いたずらに問題をこじらせるだけじゃないですか」

竹田が矢庭に、

「いやまだ言うべきことがある。何故、お前達は俺の弁明を封じようとするのか。俺に言われると不利なことでもあるのか。俺は私利私欲で組合長をやっているのではない。あくまでも、組合のことを案じて、組合の将来のことを考えて、天落ちるとも正義は行われなければならないと、そう思って、身銭を切ってやっているんだ。俺は皆さんが俺を理解してくれるまで、いくら罵られても弁明は止めません。俺は金や名誉が欲しくて組合長になったのではない。俺は拓銀に五百万円の預金があるし、U町で自動車修理工場も経営しているんだ」

そう言って奮然としたのである。

「馬鹿者！」原であった。「そんな金持っているなら、どうしてこんな山中に入って来たんだ。土地拓きもしないで、何をほざくか。お前は組合長の資格はない。これ以上貴様が組合長の椅子に座り続けることは、この開拓を混乱に陥れるだけである。つべこべ言わないで、いさぎよく退陣し給え！」

それでも竹田は腰を下ろそうとせず、涙を流しながら、くどくどと訳の分からんことを言い続けたのである。

村田がその異常な空気を正すように発言した。

「私は番外で発言権はありませんが、開協の一職員として発言させて頂きます。私は皆さんのご要望により参事になった者です。まだ就任して日は浅いが開拓百年の計を図って微力ながら皆さんを指導して参りました。思うに、現在の開協は少数闘争分子というか、平地に乱を起こして漁夫の利を得ようとする反乱分子に牛耳られています。岡さんや原さんの言動は政治的策動によって組合員を扇動しているとしか考えられません」

そう言って、懐中よりビラを取り出してつけ加えた。

「これはU町のある所に掲示してあったものですが…今ここで全部読み上げることは出来ませんが、要約すると、開拓は悪代官と組合ボスの巣窟になっており、開拓民は塗炭の苦境に陥っている。この窮状を打開するには組合員一人一人が手を繋ぎ、団結して、ボスと対抗し、真に開拓民の立場に立つ執行部を樹立することである、ということになると思います。今回のリコールはこの方針に沿って計画的に行われたものと思われます。皆さん、この点をよく考えられ、開拓百年の計を誤られぬよう処置して頂きたいと思います」

野次が飛んだ。

「ボスとは誰か。お前が援護している竹田ではないか！」

竹田が野次った者を睨めつけながら叫んだ。

「何っ！お前は中里だな。お前こそ、岡の走狗じゃないか」

議長が牽制しながら言った。

「個人を誹謗することは止めて下さい。番外の方、他にご意見ありませんか」

農民組合U町支部長の山下が発言した。

「私も番外で、ご指名無しには発言権がありませんが、折角お招き頂いたんですから、この機会に一言申し添えておきたいと思います。私もそのビラを見ました。確か末尾に、『上に立つ人が変われば情勢は変わる。大地を拓いて新しい村を建設しようとしている人々よ、団結せよ！』と書かれていたように記憶します。まさかとは思いましたが、今、その現状をまのあたりにして驚いている次第です。一昨年、この開拓地が払い下げになった時、全道的に御料牧場の解放運動が行われていますが、今回のリコール運動はその延長線上にあるのではないか、そんな気がします。

私は戦後農地改革以来、農民運動の第一線に立って、農地改革に携わって来ましたが、この総会に出席するにあたって、支庁長にお会いして、当開拓の問題についていろいろ話を伺って参りました。その時、支庁長はこの開拓地は一部闘争分子が特定政党に利用されており、組合員の方々がその言動に惑わされていると言って慨嘆されていましたが、私もこの度この総会に出席させて頂いて、それを実感した次第です」

「議長！」古賀であった。「それが事実なら由々しき大事です。幸い、この席に田原さんが出席されていますから、田原さんの意見を聞いてみたらいいんじゃないですか。このビラは共産党が発行したビラだと聞いているが、田原さん、本当ですか」

議長は意外な発言に戸惑いながら、田原に発言を求めた。

田原はすっくと立ち上がり、一語一語確かめるように、ゆっくりした口調で言った。

「只今お二方のご意見を伺っておりますと、私が当開拓の人達を扇動して、政治的宣伝やこの度のリコール運動の援護をしているようなご意向のようですが、全くの勘繰りでしかありません。

この総会は、K開拓の皆さんが入植以来抱え込んでいる諸問題を解決して、新しく出発しようという重大な会議です。かかる神聖な会議の席上で、開拓民でもないあなた方がこの度のリコールが共産党に利用された一部闘争分子の反乱であるという不穏当なコトバを使って誹謗することは由々しき大事であり、且つ生命を削って、日夜木を伐り、この荒れ地を拓かれている皆さんを侮辱するものです。この際、私が申し上げられることは、新しい村を建設しようとしている皆さんに敬意を表し、円満な解決を願うだけです」

会場から、一斉に拍手が起こった。古賀がその拍手を揉み消すように大声を張り上げて野次った。

「そんなきれい事を言って誤魔化すな！俺はそんなことを聞いているのではない！そのビラはお前が書いたんだろう！」

田原は古賀の顔を凝視しながら続けた。

「村田参事が提示された、ある所に掲示されていたビラというのは私の家の前の掲示板に貼ってあったものですが、あれは戦後開拓行政一般のずさんさを批判したものであって、この開拓を批判したものではありません。昨今、利権あさりの組合ボスによる不正事件がマスコミをにぎわしていますが、このビラはそれを踏まえて出したものです。前文にその旨ちゃんと書いてありますから、それを読んで見て下さい。ましてや、現在岡さんや原さんがやっている民主化運動とは全く関係がありません。誤解しないで下さい」

利権漁りの開拓農協のボスによる不正事件は敗戦後に於ける北海道開拓の特徴であるが、特に当時マスコミをにぎわした不正事件は次の三件である。

第一は剣淵開拓協同組合長の不正横領事件、第二は泉川農協不正流用事件、そしてもう一つは神恵内開協不正事件である。

剣淵開協では、組合長N（五十九歳）が開拓助成金、金融機関の融資金三百六十万円を横領して、殆ど遊興に消費していた他、同参事G、職員W、同Vなど組合長とグルになって二十二万円を横領し、遊興費に使っていたものである。泉川開協では、泉川開協藁具専務がこともあろうに冷害救済資金約四十万円を他の事業に流用していたもので、これも警察の手が入った。神恵内開協では警察の手が入らなかったが、政府資金、農林中金融資などを開協の事業費に注ぎ込んで八百万円の赤字を出し、道庁から告発されている。

昭和三十年八月八日付北海タイムスは「開協不正事件なぜ起きる」というタイトルでこう報じている。

「この三つの事件で問題になるのは、巨額の資金が横領されたり、流用されたりしているのが何年も分からなかったことである。特に、神恵内では、わずか三十名しかいない小さな開協が八百万円もの赤字を出していながら監督に当たる道庁も全然知らなかったという。去る七月の道議会で稚咲内の不正事件が問題となった折、田中知事、市川開拓部長は監督は十分行っていると言明しているが、小さな組合が四百万円も横領され、八百万円も莫大な赤字を出しているのを何年も知らないようなことで、十分な監督と言えないようだ。不正の原因は、ボスに牛耳られた開協が多いことである。このボスの中に開協を食いものにする者がいる。組合員は、殆ど開協幹部に任せきって、経理面の監督を全然行っていないのが実状のようだ。又能力の無い開協が開拓行政の末端的仕事をもっているので、予算の無いのに仕事が多く、人件費や事務費を捻出するため、開拓者の手に入るべき政府資金や融資金を頭からぴんはねしている例も多いようだ。こうした資金の取り扱いが自然ルーズになって、不正事件を起こす原因となっているようだ。経済力の弱い開協に多くの仕事を与え、多額の開拓資金を取り扱わせながら指導や監督を怠っている道庁側にも大きな責任がある」

竹田が反論した。

「そんなこと言って、騙されんぞ！あんたは最近頻繁に当開拓を訪れているようだが、何のために来ているのか」

田原があきれ顔で答えた。

「何のためって、あんた、私はあんた方に選ばれたこの町の町議で、且つ獣医ですよ。そんなことお尋ねすること自体偏見じゃないですか」

竹田がすかさず一枚のチラシを懐中から取り出して頭上高く掲げながら言った。

「それじゃ、これは誰が配布したんですか。これは当開拓のある人の所に配布されたものなんですよ。見給え！共産党の看板に貼ってあったこのビラと表現が違っているけど、言っていることは全く同じじゃないですか。それでも関係が無いと言われるんですか」

たまりかねて議長が竹田を牽制して言った。

「組合長、場所を弁えて下さい。この総会は政論の場ではないですよ。K開拓農協の総会なんですよ」

しかし、竹田はそれに応じようとせず、テーブルを叩いて叫んだのである。

「お前たちはこの開拓の反乱分子を扇動して、この開拓を共産村にする気か!」

すかさず原が応じた。

「これで分かったぞ。どうしてお前は田原議員をこの総会に出席することを要望したのかが—。こんな魂胆があったんだな。お前はどこまで腐ってんだ!カガに愛想つかされて家出されてもまだ分からんのか。お前が持っているビラは俺も持っているが、この開拓でビラを配っているのは共産党だけではないだろう。自民党だって新聞を始め、沢山のビラを配っているんじゃないですか。そんな難癖をつけて、不信任案を封ずる気か!」

そう言って、高々と署名簿を掲げて豪語した。

「竹田、これを見ろ!ここには開拓民の過半数の人が署名しているんだぞ。ジタバタしないで素直に往生したらどうだ」

竹田が、「何!」と叫んで抗議しようとしたが、議長が竹田を牽制して宣言した。

「それじゃ、もう意見も出尽くしたと思いますので、竹田組合長不信任の採決に入りたいと思いますが、如何ですか」

賛成の声がそちこちから上がった。古賀が発言を求めたが、議長は無視して宣言した。

「それじゃ、採択に入りたいと思いますが、採択の方法は無記名投票にしますか、それとも挙手にしますか」

無記名投票の意見が上がったが、今後のこともあるので、はっきり意思表示して選んだ方がいいという意見が竹田一派のみならず、リコール側にも多かったため挙手による方法が採用された。

採決に先立って、来賓が退場した。採決が終わるまで、という意見もあったが、神聖な場所に巡査や役人を臨席させるべきではないということで、敢えて、退場してもらうことになったのである。

採択はそれまでの侃々諤々たる状況とは裏腹に、和やかなムードの中で行われた。

採択は最初に不信任に賛成する者から行われたが、なかなか手を上げる者がいなかった。上げた者でも腕をちょっと持ち上る程度で上げているのかいないのかはっきりしない。

議長がたまりかねて勧告した。

「はっきり上げて下さい。組合の将来を決める大事な採決ですから、周りの人を気にしないで自信を持ってはっきり上げて下さい」

議長に促され、さみだれのようにパラパラ手が上がる。中には、前後を確かめながらおそるおそる上げる者もいた。しかし、一人上げ、二人上げして数が増えるに従って増えて行き最後には七十三人になった。

次いで反対する者の採決が行われたが、結果は三十五人であった。他に手を上げない者が十二人いた。

議長が採択の結果を確認した後宣言した。

「採択の結果、竹田組合長不信任が可決されたので、次期組合長及び役員の選挙に入りたいと思いますがどうしますか。後日、日を改めて行いますか。それとも、今即座にやりますか」

浜田が発言した。

「今、即座にやって下さい。日を改めてやるとなると、われわれ奥地の者は大変なんです。雪でも降ったら殆どの人が出席出来なくなります」

「止むなし」の声が上がり、直ちに行われた。

結果は、岡が竹田組合長不信任に賛成した人とほぼ同数の七十五人を確保して組合長に当選。竹田派は竹田が辛うじて理事に当選しただけで、全員枕を並べて落選した。リコール派の完勝であった。

F地区の浜田も当選したが、浜田は奥地で役員会があっても出席出来無いからということで辞退したため、次点の中里が繰り上げ当選した。

竹田は結果が判明するや否や、

「こんなヤクザとアカの交媾集団に協力出来ない。理事を辞任する」

と啖呵を切って、席を蹴って退場した。と同時であった。中里が
「竹田、待て!」

そう言って、退場しようとする竹田の前に立ちはだかったのである。一瞬、竹田は立ちすくんだが、矢庭に、小林が駆け寄って来て後ろに立ったため、元気を取り戻し、肩をいからせながら言った。

「てめえのようなヤクザが役員に選ばれるような組合に用はないわい。そこどけ！」

一瞬の出来事に、皆総立ちとなった。しかし、誰も仲裁に入ろうとしなかった。中にはやれやれ、と野次る者さえいた。中里が二、三歩踏み込みながら言った。

「理事止めるのはてめえの勝手だが、その言い種は何だ！もう一度言って見ろ！」

竹田が右腕を捲り上げながら言った。

「うるさい！てめえのようなヤクザ上がりに用はない。どけ！」と同時であった。中里の左右のパンチが、竹田の頬と鳩尾に飛んだ。竹田は横転した。小林が矢庭に、

「やったな！」

と言って身構えた。しかし、浅草で鍛えた腕である。間髪を入れずに小林の急所を思い切り蹴上げたのである。小林はいたたまらず、横転した竹田の上にのしかかるように身をこごめた。中里はその肩をグイと持ち上げ、小林の顔をはったと睨めながら言った。

「大學まで出やがって、こんなおためごかしの腰巾着をしているなんて、情け無いと思わんか。立て！」

その時である。選挙の結果を聞いてから帰ると言って、事務所に控えていた堀巡査と田原が駆けつけて来て、二人の間に割り込みながら言った。

「止めれ！」

蹲っている竹田が驚いて起き上がった。パンチをくらった時、口内が切れたのだろう。竹田の口から喉元にかけて血が流れていた。竹田はその血を右袖で拭いながら、

「覚えていろ！」

と捨てセリフを吐いて、立ち去って行った。小林が股を抱えながらその後を追った。続いて、古賀、石山、西東、島村、村田等が口々に、アカだとか、ヤクザだとか、裏切り者だとか、悪態の限りを吐いて退場して行った。

堀巡査が後を追いかけようとする中里の前に立ちはだかって言った。

「一体、どうしたんですか」

側に立っていた原が中里に代わって事の次第を説明した。町議の田原がそれに耳を傾けながら、不安げに事態を見守っている岡に言った。

「岡さん、大変な事になったな。一歩過ったら、それこそこの開拓は地獄になるぞ」

岡は原の説明をうんうん頷きながら聞いている堀巡査の角張った横顔をじっと見つめながら溜息をついた。

第五章

一

翌日、岡は浜田と連れ立って竹田宅を訪れた。参考人として池田課長が同行した。原と本間が同行することを望んだが、岡は事を荒立てるだけだと言って拒絶した。

竹田宅には幸い古賀と小林が来ていた。

竹田は玄関先に立った岡を見て言った。

「何しに来た」

岡は昨日のことを詫び、今後の開拓運営について話し合いたいと言った。ところが、竹田は、

「問答無用！帰れ！」

と言って一蹴してパチンと戸を閉めた。

中で小林が怒鳴った。

「アカとヤクザの集団に用事はない。君達とは絶交だ！」

池田課長が、ドア越しに、

「同じ開拓民ではないか。小異を捨てて、大同団結しなかったら、この開拓は地獄に堕ちるぞ」

と言って諭したが「絶交だ。問答無用！」を繰り返すだけで話し合いに応じようとしなかった。

池田課長は事の重大さを改めて認識し、組合事務所に戻って今後の組合運営について話し合うことにした。

話し合ったのは主に人事についてであったが、池田課長はこの難局を乗り切るためには執行態勢を強化しなければならないと言って、次の二件を提案している。
一、役員の代表一人を常勤にすること
二、職員の任免・解任を組合長の人事権にすること
しかし、役員会の意見も聞かずに職員を解雇して執行態勢を強化するということは容易なことでは無かった。解雇された者の怨みを買うだけでなく、退職金問題があったからである。しかし、水上、上林、竹田の三代に渡って露呈した経理の不正を糺して組合を正常化させ、竹田一派の狂暴をコントロールするためにはこの助言を受け入れざるを得なかった。

まず、警察に掛け合って、竹田が警察に提出した水上前組合長時代の書類の返還を求めたが、警察

ではまだ調査中であるということで返還を拒絶した。しかし、署内での調査は差し支えないというので、役員が交代で警察を訪れ、調査に当たることにした。結果、共有備林の契約問題、農道問題、大森事件等々は書類が不備で分からず迷宮入りとなったが、水上の醵出不明金は控えめに見積もっても、五十万円に達することが判明した。

これをどう処理するか。

役員の中には、継続審議を要望する者も若干いたが大勢はこれ以上この問題に関わることは開拓のためにならないということで、これで打ち切ることとし、水上の醵出金については個人の責任に於いて負担するということに決定した。

次に手を入れたのが、三代に渡る不正の土壌となった職員体質を改善するために大幅に更迭を実施して組織を再編成することであった。

職員の解任については、前記のような池田課長の助言もあったが、役員会の承認を得て実施した。

まず常勤として本間を任命し、村田参事を即時解雇、その他職員の中で言行不信者は解雇し、怠慢の甚だしい者は配置転換した。もし、それに応じなければ業務上の過失を追求して責任を取らせるという徹底振りであった。難を免れたのは西東麗子只一人であった。彼女は西東の娘で、理事の中には訝る向きもあったが、父に似ず誠実勤勉で、且つ公平無私で愛嬌があり、時折組合員の似顔絵を描いて配付するなど開拓民のアイドル的存在であったからだ。後任は地域内採用を原則として公募し、役員会で正式に決定された。参事は組合長の秘書的存在であるということで、組合長が推薦して、それを役員会で検討し承認するという方式をとった。佃が選ばれた。役員の中には、佃と西東麗子の関係から（色恋沙汰の噂があった）反対する者もいたが岡は彼の器量を買って、敢えて採用することにした。

人々はそのすさまじさに気圧された。原もその例外ではなかった。この男は（もしかしたら、時と場合によってはこの俺をも切り捨てるかもしれないぞ）そんな不安が空きっ腹に冷や酒を流し込んだ時のように染み込んでゆくのを覚えた。しかし、気圧され、不安を抱きながらも表だって反対する者はいなかった。岡のそれまでの実績もさることながら、その果敢な実践を前にして人々はこの男について行ったら、入植以来の暗いトンネルを抜け出せるかも知れないという漠とした信頼感を抱いたからである。

原は再三、如何に行政庁のアドバイスがあって実施したことであるとはいえ、そんなに性急に荒治療したら、組合員の反発をかうだけでなく、竹田派一派に利用されて、墓穴を掘りかねないと言って諌言したが、岡は、鉄は赤いうちに打たなければ名刀にはならない、この好機を逸したら開拓は百年の計を誤ることになる、そう言って原の諌言を無視したのである。しかし、岡執行部は発足後二ヶ月足らずしてトンネルの中で蒸気をあげたまま立ち往生したのである。

新年度予算審議のための役員会が開かれた日のことである。竹田以下三十名の組合員が連名で脱退届けを提出したのである。代表は古賀であった。

もう予算審議どころではなかった。議題は急遽その対策に切り替えられた。

岡はこの動きを察知していた。総会後、彼自身、竹田の身辺をそれとなく探索していたことにもよるが、それ以上に新年度に入ってから、竹田に脱退を強制された人々から被害届が続出したからである。

もう予算審議どころではなかった。議題は急遽その対策に切り替えられた。直ちに代表の古賀を役員会に召還して、どうして脱会するのか理由の説明を要求したが、古賀は加入脱会は個人の自由であると言ってつっぱねた揚げ句、われわれは新たに同志組合を結成するのだと宣言したのである。

原がこれを聞いて激昂した。同じ目的で入植した者が、理由も無しに新しい組合を結成することは由々しき大事である。かかる裏切り者に対しては断固たる処置をとるべきであるとして、浄成会の審議にかけることを提案した。

浄成会というのは先の臨時総会の折、竹田等が退場した直後に、組合員の強い要望によって設置されたものである。公選された三人の代表の委員（役員外）と各地区の代表から成り、その職掌は反組合的な行為をした者を糾明して裁断することにあり、最高裁的なものであった。成立する時、一部に竹田が目論んだ懲罰委員会の肩代わりではないかという声も無いわけではなかったが、と言って、これとした反対意見もなく、組合の秩序を守るためにはやむを得ないということで、満場一致で可決とされている。但し、恒久的なものではなく、開拓が安定次第廃止するいう条件付きの機関であった。委員は本間、内倉、浜田の三人であった。

浄成会の審議にかけるということは岡の望むところではなかった。それは会設置の趣旨にかなっていないだけでなしに、かければ勢いの赴くところ、除名処分が必定だったからである。そうなれば、憎しみだけが表面化して、明日への展望は皆無となる。と言って、脱会の申し入れを放任しておく訳にはゆかない。残された途は一つしかない。組合長の権限によって、緊急に臨時総会を開いて組合員の理解を深め脱会を思い止まらせることである。猛然たる反対運動が起こった。そんなことをしたら、竹田が何をしでかすか分からないと言うのが大勢の意見であった。

　原の如きは組合長は己に降りかかった火の粉を総会にすり代えようととしている、この場に臨んで尻込みするとは卑怯ではないかと言って詰め寄った。非難は内部からだけではなしに、脱会組の側からも起こった。岡は総会の力によって、われわれを除名にする魂胆であるというのである。

　しかし、開拓を思う心が人一倍強い岡である。

（悪いのは竹田一人である。今、ここで開拓民同士が対決したらそれこそ開拓は永久に暗いトンネルから脱出することは出来なくなるだろう。今、開拓民は目先の損得で啀み合っているけど、求めているのは平和で幸せな村を建設することだけである。今ここで脱会した人達を処分すれば、それが失われてしまうだろう。それを分からせるのが組合長としての俺の責任ではないか）

　彼は、そう己に言い聞かせながら役員の説得に当たったが、人事で硬直している役員は、この場に臨んで尻込みするとは卑怯ではないかと言って一歩も譲ろうとしなかったため、止むなく浄成会の開催に踏み切った。

　しかし、竹田と古賀は、浄成会の要請は人権無視の越権行為であるとして話し合いを拒否した上、三十名連名で同志組合結成届を提出したのである。

これを聞いて激怒したのがE地区の人々であった。

地区会議を開いて、「浄成会を拒絶して、新たに同志組合を結成するとは由々しき大事である。臨時総会を開催して除名処分にすべきである」ということを決議して役員会に提出している。

しかし、岡は何としてもこれを阻止しなければならないと思って、町、支庁、道庁等の関係行政庁へ指導を要請した。しかし、竹田一味は頑なに自説を固持して譲らなかったため、来山して指導に当たった係官は臨時総会を開催して相互の理解を深め、二つの組合が切磋琢磨してゆけるような体制を樹立する以外に解決の途はないと言ってサジを投げたのである。

岡は止むなく総会を開催して、円満な解決策を図らざるを得なかった。

総会が開かれたのは同志組合結成届が出されてから一ヶ月後の三月二日であった。

出席者は百名を越えたが、脱会者は十名程しか出席しなかった。

来賓者として、U町拓殖係書記早田邦夫、町議会議員大川幸夫、U町警察署大谷巡査が出席している。

話し合いは、竹田が入会脱会は個人の自由であって他人が干渉すべき問題ではないと主張して一歩も譲らず、即刻解散を要望したため、膠着状態に陥っている。

議長は窮余の策として大川町議に意見を求めた。

大川町議は「同一地区内に同じ性格の組合が結成されることは望ましくない」としながらも、「脱会は個人の自由であって、その人達が脱会して新たに組合を結成することは違法ではない。究極の所、何れにしても組合の運営がより向上すればいいのであって、円満な解決を望んで止まない」と当たりさわりのない意見を述べたため、議長は審議を中断して、E地区から提出された決議書を採択することを提案した。

保見が先陣を切って発言した。

「果たして、除名することは組合の今後にとってプラスになるか。前回の総会で古賀さんが『脱会しても、お互いに切磋琢磨して、この組合を育てて行きたい。喧嘩別れはしたくはない。仲良くしてゆきたい』と言っていますから、この際事を荒立てないで脱会者の要望を入れて、仲良く手を打ったらどうですか」

E地区の森が反対した。

「保見さんの意見は正当論でよく分かるが、しかし、脱会した人達のこれまでの行動はあらゆる観点から見て除名に相当します。関係者の中には、この開拓に紛争が絶えないのは竹田さんがいるからだと言っている人がいます。そもそも、入植してから一年足らずしか経っていないのに四度も執行部の改選をせざるを得なかったということは異常です。一体、その元凶は誰か。竹田さんです。もうこんな不毛な争いは今後起こしてはなりません。直ちに除名すべきことを要求します」

「賛成！」

と言う野次がそちこちから飛んだ。

「一寸、待って下さい」古賀だった。「除名されるとなるとわれわれは気分的に納得できません。今後の農道問題もあるし、二つの組合が協働して組合の発展に尽くすべきです」

皆、古賀の紳士的な発言に目を見張った。

この思いもかけない柔和な発言が功を奏したのだろう、保見提案に賛成する人が増え、脱会者を除名せずに同志組合を結成することを容認したのである。

しかし、所詮は竹田に唆されて集まった烏合の衆である。除名されずに同志組合を結成したとはいえ、組合とは名ばかりで、ヴィジョンどころか定款さえもない場当たり的な感情集団であった。

そんなわけで、一ヶ月後には、早くも同志組合を脱会して、組合復帰を申し出る者が現れ、以後、一人、二人と櫛の歯が欠けるように欠け、二十七年八月には三分の一の十一人に膨れ上がり、翌二十八年の四月の通常総会には同志組合そのものが三十万円の借金を抱えて解散し、K組合に合併するという破局を迎えたのである。

それだけではない。竹田に対する離農勧告が決議されている。

竹田の離農勧告を要請したのは島村であった。

あの島村が…と訝る者もいたが、島村は二十八年正月、竹田から離反して同志組合を脱退し、組合に復帰していたのである。

島村が竹田から離反したのは、竹田の世話で購入した馬が原の予言通り、骨折して廃馬になってからである。

同志組合が結成されて十日程経ってからである。農道に作られた排水溝を飛び越えようとして転び、前の右足を骨折したのである。島村は、骨折が尋常でなかったため、竹田に釈明を求めたが、竹田は馬といえども生きものである。骨折もあれば、病気に罹ることもある。運が悪かったと思って、諦めるんだなと言って取り合おうとしなかったのである。抗議すると、目くじら立てて、この俺に楯突いたらどうなるかお前はよく知っているだろうと言って脅したのである。諦めきれずに、馬肉として売買する時に、獣医の田原に診断してもらったが、竹田はそれが悪いと言って難癖をつけ、「お前は何時からアカになったのか」と言って誹謗したのである。それだけではない。竹田の妻が夜逃げしたのは島村が拐かしたからだというデマを飛ばしたのである。

島村はそれらのことを洗いざらい告発した後、拳を振り上げながら叫んだ。

「この開拓に害を及ぼすのは誰か。竹田である。彼がこの開拓で意図して来たことは何か。平地に乱を起こして、この開拓をわがものにしようという野望である。この山の立木に目をつけて入植した山師である。われわれは、この大地を拓いて、ここで農民として生きようと願うなら、この害虫を除去しなければならない」

会場が、野次と拍手で沸き立った。

島村はその会場を見渡し、拳を振り上げて叫んだ。

「竹田をこの開拓から追い出せ！」

「同感！」中里であった。「竹田の耕地を見よ。組合長を止めて以来、竹田は殆ど町に住んでおり、住宅には草がぼうぼう生えており化け物屋敷のようです。竹田がこの開拓に留まっている限り、この開拓に平和は訪れない。直ちに、彼をこの開拓から追放すべきである」

議長が発言した。

「竹田が開拓者として不適格者であるとしても、私達が彼を追放することはできない。この件は支庁に陳情して支庁に決定してもらう以外にない」

岡組合長が答弁した。

「勿論です。この問題はここでいくら議論しても解決しません。組合員全員の意志を結集して支庁に陳情すべきです」

原が応じた。

「そうだ。これまでのように発言すれば竹田にやられるという姑息な考えを捨てて今こそ全員立ち上がるべきです」

「三十万円の借金はどうするか」

という野次が飛んだ。中里がその野次に答えて言った。

「同志会結成の責任は組合員を籠絡した竹田にある。従って、借金は竹田に肩代わりさせるべきである」

島村が反対した。

「いや、この借金はあくまでもわれわれ同志会組合員の借金である。如何に竹田が憎いとはいえそれは理屈に合わない。皆さんにさんざん迷惑をかけたあげく、こんなことを申し上げるのは非常に気がひけますが、出来れば、この借金はK組合の借金として取り扱って欲しいと思います。合併後は同じ組合員なのだから、後顧の憂いを無くすためにも、そうして頂きたいと思います。お願いします」

その時、佃が書記席から発言を求めた。

「議長、私は参事で発言権はありませんが、経理を預かるものとして、一言述べさせて下さい」

「どうぞ…」

「今、島村さんは、同志組合の借金はK組合に肩代わりして欲しいって言われましたけど、現在K組合にはその余裕がありません。この借金の責任は中里さんが言われたように、組合員を籠絡して同志組合を結成した竹田さん個人にあります。あんなゴロツキの尻ぬぐいをする必要はありません。竹田さん個人に支払わせるべきです」

「いや」島村が反対した。「それじゃわれわれの良心が許しません。この借金は同志組合の運営費ですからね。竹田個人の責任ではない。苦しい事情は、重々分かりますがK組合の借金として処理して頂きたいと思います。お願いします」

そう言って、組合員に向かって、深々と頭を垂れたのである。

もう反対する者はいなかった。暗黙のうちに、竹田の追放も含めて、島村の要望を受容したのである。

しかし、脱会者の受け入れは容易でなかった。同志組合結成後の対立は深刻で、日常生活に深く食い込んで感情がささくれ立っていたからである。中には同志組合の嫌がらせでノイローゼになり、親戚に身を潜めた者さえいたのである。しかし、岡組合長や支庁の池田課長から、この際過ぎ去ったことを水に流して開拓者相互の利益を目的として、大同団結して組合の発展に努めて欲しいと懇請され容認している。

二

竹田が支庁より、入植承認証返納の通告を受け、正式に離農した時、誰もが、今度こそ暗いトンネルを抜け出せるに違いないと信じた。もう、これからは、貧しくとも、コツコツと大地を拓いてさえいれば、明るく、平和な生活が出来ると信じて疑わなかった。

だが、それは束の間の光明でしかなかった。というのは、この年（昭和二十八年）の北海道は、四月以降の低温と気候不順、五月中旬の降霜、六月の風水害、七月の異常低温と続き、昭和九年にも匹敵する凶作に見舞われたからである。

伝えられた情報によると、この年の、北海道全体の平均作柄は例年の五八・三パーセントとなっているが、春が遅く、夏が短く、秋が早く、且つ積雪多量という典型的な寒冷地帯であるこの開拓地の場合は、作柄は例年の三〇パーセントにも満たない有様であった。例えば、前年イナキビや稗が削り蒔きで五斗入四俵程穫れたものが良いところで一俵足らずしか穫れず、奥地のD、E、F地区では皆無という状態であった。かてて加えて、鹿や夜盗虫の大発生による被害である。人々は栗、コクワ、山葡萄、タケノコ、蕗、わらび、茸等々の山菜を食べながら、立木を伐り、炭焼きをしながらどうにか飢えを凌いだものの、死亡者が続出、例年の三倍にも達している。殆どが、労働過重と栄養失調が原因であった。

本間の子が出産後十日で母乳不足で死亡した時のことである。役場の戸籍係の者が本間宅を訪れ、生活苦から口減らしのため殺したのではないかということで調査している。岡はそんなことはない。本間は諦めかけていた子供が生まれ、天の恵みであると言ってU町神社にお礼参りに行った程であると弁明したが、係の者は本間の奇行をあげつらいながら、岡の言うことを信用せず、時勢が時勢であるだけに、放棄して置けば刑事事件に成りかねないぞと脅している。岡は止むなく、本間の妻と死亡認知に当たった開拓保健婦を連れて警察に行き、死因は母乳不足による栄養失調であったことを釈明させている。警察では一応この釈明を認め、表だった動きはしなかったものの、不審の念は拭いきれなかったらしく、その後も、私服警官を入れてそれとなく調査に当たらせている。

そんなわけで、主婦が二人集まれば口をついて出てくるコトバは、今晩の食事はどうしようかとか、昨晩腹をへらした子供に泣きつかれてなだめるのに一苦労したとか、赤子に飲ませる乳が出ないので困っているとか、どこそこの家の誰が栄養失調のため死んだとか困った話ばかりであった。

八月に入ると事態は更に悪化した。来る日も来る日も雲は低く沢に垂れ込めて、開拓は陽の光に浴することがなかった。中には（主に立木のない土地に入植した人達）、迫り来る冬を前にして、もう、ここで生きて行けそうにもないということで、腰を浮かす者さえ現れ始めた。

しかし、岡は動じなかった。冷害が決定的となった九月下旬以来、町議会に対して要望していた冷害援助資金、一戸当たり一万五千円、計百九十五万円の援助に望みをかけていたからだ。だが、執行部の大半は、こんな大変な時に既存農家ならいざ知らず、厄介者の開拓者に、そんな大金を出す筈がないと冷淡であった。

しかし、岡は諦めなかった。連日町長及び町議を訪れて実状を訴え続けたのである。

この時骨身になって動いてくれたのは田原であった。再三有力議員を動員して開拓地を訪れ、冷害の実態調査に当たって関係官庁に救済を陳情している。

岡のこうした至誠が天に通じたのだろう。十一月末日に開かれた臨時町議会に於いて、開拓に対する冷害対策資金の給与が満場一致で可決されている。それも、満額の百九十五万円であった。

十二月末には米代金一ヶ年の融資を受けている。

ところが、支給される段階になってハプニングが起きた。色つきの金はもらえないと言って、授与を拒否した者が十余人程出たからだ。殆どが旧同志組合員であったが、その中に本間も入っていた。資金はあくまでも貸与であり、受けるも受けないも個人の自由であったが、しかし、貸与は個人ではなく、開協であった関係上（従ってその返済の義務は、個人にではなく、開協にあった）、岡としては、勝手にしやがれと言って放擲するわけにはゆかなかった。取り扱い如何によっては、援助そのものを取り消されかねなかったからである。そんな訳で、時には戸別に、時には地区毎に一堂に集めて繰り返し繰り返し説得に当たった。しかし、相手は組合を脱会して竹田の走狗になって同志組合の結成に奔走したしたたか者である。合併時の温情を逆撫でして、江戸の仇は大阪でと言わんばかりに反旗を翻したのである。事態は良くなるどころかこじれて行くばかりであった。せめて、本間だけでもと思ったが、その本間さえ、しまいには、俺は貧乏こそしているけど、オカミから恵みを受けなければならぬ程落ちぶれてはいないぞ！と言って噛みつく有様であった。

岡は断念せざるを得なかった。早急に、臨時総会を開いて組合員の了解を得ようと思ったが、原に、この緊急の折りに、そんなだだっ子の言うことをいちいち聞く必要はない、資金の援助は開拓民の大半が喉から手が出る程望んでいるんだから、この際、組合長の権限で決めるべきであると諭されて思い止まった。そして、十人の分は組合長の責任に於いて組合の預金として銀行に預け、残額を開拓者百十名に均等に配付した。

その矢先である。一町議が脳溢血で倒れたため、その補充の選挙が行われた。

公示は翌年正月明けであったが、岡が原と中里等開拓者有志に推薦されて立候補している。この劣悪な開拓を救うには、どうしても政治力が必要であると判断したからである。立候補したのは、岡の他に二人いたが、何れも元町議で知名度も高く、到底勝てるような相手ではなかった。まして、入植間もない開拓の片隅からの立起である。町民の大方は、岡は当選どころか、開拓者の半数さえも取れずに惨敗するだろうと予測した。だが、結果は、予想に反して岡の圧勝となった。開拓者の半数どころか、八〇パーセント近い票を集めただけでなしに、その他の地域でも六割を越える票を確保したのである。

何がそうさせたのか。

田原等革新系議員の身銭を切っての協力、それもある。が、それ以上に功を奏したのは冷害救済資金請願運動で、団結の重要性と町政に対する認識を深めた開拓者が、われわれの声を町政にというスローガンを掲げて結束したことである。開拓者の中には、自主的に山を下りて街頭に立ち、救済援助資金の礼を述べながら、薪炭を介しての開拓者と町民の連帯を訴える者さえいた。

岡は自分が当選したこと以上に、開拓者のこの身銭を切っての協力が嬉しかった。一見して無益としか思えなかった入植以来の葛藤が、目の届かぬ所で、貴重な実を結んでいたことが確認出来たからである。

三

こうして、どうにか窮地は脱出したものの、災難は追い打ちをかけるように開拓を襲った。

翌年六月三日の時期外れの降霜によって大小豆は全滅し、他の作物も以後の天候不順から収穫は例年の半分にも満たず深刻な事態を招いている。

岡は入植四年にして初めてこの地の開拓の厳しさに直面し、ここでは既存の知識が適応しないことを思い知らされた。

彼は入植四年の経験を分析し、M川沿いに十二キロメートルに渡って広がっている立地条件を生かした農業形態の在り方を模索した。思いついたのは次の二つの途であった。

一つは、ヤロビ農法の導入で、もう一つは経営形態を百八十度転換して、冷害に左右されない酪農に転換し、共同経営にすることであった。

ヤロビ農法はソ連の育種家ミチューリンの育種法を基礎として考案された農法である。その成果はまだ明確でなかったが、寒冷地に強い農法であるということで、昭和三十年頃日本各地に広まっている。

酪農は道庁の指導もあって、入植当初から取り入れられていたが、しかし、敗戦後の国難の中で、引き揚げ者救済事業の一環として、難民を追い込むように入植させた開拓地である。開拓民はこれとした抱負もなく、開墾と立木伐採や炭焼きによる現金収入に追われ、乳牛は飼っても、補助的に行われていただけで進展がなかった。

しかし、冷害が現実化した状況の中で、道庁が酪農への転換を図り、一戸当たり五頭の貸牛を給与して指導に当たったため、開拓民の中に、漸く酪農熱が高まりつつあった。岡はこれに着目した。これを追い風にすれば、この構想は容易に実現するに違いないと判断したのである。

彼は、有識者を訪ねて研究に研究を重ね、且つ、酪農に関心があった奥地の浜田やD、E、F地区の人達の協力を得て左記のような「K開拓牧畜共同化基本構想案」を作成して、役員会に提出したのである。

〈K開拓牧畜共同化構想案〉

今、日本は敗戦の荒廃から立ち上がり、復興の第一歩を歩み出そうとしているが、しかし、若者の中にはこの冷害に失望して、浮き足だっている者がいます。

今後、この状態が続けばやがてこの開拓は廃村になり、原野に戻る危険性があります。

この開拓地をこうした危険から守るには土地を共同化して、畑作から牧畜に切り替え、冷害や鹿や病虫害に強い農政にする必要があります。

幸い、この地域は水も豊富で、名峰R岳があり、風光明媚な自然に恵まれています。

この地の利を生かして、この地を共同牧場にすればこの地は大牧場文化地区として蘇り、発展するでしょう。

この構想は私案ではありません。開拓の有志と図って作成した青写真です。

虚心坦懐に討論の輪を広げて頂きたいと思います。

〈構想内容〉

一、家、屋敷以外の全ての土地を共有地にして共同経営にする。

二、中央のC地区に入植者を移住させて団地を造成し、学校、牧舎、開拓事務所、マーケット、娯楽、運動、文化等々の諸施設を建設する。

三、①奥地のD、E、Fの各地区及び開拓入口のA、B地区を牧場にして、夏には放牧して、冬にはC地区に建造した牧舎に収容する。

②住宅周辺の五百五十五ヘクタールの土地を畑地にして共同経営する。

四、牧場経営規模

当初は、綿羊を主にし、資本が蓄積され次第徐々に乳牛に転換してゆく。乳牛八百頭前後、それに肉牛や馬を多少加味する。条件が整備され、乳牛の生産が高まったら、開拓内に乳牛工場を建設する。一頭当たりの搾乳約四、五トンとみて、総生産量三千或いは三千五百トン。将来、奥地の町有地を払い下げてもらい、牧草地を広げて行けば、少なくとも四千五百トンの生産は可能であろう。

五、運営

①運営機関は当初現開協組織を原則として踏襲し、経営規模が拡大するにつれ適宜変革してゆく。

②労働は民主的合理的に行い、利益の配分は労働時間や出資金を考慮した上で適正に行う。

六、副業として、椎茸の栽培と養鶏、養豚事業を行う。

七、施行

今年一年下準備をして、来年度から実施し、十年計画で完成する。

〈あとがき〉

この構想は決して絵空事ではありません。この開拓地の特殊事情（農耕不適格地が多く、且つ、中央にM川が流れており、細長く箱状に分断させれているため交通事情が悪くコミュニケーションが取りにくい）を考慮した、最も適切にして有効な構想です。原野を拓いて耕地にするだけでは、開拓者とは言えません。原野を拓き、既存の農村にはない新しい村を建設すること―これこそ新生日本の開拓者魂というべきでしょう」

しかし、役員の目は冷たかった。岡が躍起になって説明しても耳を貸そうとせず、「絵に描いた餅だ」と言って冷笑しただけでなく、ヤロビ農法と共同化にこだわり、この開拓を共産村にする気かと言って非難し、「こんな執行部には協力出来ない」と言って役員を辞任する者さえいた。

岡は孤立し、眠れない日々が続いた。妻は心配して、休養を口実にして、カルルス温泉に湯治に連れて行っている。湯治は一週間の予定であったが、三日後係争中の裁判の弁護士が事情聴取のため来村するということで、原に連れ戻されている。

係争中の裁判というのは、竹田が離農勧告を受けた直後K開拓を相手に起こした預金等返還請求の民事事件である。

竹田はこの中で十二ヶ条の建白書を提出して、営農資金や初代組合長清水の不正事件摘発費用及び組合長就任時期の報酬金の請求をしているが、しかし、前者は領収書もなく、職員を強制して独断的に作成した請求書であり、後者は既に当時の参事が竹田の妻に送金しており、事実無根のでっち上げ訴訟であった。

岡は急遽役員会を開いて弁護士の尋問に答えているが、それまで役員会にそっぽを向いていた役員がこぞって出席し、この訴訟が根も葉もないでっち上げ訴訟であることを訴えている。

こうして、共同化構想で硬直した役員会は予期しないハプニングで正常化したが、しかし、役員の大半は構想に同調することは無かった。反故にすることを要求し続けたのである。

しかし、岡は諦めなかった。「歩き出せば必ず道は拓ける」と確信して、折ある毎に開拓地を巡回し、浜田の助言を受けながら構想を練り続けたのである。その熱意に絆されて原と中里が軟化し、協力するようになり、開拓民の啓蒙に奔走している。

そんなある日、岡は旧竹田宅の近くで、竹田に出会っている。小林と香港の女将が一緒であった。彼は襲われるんではないかと思い身構えたが、しかし、竹田は立ち止まり、

「俺は裁判に勝って、開拓地を取り戻し、必ずK開拓に戻る」

と啖呵を切って立ち去って行った。

第六章

一

文化の日、開拓に十センチメートル程の雪が降った。原は、足のうずきが心配であったが、早く起きて、昨日焼き上げた木炭の梱包をした。午後、開協事務所に木炭運搬のトラックが入る予定だったからだ。

梱包を済ませて馬を小屋から出し、馬具を取りに戻った時である。家の裏で雪ダルマを作って遊んでいた子供が小屋に駆け込んで来て叫んだ。

「父ちゃーん！馬逃げたよ！」

彼はすかさず外に飛びだしたが、馬の姿は既に視界になく、足跡のみが庭先から裏手の畑地に一直線に延びていた。

原の馬が逃げたのはこれが初めてではない。これまでも、再三逃げられている。が、逃亡先は、何時も、買い入れ先である開拓下の大川牧場であった。ところが、この日は違っていた。足跡は、畑地を抜けて、農道沿いに、奥のC地区の方に延びていたのである。

原は身支度をして馬足を追った。

途中松島に出会った。

原は襟を立てて、前屈みになって近づいてくる松島を十メートル程先で立ち止まって待ち尋ねた。

「何処へ行くの？」

松島はそわそわしながら、

「ちょっとそこまで…」

そう言って、そそくさとすれ違おうとした。

「実は、俺の馬がこっちの方に逃げて来たんだけど見なかったかい？」

松島は振り向かずに答えた。

「見なかったよ」

原はすたこら逃げるように遠のいて行く松島の後ろ姿を見つめながら、内心おかしい奴だなと思ったが別に不審に思わなかった。

馬足はそこから一キロメートル程度奥の保見の家の方に延びていた。元竹田の入植した土地の隣りである。そんな訳で、保見は、竹田が追放されるまでは竹田と家族ぐるみの付き合いをしていた。

保見が入植したのは昭和二十五年の夏である。K開拓一番手の入植者であった。性格は温厚で、好々爺的な面もあり、多くの入植者がオガミ小屋の建て方や開墾の仕方についての指導を受けるため、引きも切らずに訪れている。時には頼まれて家族不和や夫婦喧嘩の調停に入ることもあり、あたかも人生相談所の観を呈していた。

家は、オガミ小屋ではない。去年の夏住宅補助金で建てたトタン屋根のスマートな家である。庭には楓、紅葉、蝦夷松等の自然木が数十本林立していたが、周囲はすっかり開墾されて、芋や豆の畑になっていた。百三十戸の中で最も開墾の進んだ家であった。

馬の足跡は保見の家を訪れた人の足跡で踏み消されていた。

原は挨拶しながら外戸を開けた。玄関は客の靴でいっぱいであった。途端に居間の話し声が止み、ヒソヒソ話しに交じって、ガタゴト人が立って歩く音がした。彼は、身をこごめてガラス越しに（内戸の中央に幅十五センチメートル程のガラスが入っていた）、中を覗き見た。戸を背にして座っている男の背中越しに、二人の男が背を丸めて隣の部屋に移って行くのを見た。後ろ姿をちらっと見ただけで、誰なのかはっきり見分けがつかなかったが、後の男は紛れもなく竹田であった。彼は戸を開けて確かめようと思い、とってに手をかけた。と同時であった。ガラリ戸が開き、中からゴマ塩頭の保見が顔を出し、つっけんどんに言った。

「原さん、馬逃げられたんでしょう」

原は、どうして知っているのか不審に思って答えた。

「ええ…」

「実はね。十分程前かな。ここに逃げて来たので、掴まえてやろうと思って外に出たんですけどね。逃げられちゃったんですよ」

「どっちへ逃げて行きましたか」

保見は無造作に答えた。

「下の方に逃げて行きましたよ」

「原さん」中から古賀が声をかけた。「もう、馬の方が先に家に帰っていますよ。上がって、一杯やりませんか。今日は文化の日なんで、皆集まってお茶を飲んでいるんですよ」

原は、それを無視して尋ねた。

「竹田さんも来ているんですか」

「来ていませんよ」保見は唾棄するように言った。「あの人、もう、この開拓とは縁がありませんからね。来るわけないでしょう」

そう言ってゲラゲラ笑った。

原はガラス越しにちらっと見た二人の男のことを尋ねてみようと思ったが、唾を飲んでこらえた。

保見が話をそらすように、原の腕を取って言った。

「さあ、上がって一杯やって行きなさいよ」

原はその手を払いのけながら、

「これから、木炭を事務所まで運ばなければならないんでね。残念だけど、今日は遠慮するわ」

そう言って外に出た。その時、物置小屋の中に人影が消えて行くのを見た。ガラス越しに見た後ろ姿に似ていた。前の男は後ろの男の背中に重なって見分けがつかなかったが、後ろの男は紛れもなく佃であった。彼は小屋に行って確かめようと思い、二、三歩歩いたが、後ろから保見に
「原さん、馬が逃げたのはそっちの方じゃないですよ」

と声をかけられ、止むなく引き返した。保見は旧竹田宅の方を指差しながら言った。

「あっちですよ」

原は踵を返して旧竹田宅の方に延びている馬の足跡を追った。しかし、頭の中は物置小屋に入って行った二人の後ろ姿のことでいっぱいであった。

一体、何のための集まりなのか。メンバーは玄関先に散らばっていた履き物から判断して、少なくとも七人はいる。古賀が言ったように、単なるお茶飲みの会合とも考えられるが、それにしても、岡が開拓牧畜共同化構想を役員会に提案して以来の役員の不穏な言動を考えると竹田の出席は不気味であった。

原は歩きながら身震いした。もし、物置小屋の中に入って行った二人の中の一人が佃であるとするなら、竹田と同席していることが解せなかったからだ。よもや裏切ることはあるまい。そう思いたかった。しかし、竹田と共に、こそこそ隠れようとした後ろ姿を思い浮かべると不安でならなかった。

旧竹田宅の跡地には、原が田原家畜院に勤めていた時の同僚であった金田が入植していた。

金田は原が田原家畜院を飛び出した後もそこで働いていたが、原が入植した後、再々原宅を訪れて木の伐採や炭焼きの仕事を手伝っていた。時にはU町猟友会に所属して居たこともあって、熊出没の時には岡の要請で来村して熊退治に当たっていた。そんなわけで、入植前から開拓民によく知られていた男であった。

住宅は入植直後住宅補助金で建てた二十坪程の家であったが、旧竹田宅は壊されずに入植する時連れて来た馬と牛の小屋になっていた。

家の前で金田の妻が雪かきをしていた。

原の姿を見て、ペコリ頭を下げて挨拶した。

「こんにちは、とうとう降りましたね。何処へ行かれるんですか」

原は馬に踏み荒らされた雪を見ながら尋ねた。

「馬に逃げられたんですけどね。見かけませんでしたか」

「見たけど、すぐあっちの方へ逃げて行きましたよ」

彼女はそう言って下の方を指差した。

「そうですか。それじゃ、もう心配ないな。ところで…」原は話題を代えて尋ねた。「話し違うけど、竹田と佃参事が保見さんの家に入って行くのを見ませんでしたか」

「さあ…」彼女は原の唐突な質問に訝りながら答えた。「私、雪かきを始めたのは十分程前ですけど…

古賀さんと西東さんが入って行くのを見かけたけど、竹田さんと佃さんは見かけませんでしたよ」

金田が物置からシャベルを持って現れ、尋ねた。

「原さん、何かあったんですか」

「いや、別に――。ただね。今、保見さんの家に行ったら、沢山の人が集まっていて、その中に竹田と佃参事らしき人を見かけたもんですからね。後ろ姿だけで、それもちらっと見ただけですから、俺の勘違いかも知らんけどね。今、岡組合長が役員会に提出した議案で役員がてんやわんやしているんでしょう。噂によると岡リコールの動きさえあるということですからね。それで一寸心配になってね。聞いてみたんですよ」

「そうですか」金田は原に近づきながら言った。「実は、昨日の夕方でしたけどね。裏の炭焼き窯を点検に行った時、佃参事が保見さんの家に入って行くのを見たんですよ。保見さんの家はお客さんが多いですからね。まして佃さんは参事ですからね。その時は別に気にもかけませんでしたけど、今、原さんの話を聞いて、はっとしたんですけど…」

「そうか」原は首をかしげながら呟くように言った。「矢っ張り、あれは佃だったんだな。だけどね、どうして佃が竹田と同席しているのか解せないんですよ」

金田が原の疑惑を払拭でもするかのように語気を強めて言った。

「裏切りですよ」

「裏切り？」

「そうですよ」金田は一息入れて、念を押すように言った。「裏切りですよ。私も、役員の中にリコールの動きがあるということはうすうす聞いて知っていますけどね。原さん、これは岡組合長に話しておいた方がいいですよ。これから岡組合長の所に行って話してみませんか」

原はもう少し様子を見てから…と思って渋ったが、金田に「佃さんと竹田さんが同席しているということは只事じゃないですよ。岡組合長に知らせておくべきですよ。火のない所に煙は上がらないっていうんじゃないですか。燃え上がる前にもみ消しておくべきですよ」と言われて同意した。

「よし！そうしよう」

そう言って馬の足跡を追って歩き出した。金田はシャベルを妻に預けて原の後を追った。

入植してもう五年、開発は進み、入植当時の獣道は数メートルの農道になり、沿道の入植地は大半拓け、家もオガミ小屋ではなく住宅補助金で建てられた二十坪程の補助住宅になっていた。

道は一キロメートル程下ると突き当たり、右に行けば岡組合長の家の前を通って大川牧場に行き、左に行けば橋を渡って開協に行く。

馬足は右の道に延びていた。しかし、彼は馬の足跡を追わずに、左の道に入った。

金田がそれを見て尋ねた。

「原さん、馬の足跡は右の方に延びていますよ。それに、組合長の家はそっちじゃないでしょう。何処へ行くんですか」

「本間さんの家だ。組合長の家に行く前に、佃さんが居るか居ないか確かめねばならないよ。もし佃さんが居たら話にならんからね」

金田は慌てて、原の後を追った。

本間の家は入植当時のままだった。白樺はそちこち剥がれ黒ずんでいたが、建てた当時の風格はそこなわれずに残っていた。

妻が家の前で木炭の包装をしていた。

「居るかい？」

妻は包装の手を休めずに答えた。

「居ませんよ。今日は雪が降ったんでね。雪景色を見たいって言って、馬に乗って出かけたんです」

原はあきれ果て、「この忙しい時に、暢気な奴だな」そう言ってさりげなく尋ねた。

「ところで、佃さんは？」

彼女は立ち上がって、原の顔を見ながら答えた。

「木炭の荷出しがあるからって言って、開協に行きましたよ」

「開協？今日は公休日じゃないですか」

「そうだけどね。事務所の人に手伝ってくれって言われたからって言ってましたよ」

早速開協に行って確認することにした。

開協は木炭の荷出しをする人でごった返していた。職員が二、三人非常勤で出勤していたが、岡も出勤していた。雪が降ったので様子を見に来たのだという。しかし、佃の姿は見当たらなかった。

原が岡に尋ねた。

「佃さんは出勤していないんですか」

「していませんよ。今日は公休日ですからね」

金田が後ろから言った。

「嘘こいて密談に参加したんですね」

「密談？」

岡が怪訝な顔をして金田の顔を見つめた。

原がそれを払拭するように言った。

「矢っ張り、あれは佃だったんだな。だけどね。どうして佃が竹田と同席していたのかね。どうしても解せないんですよ」

金田が語気を強めて言った。

「まだそんなこと言っている？これはまぎれもなく、裏切りですよ」

岡が割り込んできて言った。

「お前達、何を言ってんだよ。密談だの裏切りだのって、物騒な…」

原は訝る岡の腕を取って、「重要な話がある」と言って、岡を宿直室に連れて行き事の顛末を話し、早急に真相を究明し、成り行き如何では佃を喚問すべきであると訴えた。しかし、岡は、佃が同志組合合併の折の、反対派のブレーンであったことを例に挙げながら、竹田と密談する筈がない、誰かと見間違えたのではないかと言って真面目に取り合おうとしなかった。それで原は胸を叩いて、窓越しに見たのは定かでないが、外で見たのは確かに竹田と佃の二人であったと強調したが、それでも岡は佃は能吏である、開協がここまで立ち直れたのは彼の献身的な協力があったからだと言って彼の諫言に耳を貸そうとしなかった。

金田は確かめるだけでもと念を押したが岡は頑なに拒絶して、しまいには憶測で物事の善し悪しを判断するのは下種の勘繰りであって、少なくとも人の上に立って事を成そうとしている人間の考えることではない、今われわれに必要なことはそんな姑息なことではなく、入植以来の汚職や不正で損なわれている信頼感を回復し、この開拓を立て直すことではないか、そう言って逆に懲らしめたのである。

金田は内心（組合長は佃参事を買い被っている）と思ったが、竹田離農勧告のいきさつを知らない金田は佃の裏切りの確信がなく、下種の勘繰りと言われればそれを受け容れざるをえなかった。

岡執行部リコールの要請書が岡組合長に提出されたのはそれから二週間後の十一月十七日であった。

代表は保見であった。

二

署名は八十名。その中に代表理事の鈴木を始め四名の理事が入っていた。本間、佃、松島の名前もあった。

リコール要請の理由にはこう書かれていた。

「つらつら昨今の組合運営を検討してみるに、岡執行部は経済団体としての協同組合の本質を逸脱し、特定政党に迎合した指導理念を遵守しているきらいがある。

一、二の例を挙げておこう。

まず第一に、去年W市で開かれた開拓者大会に於いて、組合長は情勢報告の中で、当開拓の入植当時の組合ボスを退けて共同化への途を歩んでいると力説した後、農民の解放は開拓からと叫んで壇上に駆け上がり、赤旗を振って気勢を上げたと聞いているが、これはわれわれの人権を無視した暴挙としか言いようがない。

第二は、ヤロビ農法である。

この農法は、伝え聞くところによると、ある政党が農村工作の一環として、ソ連から持ち込んで来たものだということですが、こういう物騒なものをどうして組合長は当開拓に普及させようとしているのか。前記の言動と関連して、われわれは承服し難い。

第三は現在役員会で審議中の「K開拓牧畜共同化基本構想」への疑惑ですが、一体組合長は何を考えておられるのか。当開拓は革命の砦ではないのです。一粒の米を求めて、原野に挑んでいる貧しい農民の集まりです。

役員の中には、組合長はこの開拓を共産村にするつもりではないかという不安がつのっています。われわれはあなたの運営方針に従うことは出来ません。全面的に拒否します。

更に、もう一つ、組合運営の在り方ですが、職員の中に、規制、規制のがんじがらめで自由にものが言えない状況が醸し出されていると聞いていますが、これは常日頃自由と民主を唱えている組合長に相応しくない言動です。

U町の官庁や開拓関係者の中には岡組合長が存続する限りこの開拓には自由はないと言っている人が沢山います。

即刻退陣を要求します」

原は署名簿の中に本間と佃兄弟の署名があるのを見て地団駄踏んで口惜しがり、「下種の勘繰り」だと言って、俺の言うことを聞かないからこんなことになるのだと言って岡を責め、直ちに、本間、佃の翻意を糺すべきであると要請したが、岡は己の状況分析の甘さを悔いたものの、原の要請を退け、役員会を召集して臨時総会開催の段取りを審議することにした。

ところが、保見は理事が大半辞職して役員会が成り立たないと言って拒絶して、岡と原の三者懇談を申し出たのである。

岡は止むなくこの要請に応ぜざるを得なかった。

原は代表理事の鈴木の参加を求めたが、鈴木は理事を辞任していると言って参加を拒絶している。

保見は岡の臨時総会開催を拒絶してこう言った。

「このリコール要望はわれわれだけの要望ではない。署名を見ても分かる通り、開拓民の大半の要望である。このことをよくお考えになり、総会で対決するという形でなく、自主的に辞任され、平和裡にバトンタッチされた方が竹田リコールの時のようなシコリも残さないですむし、組合のみならず、あなた自身にとってても好ましいではないか。われわれとしては日夜労を厭わず、組合に尽くされているあなたが、選挙の結果落選して会場を去って行くあわれな姿を見るに忍びないのである。あなたは前回の町議補欠選挙で町議に当選していることだし、組合運営のことはわれわれに任せて、あなたは町議に専念してもらいたい。あなたの理想は、その場で生かすようにすればいいんじゃないですか。開拓民の多くはそれを望んでいます」

岡は拒絶した。

ご厚意はありがたいが、このリコールは事実無根の作文的要素が強く、このまま討論無しで城を明け渡すことは出来ない。総会を開いて組合員と納得のゆくまで話し合って真実を証したい、というのがその理由であった。

表情は柔らかであったが、一語一語の中に、竹田と通じて密会を重ねて捏ね上げた策謀に対する怒りの炎が燃えたぎっていた。

保見は、しつこく、目先のことを考えずに、長い目で見なさい、今、交代しても、あなたは町会議員であるし、あなたの理想が葬られるわけではない、私の言うようにしておけば、あなたの理想は何時かは必ず陽の目を見ることもあろうと説得したが、岡は文化の日の保見宅に於ける密会に触れ、保見さんともあろう者が今更竹田と組んで何を企んでいるのかと質した。

保見が、「密会?何のことですか」ととぼけたが、原に「私の馬が逃げた日、出席していたのは誰ですか?」と詰問されて、言葉を濁した。

話し合いは、この密会をめぐって紛糾して噛み合わず決裂。岡の要求通り、総会を開催することで決着している。

日程は保見が三日後を要求したが、岡は、今収穫期で多忙な時だからと言って退け、十一月三十日に決定した。

ところがこの日熊騒動のため中止になった。

熊の出没は入植以来再々あったが、それまでは人家を襲うようなことはなく、せいぜいあっても、釣りに出かけた時、川原の砂の上で足跡を見たとか、野焼きしている時、煙に驚いて、林の中に逃げて行くのを見かけたとか、茸取りに行った時、笹藪の彼方に熊の後ろ姿を見かけたとか、赤子を寝かせて畑の仕事をしている時笹藪の中に熊がいるのを見かけ、驚いて睨めつけたら暫くして逃げて行ったとか、その程度であったが、しかし、この時は、冷害で山に餌がなかったのだろう、開拓地に出没して、畑を襲ってトウキビや大豆を食い荒らしただけでなく、今晩B地区の綿羊小屋を襲ったかと思うと次の晩にはC地区の豚小屋を襲うという具合で、警備の網を潜って、暴れ廻ったのである。

それで、止むなく、禁止になっていたアマポ（針金を張っておき、それに獲物が触れると鉄砲の引き金が引かれるという仕掛けになっていた）を熊が出没した豚小屋の周りに設置したこともあったが、しかし、熊はそれを避けて豚を襲ったのである。賢いというか、手に負えないしたたかな熊だったのである。

C地区の豚小屋が襲われた時のことである。

たまたま、豚小屋の傍にあった風呂場に入っていたご婦人が襲われた豚の悲鳴に動転して翌朝まで風呂場に閉じこめられるという事件が発生している。

それで、学校は臨時休校になり、開拓には外出禁止の戒厳令が布かれる有様であった。

それで、金田の肝煎りで、S町猟友会のメンバー十人程呼んで来て、村中挙げて熊退治をすることになった。

しかし、それでも熊は神出鬼没で、容易に鉄砲打ちの前に姿を現さず、豚や綿羊を襲い続けたのである。

戒厳令が布かれた二日後であった。前の晩襲われた豚が埋められている所が開協の裏山から発見された。直ちに、熊が豚を埋めた沢から抜け出ていないかどうか踏査された。が、その形跡がなかった。

それで、頂上付近に待機して、下から白煙筒や硫黄を焚いて熊をぼい上げ、射止めることになった。

この時、指揮を執ったのは安念であった。

安念は鉄砲打ちの名手で鹿狩りの時は何時も陣頭指揮を執っていた。

彼は予め猟友に、俺が撃つ前に絶対に引き金を引いてはならないと言うことを言い含めて頂上付近の岩陰に隠れた。

弾は単発である。撃ち損じれば、熊にやられる。例え、後方に猟友が身構えているとはいえ、その人が射止めてくれるという保証はない。

熊は予想通り豚が発見された沢に身を潜めており、白煙筒が焚かれると、猛然と頂上目がけて駆け上がったのである。

熊が数メートル先に近づいた時である。安念はぬーっと熊の前に現れた。熊は驚き、後足で立ち上がった。その時である。ズドーンと銃声が山合いに轟いた。熊はどさりと後ろにひっくり返り、二、三メートル転がり落ちて、突き出た岩に引っかかって止まった。

後方の岩陰に身を潜めていた猟友が、口々に「やった!やった!」と言って歓声を上げて飛び出し、安念の足許にはいつくばるように倒れている熊を見て

「これは大物ですね。三メートルはゆうにありますね。それにしても、安念さん、この暴れ熊を一発で射止めるとはお見事ですね」

と言って安念を讃え、胴上げをした。

その夜、開拓民は熊汁を作って、開拓あげての熊駆除の祝賀会を開催して気勢を上げている。老いも若きも、日頃のわだかまりを忘れて歌い、踊り、分裂で冷え切った心を吹き飛ばしている。

中には裸踊りをして祝賀会を盛り上げた人もいた。

総会が開かれたのはそれから五日後の十二月五日であった。

三

会場は開拓農協ではない。M川の左岸、開協の北東約一キロメートルの台地に建てられた新校舎の体育館である。

新校舎は小学校三教室、中学校二教室、職員室それに体育館及び図書室が完備されており、校長住宅や職員住宅が校舎東サイドに建てられていた。

学級は児童数の増加によって小学校、中学校共に一学級増えていたが、授業は、基本的にはそれまでとそれほど変わらない複式授業であった。しかし、廊下もあり、教室も板壁できちんと区切られており、それまでの旧種馬分厩舎の仮校舎のように馬尿の臭いに悩まされることもなく、隣室の授業の騒音に煩わされることなく、生徒は落ち着いて勉強することが出来るようになっていた。

体育館の壁には新校舎落成記念式典の時の全校生徒の作品（絵と作文）が展示されていた。

出席者は一二一名。

体育館に展示されている我が子の作品を見たいということもあって、ほぼ一〇〇パーセントに近い出席率であった。中には夫婦で出席した人もいた。皆、天井を仰ぎ、鼻をくんくんさせながら木の香りに酔いしれていた。中には我が子の作品の前に立ち、「苦労した甲斐があった」と言って涙ぐむお母さんもいた。

来賓として、支庁から拓殖課長と係長。町役場から産業課長と主事。それに国警から一人、北海タイムスの記者一名出席している。

　議長は代表理事の鈴木であった。

まず、リコール側を代表して、保見が要望書を読み上げた上で、リコールの理由を説明。次いで、岡組合長が次のような弁明をした。

「私は今回のリコール要望書を見て、いの一番に感じたことは、この度のリコールは、私が組合長に選ばれた時の、竹田前組合長リコール総会の延長であるということです。勿論、今度の署名者の中には、あの時、竹田前組合長リコールを積極的に支持した人達も沢山入っています。しかし、この度のリコールの趣旨は、あの時の総会で、私達の運動をアカに利用された一部闘争分子の策動と非難した人達の理念と全く同じです。

日本には、戦前から、体制を批判したり、時勢にそぐわない新しい意見を述べたりするとアカと言って口封じをするという悪い因習がありますが、今回のリコールはその好例と言えるでしょう。勿論、私にも非がありますが、しかし、今回の不信任問題の真因は別な所に潜んでいるように思われます」

　野次が飛んだ。

「はっきり言え、はっきり…」

　岡は野次を飛ばした人の顔を見つめながら続けた。

「では、申し上げましょう。リコール趣意書は誰が書いたか知りませんが、全て事実無根のでっち上げです。

まず、全道開拓者大会に於いて、私が強気の発言をして壇上に駆け上がり、赤旗を振って気勢を上げたということについてですが、壇上に上がって挨拶したことは事実です。しかし、私が大会の常任理事であった関係で大会決議宣言をやっただけで、意見は何も述べてはいません。赤旗を振って気勢を上げたということは、全くの中傷です。デッチ上げです。この大会には原さんと内倉さんが参加されていますので、後で証言してもらうことにします。もし、それでも信じられない人は連盟の方に直接お問い合わせ下さい。

次いでヤロビ農法についてですが、われわれには要望書で指摘されているような意図は全くありません。うち続く冷害の中で、一粒でも多く麦や豆や稗を穫りたいために導入したものです。皆さんもご存知のように、この農法を積極的に勧められている普及員の丸山さんは、性質温厚な人格者で、共産党の党の字も口に出さなかった人です。誰でも、困った時にはいろいろ対策を考えるものです。まして、組合長という立場にある者にとっては、可能な限りの情報を収集して対策を講ずるのが任務じゃないでしょうか。まして、ヤロビ農法は寒冷地農法です。研究実践を試みることは、土に生きる者の当然の義務じゃありませんか。

それから、もう一つK開拓牧畜共同化構想の件ですが、これは不信任の最大の課題だと思いますが、要望書が指摘しているような、共産村建設を目論んだものでは決してありません。この劣悪な環境の中で生きていくためには何をどうしたらいいのか、冷害で動揺している仲間を見て、何とかしなければならないと思い、F班の実行委員長浜田さんを始めD、Eの代表者と研究協議し有識者の協力を得て立案したものです。まして、これを皆さんに強制しようなどとは、毛頭考えておりません。あくまでも、一つの案として、役員会や総会で審議してもらうための叩き台として提案しただけです。幸い今日は浜田さんが出席されていますので、浜田さんのご意見を聞かれるといいでしょう。もし、総会でこの案が否決されたら、これは廃案になります。再度、はっきり申し上げます。この計画書は先程も申し上げました通り、決定事項ではありません。あくまでも、総会討議の資料として浜田さんを始めD、Eの関係者と協議して作成した私案です。この点よくお考えになって良識ある判断を下して頂きたいと思います。

最後に、組合運営の在り方が非民主的で法を無視しているということについてですが、その点については、私も大いに反省していますが、具体的に、何処がどのように非民主的なのか、要請書が抽象的なので分かりかねる所もありますので、これからの審議の中でご指摘頂き、その中で反省すべき点は反省し、反論すべき点は反論したいと思っています。これで私の弁明は終わりたいと思います」

次いで、議長の指名で、原と内倉が立ち、開拓者大会における組合長の証言の正しさを強調した後、「こんな出鱈目の要請書に八十名も署名してるのは尋常ではない。背後で誰かが策動しているとしか考えられない」と言って批判した。

そちこちから、

「誰かとは誰か！」とか、「お前は、岡の言うことならどんなことでも金に見えるんだろう。子分のくせして、偉そうなことを言うな！」という野次が飛んだ。野次ったのは元同志組合の人達であった。

石山が野次に煽られて立ち上がり、

「貴様は入植する前、田原家畜所で働いていたって言うんでないか。シンパなんだろう。噂によると田原はしょっちゅうお前の所に出入りしているって言うんじゃないか。二人で組んで、この開拓を共産村にするつもりなんだろう」

そう言って、灰皿を原めがけて投げた。議長が牽制した。

「発言中の者に灰皿を投げるようなことはしないで下さい。この総会には国警から太田巡査が出席されていますので、時と場合によっては退場してもらうこともありますので、言動を慎んで下さい」

原が拳を振り上げながら抗議した。

「子分とは何事か！俺は岡の理想、岡のヴィジョン、岡の拓殖精神の理解者、協同者だ。この開拓に岡の右に出る人物が果たしているのか。彼のようにいろいろ研究して、この開拓の将来を見据えて、この大地と四つに組んで真剣に生きている人間が、果たしてこの開拓にいるのか。彼無くしてこの開拓の将来は無い。彼を弾劾することは宝を石瓦と取り替えるようなものだ。それから、田原町議と俺との関係についてですが、昔彼の所で働いていたことは事実です。しかし、そこで牛馬飼育と装蹄の技術は習っているが、思想的な影響は受けていない。俺は共産党でも、シンパでもない。強いて言えばフキノトウだ。春先、雪解けの日溜まりに咲くあのフキノトウだ。雪が降ろうが、風が吹こうが、雪の中から自分の力で顔を出して春を告げるあのフキノトウだ。とくと覚えておけ！それからもう一つ、しょっちゅう田原町議が俺の家に出入りしているということについてですが、それはご指摘の通りです。しかし、前回の総会、つまり、竹田リコール総会の時も話したように、田原さんは当町の議員であるだけでなく、有能な獣医です。この管内に、彼の右に出る獣医はいません。最近、この開拓に牛馬が多くなっているけど､獣医が出入りするのは当然じゃないですか。一体、牛馬の具合が悪かったら誰に診てもらうんですか。お前だって、牛の具合が悪かったら、田原さんを呼んで診てもらうんじゃないですか。変な言いがかりはよして下さい」

古賀が反論した。

「何をほざくか。そんなことは屁理屈だ。てめえら田原が獣医であることを隠れ蓑にして、オルグ活動をしているんだろう。今、組合長が役員会に提案している『E開拓牧畜共同化基本構想』、あれは何だ。お前達はこんなものを作って、この開拓を共産村にする気か！」

「何！てめえら竹田と組んで何を企んでいるんだ！このリコール要請は先程の岡組合長の証言で事実無根のでっち上げであるということがはっきりしたんではないか。このリコール要請は無効だ！」

ヤジが飛び、会場が騒然となった。

議長が野次と怒号で騒然となった会場を牽制しながら言った。

「お静かに―。この問題はわれわれにとって重大な問題であるから、いがみ合うことなく、真剣に話し合って下さい」

そして、開き直ってこう言った。

「今、原さんから、われわれが竹田さんと組んでこのリコールを計画したような発言がありましたが、このリコールを企画した者の一人として、一言申し添えておきますが、このリコールは竹田さんと関係がありません。原さんはこのリコールがわれわれのでっち上げだと言われるが、あなたこそでっち上げているんじゃないですか。何の根拠があって…」

「議長！」

安念が突然立ち上がって、発言を続けようとする鈴木を牽制して言った。

「あなたは議長ではないか。この際、議長の発言は差し控えて下さい」

安念は鈴木が腰を下ろすのを確かめた上こう言った。

「先程から古賀さんと原さんの話を聞いていると『E開拓牧畜共同化基本構想』はこのリコールの要になっているように見受けられるますが、果たして古賀さんが言われるように、この構想は共産村建設を意図して作成されたものなのか、この計画の作成に関わった浜田さんのご意見を伺いたいと思います」

浜田が議長の指名によって立ち上がり、安念を見つめながら言った。

「ご指名なので、この構想の作成に関わった一人として、組合長に代わって一言申し上げます。

この構想は、先程組合長が言われたように、D、E、F各地区の代表の方々が有識者の協力を得て作成したものです。皆さんご存知のように、この開拓は去年の冷害で明らかになったように、農作物には適しておりません。まして、この開拓は耕地がM川沿いに十二キロメートルに渡って細長く箱状になっており、交通の便が悪く、組合員の交流がままならないと言うのが実情です。もし、この構想が実現したら、この地区は幸い水に恵まれていますので、すばらしい牧場になるでしょう。皆さんが心配されている共産村云々とは全く関係がありません。理想郷というか、日高の桃源郷を目指して計画されたものです。

内容については現在役員会で検討中ですので、この場では申し上げられませんが、何れ岡組合長から詳しい報告があると思いますので暫くお待ち下さい」

「概要だけでも説明して下さい」

岡が立ち上がって説明しようとしたが、議長に、リコールの是非を問わずしてこの案の審議をすることはナンセンスである、役員改選が先であると言われ腰を下ろした。

「それじゃ、意見も出尽くしたと思いますので、リコールの是非について採決したいと思います。異議ありませんか」

全員異議無しで採決に入った。

採決の結果、リコールに賛成した人が署名とほぼ同数の八十五人でリコールが成立している。

続いて役員の改選が行われたが、組合長は直接選挙によって保見が当選。次いで役員（理事十一人、監事三人）の選挙が行われたが、リコールに反対した人で当選したのは、理事に岡と原の二人と監事の内倉の三人だけであった。

本間は理事に当選したが辞退したため、次点の安念が繰り上げ当選している。

リコール派は選挙が終わった途端、総立ちとなり、「これで、この開拓はアカの村にならずにすんだ」と叫んで喜び、壇上に駆け上がって万歳を三唱した。

保見がそのさまに見とれながら、側の原に話しかけた。

「どうだい、俺の言った通りになっただろう。八十五名ったら七割だよ。それに、これまで岡さんを支持してきた人達の大半が岡さんを見切って署名しているんですからね。そもそも、総会で対決するなんて無茶な話だよ。岡さんの話しではないけど、弱い者が手を結び、力を合わせたら、ワイヤーになりますからね。あの時、意地張んないでさ。俺の言うこと聞いていたらね。こんな嫌みを言われないでよ。それこそ、拍手に送られて、花道を退場出来たのにな」

原は、こみ上げてくる怒りを抑えながら
「これでいいんだよ。これで。これで、何もかもはっきりしましたから―。選挙には負けたけど、爽快な気分だよ。開拓民は馬鹿でないからね。そのうち必ず目を覚しますよ。真実は必ず勝つ、これは歴史が証明する真理ですからね」

そう言って、議長の閉会宣言を待たずに立ち上がった。

風が無く、暖かい日であったが、そちこちから立ち昇る炭焼き釜の煙が霞のように山裾にたなびき、花曇りのような風情を醸し出していた。

原が校庭を突き抜けて農道に出た時であった。後ろから
「原さーん」

と名を呼ばれて振り返った。西東であった。

「もう帰るのかい。保見さんが新役員の顔合わせをするんだって言ってましたけど、出席しないんで

すか」

　彼はそれに答えずに歩き出した。西東がセカセカしながら追いかけて来て言った。

「原さん、このリコールはね。竹田が開拓のハゲネズミを唆して仕組んだ陰謀なんですよ」

「ハゲネズミ?」

　原は立ち止まって尋ね返した。

「佃ですよ」西東は唾棄するように言った。「あいつは、岡組合長が役員会に『E開拓牧畜共同化基本構想』を提出した後、すっかり竹田に寝返りを打って、今では竹田の忠実な走狗ですからね。再三、竹田が出席している密会に出席して情報を提供していたんですよ。実は、あんたが馬に逃げられた日、保見宅で行われた会合に私も出席していたんですよ」

「走狗?」原は切り捨てるように言った。「それじゃ、お前は何だ!」

　西東は頭を掻きながら
「そんなおっかない顔しないでよ。あんただって、一時期、竹田に傾倒していたんでないか。お互い様だよ。俺はあいつの本性を見抜くのがあんたより遅かっただけなんだよ。実はね。今、娘の麗子が来ているんだけど、今晩私の家に来て頂けませんか。娘の奴、今回のリコールのこと心配してね。昨日帰って来て、このリコールを成功させてはならないって訴えながら、俺に総会で証言せよって言って、いろんなこと教えてくれたんだけど、勇気が無くて、どうしても言えなかったんですよ。言えばこんな事にならずにすんだかも知らんけどね。何せ、密会にも出席していたし、リコールの発起人に名を

連ねていたし、それに署名があの数でしょう。すっかり、怖じ気ちゃってね。言えなかったんですよ。あんたと違って、弱虫ですからね。俺は|。すまん」

そう言って頭を下げ、こうつけ加えた。

「岡さんも来るんですよ。是非来て下さい。ひどい話がありますから…」

そして、校舎の方を見やりながら
「人が来ますから、これで失礼します」

そう言って、呆然と立ちつくす原を無視して、すたすた立ち去って行った。

第七章

一

その夜、原が西東宅を訪れたのは九時過ぎであった。炭焼き釜の手入れで遅れたせいもあるが、人目を避けると言うのが主な理由であった。

既に岡が中里と内倉を連れて訪れていた。

西東の家は、去年住宅補助金で新築した中二階の家である。広めに取った居間には「狂馬」と題する絵が掛けてあった。同志組合合併直後、麗子が職員を止めた時一ヶ月ががりで描き上げた開拓をテーマにした絵だ。俊馬が後ろ立ちして、鬣を振り乱し、乗っているやさ男を振り落とそうとしている絵で、構図そのものはありふれているが、彼女の全魂が込められているせいだろう、見る人の心を捉えて放さない奇妙な魅力を秘めている絵であった。

　西東がその絵を見上げながら言った。

「このやさ男には、父娘共々苦しめられるな」

「いや、苦しめられるのはあんた方父娘だけじゃないですよ」原が声を抑えながら言った。「俺達だってな、組合長、飼い犬に噛まれたようなもんだよな。特に、組合長は一。しかし、バイキンって言うのは、何時何処から湧いて出て来るか分からないもんだね」

「全くな」岡が苦笑いしながら言った。「蓋開けるまで分からなかったんだからね。われながらあきれちまうよ」

　西東が相槌を打った。

「組合長は人が良すぎて、すぐ信用するからだよ。まあ、それがこの人のいい所でもあるんだけどね」

「そうだ。この男は、人を疑うことが出来ない男なんだよ。今回だって、俺と金田さんの言うことを聞いておればね。こんなことにならずに済んだのによ。下種の勘繰りだって言って、一蹴するからバチ当たったんだよ」

「下種の勘繰り?」

「そう、保見宅でお前達が竹田を呼んで密会を開いた日、金田さんが、佃が保見さんの家に入って行くのを見たって言うので、早速岡さんを訪れ、直ちに佃を喚問して事実を確かめよって言って忠告したんですけどね。この野郎、それは下種の勘繰りだって、佃がそんな卑劣なことをする筈がないって、あいつは参事だから保見さんの家を訪れても何も怪しむことはない、そう言って取り合おうとしなかったんですよ」

　西東が首を傾げながら言った。

「そうですか。組合長、本当に蓋開けるまで、佃さんが暗躍していたっていうことが分かんなかったんですか」

　岡は大きく首を縦に振った。

「そうですか。よっぽど佃を信用していたんですね」

　原が嘲るように言った。

「べた惚れだも、分かる筈がないんだ」

　岡が苦笑いしながら言った。

「そう言われると、身も蓋もないけどね。それだけではないんだ。これは―。弁解しようとは思わないけどね。町議に当選したことですっかり気がゆるんでいたんですよ。あんなに多くの人の支持を得るとは思ってもいなかったでしょう。それで、例えリコールされても成立する筈が無いとたかくくっていたんですよ。それに、冷害で、出稼ぎに行って、男達が留守の家が多かったでしょう。今回は、その盲点を突かれたんですよ。かてて加えて、組合長は非常勤で、基本方針を打ち出すだけでよ、執務は全て参事でしょう。どうしても、参事におんぶしなければやって行けませんからね。勿論、指導はしますよ。しかし、ちょこちょこ出かけて行って、あれこれ指示したってね。これこれしかじかだと言われると、ああそうかとしか言いようがないでしょう。まして、職員は竹田が失脚した後仲良くやっていたしね。それに、組合員だって、佃は能吏だ、開拓の職員には勿体ない男だって、皆全幅の信頼を寄せていましたからね。それに、本間の弟でしょう。すっかり油断してしまったんですよ」

「全く、人の信用を笠に着て悪だくみをしていたんだからな。手に負えないよ」

「そうですか」西東が頷きながら言った。「岡さん、矢っ張り人が良すぎるんですね。佃が竹田に反感を抱いていたっていうのは嘘ですよ。確かに、竹田に参事を拒否された頃は、反感を抱いていましたよ。しかし、総会で同志組合の合併が承認された後、すっかり鞍替えしちゃってさ。竹田が経営しているバー香港に出入りしちゃって、走狗になってましたからね。同志組合合併の総会で、こんな家出息子を受け容れる必要はないと言って同志組合の借金をK組合が肩代わりすることに反対したのはシッポを隠すための演技だったんですよ。私の娘を拐かして、陰で借金水増し工作をしていたんですからね。あいつは根っからのワルですよ」

「借金水増し？」

「ええ、帳簿を偽造してさ。借金を水増ししていたんですよ。今晩、お呼びしたのは、それをお知らせしたかったからなんですよ」

　原が信じられないというような顔をしながら言った。

「そんなバカな。あれは何人もの人が、何回も何回も調査して、間違いないということになった筈ですよ」

西東はにんまり笑いながら
「あの男は能吏だよ。われわれのような経理に疎い者にシッポ掴まれるようなヘマなことはしませんよ。嘘だと思ったらここに生き証人がいますから聞いて見ればいいじゃないですか」
そう言って、側に座っている麗子の顔を見た。
麗子が父に促されて、伏し目がちに語ったことはこうであった。

同志組合合併総会直後の土曜日の夜のことである。麗子は佃が宿直だというので遊びに行った。それまで宿直に訪れるということは世間の目を憚って避けていたが、佃が今年全道展に出品する作品のことについて話したいことがあるからというので止むなく出向いたのである。例年、いいところまでいって入選出来なかったため、今年こそはという気負いがあったからだ。しかし、佃は絵の話はしなかった。今夜は寒いからと言って酒を勧め、セックスを求めて来たのである。彼女は話が違うと言って拒否したが、佃は強引に己の欲望を果たそうとしたのである。揉み合っている最中であった。麗子は人が外戸をガタゴト押し開けて入ってくる音を聞いた。もう、逃げる余裕はなかった。裾を乱したまま、自分の持ち物をかき集めて、押入に潜り込んだ。

尋ねて来たのは竹田であった。竹田は部屋の異常さに気づいて、入ってくるなり、

「誰か来てるの?」

と尋ねた。

彼女は、一瞬押入の戸が開けられるんではないかと思い固唾を呑んだが、佃が機転を利かせて
「来てたけど、ついさっき帰って行ったんだよ。その時の飲み残しで悪いんだけど、一杯やりませんか」

と言ってはぐらかしたため、竹田も安心したらしく
「まあ、そんなにゆっくりしておれないんだ。これから山を下りるんでね」

そう言って、佃が差し出した盃を受け取りながらこう言った。

「実は、古賀さんの所に行って確かめてみたんですけどね。同志組合の借金は、総会の時三十万円と報告したんだけどね。実際は二十万円位だそうです。すると、十万円は同志組合の収益になるんですけどね。問題はどうやって帳簿を誤魔化すかだ。請求書は知人に頼んで作らせるようにするけど、それも、せいぜい見積もっても五万円どまりだろう。後の五万円をどうするか、あんたの手腕にかかっているからね。よろしく頼むよ」

佃は慌てた。話の途中、まあまあとか、その件についてはとか、コトバを濁して、竹田の口を封じようとしたが、下山を急ぐ竹田は一向に耳をかそうとしなかった。言うだけ言うと、「よろしく頼む」と言ってそそくさと立ち去ったのである。

麗子は、竹田が帰って行った後、佃に真偽を質したが、佃は弁解しなかった。事実を素直に認め、そして、逆に、書類偽造の協力を要請したのである。彼女はそんなことは開拓者を裏切ることであり、二人の関係をご破算にしても出来ないと拒否した。しかし、佃は開き直って、親爺も関係しているんだぞ、もし、ばれたらお前たち一家はどうなるか。悪いことは言わんから、俺の言うことを聞けと脅

したのである。彼女はまさかとは思ったが、といって、そんなことをする父ではないと断言出来る確信がなかった。泣く泣く、立てた爪をひっこめ、佃の軍門に降ったのである。

麗子が話し終わっても、岡は柱にもたれかかって瞑目したまま動かなかった。麗子がそれを見て、詫びるように言った。

「今まで黙っていて、申し訳ありませんでした。開協止める時、お話しようと思ったんだけど…、しかし、父が…」

「いいんだよ」岡が体を起こしながら言った。「何も、あんたが詫びることはないさ。ただ、俺に人を見る目が無かっただけなんだから。それにしても、見事に騙されてしまったな」

そして、自嘲するように、ゲラゲラ笑った。西東が水を差すように言った。

「それじゃ、組合長、佃がブローカーの手先になって人身売買の斡旋をしていたっていうことも知らなかったんですか」

岡の表情が強ばった。

「知らん」

「先月、東京に行った娘がいたでしょう。松島さんの娘だったかな。あれ、表向きは食堂の女給だっていうことになっているんですけどね。実際は売春宿の女郎だったらしいよ。松島さんが発起人に名を連ねているのは、そうしたことで佃にキンタマ握られているからですよ」

中里が西東に酌をしながら言った。

「なに?女郎?松島さんの娘が…」

「中里さん、松島さんはね。去年の冷害でね。明日の飯も事欠く程貧乏していたんですよ」

「そうだったのか。それにしても、人の不幸につけ込んで、人身売買の斡旋をするとはね。とんでない野郎だ。それじゃ、開拓を食い物にする虫けらではないか」

「組合長」原が怒りを露にして言った。「この調子だと、敲いたら何が出てくるか分からんぞ。呼び出して、とっちめてやる必要があるんじゃないですか」

岡が拒否した。

「それはまずいよ。相手は一人じゃないですからね。背後に竹田一派が控えていますからね。竹田は離農したとはいえ、未だ隠然たる勢力を持っていますからね。慎重にやらんと、へたに動いたら逆手を取られて反乱軍にされかねませんからね。それよりも、佃と松島の身辺を洗ってさ。確かな証拠を掴んだ上で役員会にかけた方がいいですよ。幸い来年一月十日に新年度事業計画案審議のための役員会があるからね。それまで調査してさ。証拠資料を作成して、緊急動議として提出したらいいんじゃないですか」

西東父娘は賛成したが、性急な原と中里はそんな遠回しなことをしないで、直ちに佃を呼び出して泥を吐かせた方がいいと主張した。しかし、岡に、問題は佃個人の問題ではない。竹田が絡んでいる組織がらみの問題であるから、この際役員会にかけて審議し、開協に潜んでいるバイ菌を徹底的に摘出すべきであると言われて矛を収めている。

二

調査は西東父娘の協力があったせいもあるが、順調に進み、同志組合経理贋作の事実が判明しただけでなく、共有備林の盗伐の事実が明るみに出た。

盗伐したのは松島であった。松島は自分の土地が共用備林に隣接しているのを利用して、密かに盗伐を続けていたのである。発見したのは佃であった。佃は、直ちに淨成会にかけようとしたが、松島に泣きつかれて思い止まった。

松島は夫婦共々働き者で、入植以来順調に開墾が進み、人の二倍もの収穫を上げ、人に魁けて新居を構える等人が羨む程の生活をしていたが、妻が産後の経過が悪く寝込むようになってからは状況が一変した。医療費がかさんだだけでなしに、看病や家事で、農事が疎かになったからである。せめて、立木でもあれば、炭焼きで何とか飢えを凌ぐことは出来たであろうが、松島の土地にはもうその立木さえ無くなっていたのである。

松島の娘身売りについては確かな証拠が無く不明であった。調査に当たった西東父娘の話によると、当時佃は保見が設置した冷害救済策に協力しながら子女の就職斡旋に関わっていたが、斡旋された就職先の中にはいかがわしいものもあったから、そうした噂が立ったのではないかということであった。

役員会は予定よりも十日遅れて一月二十日に開催された。事業計画の作成が遅れたためであった。

事業計画書は、大方、岡執行部の方針を踏襲したもので、事業計画そのものはすんなりと決まったが、付帯事項として提出された職員の待遇改善と出張費の増額問題は紛糾した。古賀監事長が要求した給料五パーセント、出張費十パーセント増額に対して、原と岡が何れも一パーセントに止めよと要望したからである。岡は、具体的な数字を上げて、そんなことをしたら、同志組合のように、数ヶ月で破綻すると迫ったが、保見は職員の待遇改善無くして円滑な組合運営は出来ない、同志組合が破綻したのはあくまでも対人関係がうまく行かなかったからであり、決して経済問題ではない、と言って一歩も譲らなかった。古賀の如きは、同志組合は破綻したのではない、岡執行部に潰されたのだと豪語して憚らなかった。

原はこの好機を逸さなかった。すかさず立ち上がって、借金を押しつけておきながら、潰されたとは何事か！恩知らずにも程がある。あなた方がその気ならわれわれにも考えがある。そう前置きしながら、調査資料を提示して緊急動議を提出したのである。

思いも掛けない資料を提示されて役員は動転した。

古賀は胸を叩きながら、そんなことは絶対に無い、あんた方のデッチ上げだと言って全面的に否定した。保見の如きは告発を逆手に取りながら、もし、それが事実であるとするなら、それは岡執行部の時に起きたことであり、岡自身の指導責任問題ではないかと、半ば脅し気味に開き直った。しかし、原はたじろがなかった。調査の内容を説明しながら反駁した。

「勿論、岡前組合長の指導責任というか管理不行き届きの責任であるが、しかし、不正が判明した以上黙認するわけにはゆかない。それを糺した上で再度引き継ぎをするのが任終えて去る者の義務ではないですか。一体あなた方は竹田と組んで何を企んでいるのか」

古賀が反論した。

「とんでもない。今更そんなことをほじくり出して、お前達は一体何を考えているのか。何の証拠があってそんなことを言うのか。こんなことをするからお前達は反乱軍だって言われるんですよ」

「何！反乱軍だと！」原が煙管で火鉢の縁を二、三度忙しく叩きながら叫んだ。「よし、それじゃ、証人をここに連れて来て、話を聞いてみようじゃないか」

保見が尋ねた。

「誰ですか。その証人って言うのは？」

「総会の夜…」原が身を乗り出して言いかけたが、岡が原の口を封じながら言った。

「佃さんだ」

古賀は虚を突かれて絶句した。岡が追い込むように言った。「あの男はこの事件の重要参考人ですよ」

「重要参考人？」保見がしらっぱくれて言った。「そんな馬鹿な。あの男はあんたの恩顧の参事で、竹田と犬猿の仲だったんじゃないですか。同志組合合併の時だってさ。あんなゴロツキの尻拭いをする必要はないって言って反対した男なんですよ。そんなことする訳ないでしょう」

「しらっぱくれるな!」原が拒絶して言った。「よし、それじゃ、佃をここに連れて来て、話を聞いてみようじゃないか」

「賛成」それまで壁に寄りかかって様子を窺っていた安念が、「これ以上言い合ったってもどうにもならんべ。真実は一つしか無いんだから、本人をここに呼んで来て証言してもらう以外にないんじゃないですか。私が事務所に行って連れて来ます」

そう言って立ち上がった。

皆、安念の意外な挙動に唖然とした。

というのは、安念はリコールに署名したこともあって、リコール派であると思われていたからである。

十一月三日の日、保見宅で密会が行われた時、安念は古賀に出席しないかって誘われたが生憎猟友会の友達が遊びに来ることになっていたので断ったが、夕刻保見と古賀が尋ねて来て、この度開拓の民主化のために岡組合長をリコールすることになったので協力してくれって言われて署名していたのである。

後日、安念が語ったことによると、その時詳しいことは分からないからと言って断ったが、お前は何時からアカになったのかって脅されて止むなく署名したらしい。

保見が部屋を出て行こうとする安念を牽制して言った。

「安念さん、佃さんは今日は出勤していませんよ。営農資金償還交渉のため町役場に行っていますから…」

古賀がしたりとばかりに、「それじゃ、これで…」と言って閉会を宣言しようとしたが、原が機先を制して、

「出張?そんな馬鹿な。よし、それじゃ、もう一人証人がいますからその人を連れて来る」

と言って立ち上がった。

「原さん」岡が部屋を出て行こうとする原を制しながら言った。「佃さんが居なかったらどうにもならんでしょう。佃さん抜きでいくら話し合っても水掛け論争になってラチが明きませんからね。今日はこれで閉会にして、後日、日を改めて、佃さんに出席してもらって話し合うようにしたらいいんじゃないですか」

安念が賛成した。

「そうだ。その方がいい。佃さんに出席してもらってさ。真相を究明する必要がありますよ」

古賀がすかさず、この問題は岡組合長の時に起こった問題である、役員会で審議するのはお門違いだと言って反対し、監事会で審議することを要望した。

「監事会?」

内倉が怪訝な顔をして問い返した。古賀は監事長である。内倉は、古賀がその立場を利用してこの動議を封じ込めようとしていると言うことを察知したからである。

しかし、反対しなかった。逆に、それを逆手に取って古賀の要望を支持してこう言った。

「そうだ。監事会の方がいい。この問題は岡組合長の時に起こった問題で、岡組合長の指導責任の問題ですからね。役員会で審議する前に、監事会で審議して、真相を究明すべきですよ」

原が反対した。

「それは御門違いではないか。そもそもこの問題は役員会で緊急動議として提出されたものですからね。継続審議にするのが筋ですよ」

「いや」岡が反対した。「監事会の方がいい。この問題は私が組合長の時に起こった問題ですからね。監事会で審議してもらって真相を究明し、もし、私に手落ちがあればそれなりの責任を取りたいと思いますからね」

原は反対しなかった。

日程は内倉が週明けを要求したが、保見に役員会として調査する必要があると言われて一ヶ月後の二月二十日に決定した。

三

二月は開拓にとって試練の月である。

厳寒、食料不足、それもあるが、それ以上に開拓民を苦しめたのは積雪による交通の不便である。

吹雪けば何日も道は閉ざされ、開拓は孤立状態に陥り、急病人が出ても応診してもらうことが出来ず、助かる命も助からないこともあったのである。

特にこの年は、二月に入ると悪性の風邪が流行って、小中学校が臨時休校になっただけでなく、風邪をこじらせて肺炎になり、死亡する者さえいたのである。

そんなわけで監事の足並みが揃わず、監事会が開催されたのは三月も半ばを過ぎてからであった。監事会が開催される前の日、原は先妻の七回忌で山を下りた。彼が先妻の生家を訪れたのは、入植して以来初めてである。この日も、出席したらいいかどうか迷ったが、妻に、私が行かぬよう唆していると思われては困るから是非出席してくれとせがまれたため、止むなく腰を上げたものである。

帰ったのは、夜の八時過ぎであった。

佃が来ていた。

七時頃来たのだが、原が帰るのを待っていたのである。

原は、佃の姿を見た時、一瞬殴り込みではないかと思い身構えたが、佃は玄関先に仁王立ちになった原を見て、土下座して、懐中から参事辞表届けを出してこう言った。

「これを岡組合長に渡して下さい」

原は突然の申し出に戸惑い、

「それは俺が受け取る筋合いではない。岡に直接渡しなさい」

と言って拒絶したが佃は、

「岡さんに合わせる顔がない」

と言って受け取ろうとしなかった。

原の妻が代わりに受け取って尋ねた。

「本間さんに話してあるの？」

佃はしばし間を置いておもむろに口を開いた。

「私たちこの開拓を出るんです。兄と妻のこともあるからね。ここで一緒に生活している限り、腐れ縁は断ち切れませんからね。思い切って出て行くことにしたんです」

「何処へ行くの？」

「ブラジルです。今すぐではないんですけど、札幌に知人がいますので、暫くそこで世話になって、渡航の許可が下り次第行こうと思っています」

原の妻がびっくりして問い返した。

「ブラジルって、アメリカの…」

佃は、こっくり頷いただけで何も言わなかった。原の妻が同情するように言った。

「これからそんな所へ行ったって、苦労するだけでないの？それよりも、折角ここまで漕ぎ着けたんだからね。心を入れ替えてさ。頑張ってみたらいいじゃないですか。誰にだって過ちはあるんですから…」

「いや…」佃はコトバを強めて言った。「俺たちのブラジル行きは今回のリコール騒ぎとは関係がないんです。去年の暮れ以来考えていたことなんです」

そう言われると、原にも思い当たるふしがあった。町議会で冷害援助資金が承認された直後、支庁の課長が来て、冷害の実態を調査した時のことである。課長が帰りしなに、佃に向かって、こう言ったのである。

「佃さん、ご依頼の『ブラジル事情』なんだけどね。今、支庁には無いんだわ。しかし、今月末、私が札幌に行きますから、その時、道のブラジル協会に行ってもらって来てあげるよ。あそこなら、きっとあると思いますから―。しかし、念のため、東京の海外協会に問い合わせて見たらいいと思いますよ。住所は…」

佃は、慌てて、頭を掻きながら
「そうですか。分かりました。どうも、どうも…。あれはただ聞いただけですから…」

そう言って、そそくさと席を外したのである。

原は不審に思い、ブラジルにでも行く気なのかと質してみたが、佃は「とんでもない」と言って、否定し、満鉄の同僚でブラジルに行った人から、在留邦人の中には百万長者になった者がゴロゴロいるっていう手紙が来たんで、本当かどうか糺してみたかっただけだと答えたのである。

佃は又原の前に手を突いて、

「ホントウに入植以来公私に渡ってお世話になったのに、こんなことになってしまって申し訳ないと思っています」

そう言って目を潤ませた。

「淋しくなるね」原は裏切られた恨みを忘れて言った。「中里さんと岡さんを呼んで来ようか」

「いいよ。今晩は誰にも会いたくないんです」

「そうか。じゃ、せめて、二人だけでも、餞別の盃でも交わすことにしようか」

彼はそう言って、棚から焼酎を取り出して来て膝元の茶碗に注いだ。原の妻が、

「私も入れて…」

そう言って、棚から茶碗を取り出してきて、佃の側に座った。佃が、茶碗に注がれた焼酎をぐいと飲み干しながら言った。

「これで、茶番劇も終わったな」

「茶番劇？」

佃が、訝る原を諭すように言った。

「ええ、人間のやることなんて、どんなに深刻なことでも、過ぎ去ってしまえば、茶番でしかないよ。しかし、不思議っていうか、今でも分かんないのは、岡さんの入植だよ。ここに来る前、P乳業のS工場長してたっていうんじゃないですか」

「そうだ。S町にあるS工場の工場長をしてたんですよ。入植する時、親兄弟だけでなしに、会社の人達からも、戦争に負けて、気でも狂ったかって嫌味言われたらしいんだけどね。振り切って入植したらしいんですよ。あいつは根っからの開拓民なんですよ。この山拓くために生まれて来たようなもん

だも―。しかし、それが出来たのも、奥さんの協力があったからなんですよ。あの人は山内一豊の妻の現代版ですよ。出来ている人なんですよ」

「そうかい。夫婦共々偉い奴だな。少々堅物で取っ付きにくいところがあるけど、開拓に誇りを持って生きているからな。今時珍しい男だよ。この開拓がやっとこすっとこ格好つくようになったのは岡さんが組合長になってからだも。どうして、入植した時、あの男を組合長にしなかったのかな。もし、この五年間、悔いがあるとするなら、これだけだな。こんなこと言ったらどうしてリコールなんかに賛成したんだって言われるかも知らんけどね」

原が煙管に煙草を詰め込みながら言った。

「いいでしょう。いくら偉い奴だと思っても、ストレートに支持することが出来ない場合だってあるからね。俺だって、この野郎！って思ったことが一度や二度でなく、再々あったからね。お互い様だよ。俺は入植した頃は、協同組合のことなんかさっぱり分からんかったからな。戦争に負けて行くあてがなく、風にあおられて吹き溜まりに集まった枯葉のような、貧民の集まりだと、その程度の知識しかなかったからね。俺が組合について関心を持つようになったのはあの男が組合長になってからだも。目覚めて、勉強したんですよ。俺より若かったけど、ここでこの男に命賭けてみるかと、ここで生きて行くためにはこの男の言うことを聞くしかないと、正直、そう思うようになったんですよ。あの男、いろんなことを研究しているからね。農政から、農業技術から、牧畜から、事農業に関することなら、何でも研究しているからね。ヤロビ農法にも一時のめり込んだことがあるんですよ。だから、自信があるから、これが正しいと思ったら、それに使われているんですよ。理論というか、理想のためには相手が誰であれ容赦しないと、そういう面があるんですよ。だから今回のようなことが起こるんですよ。機関車ばっかり先走りして誰もついてゆけないんですよ。だから、滅茶苦茶冷たい所があるんですよ。組合長になった時の人事刷新はその最たるものだよ。自分で自分の足元をほじくるみたいなもんだもな。あいつは、俺と違って、決して、大事な所で目を反らさないからね。相手が誰であれ、又何であれ、こうと思ったら、正面向いて、絶対に顔を反らさないからね。信念と学問の二つに使われているんですよ。その後に、岡という人間が、金魚の糞みたいにくっついているんだよ。それが分かるまで、大変なんだ」

「そうですね。この度の構想、開拓牧畜共同化計画はその典型的な例ですね」

「そうだ。岡はそれで自滅したんですよ。一人でいくら旗振ったって誰もついて行きませんからね」

「全くその通りです。実は、俺がこの度のリコールに協力したのは、あの理論に反発したからなんですよ。あんなことをしたら、この開拓は共産村になってしまいますからね。何としてもこの構想だけは阻止しなければならないと、そう思ったんですね、阻止するためにはリコールして岡組合長を退陣させる以外にないと、そう思って保見さんに協力したんですよ。これだけは信じてくれよ」

「まあ、いいや、起こってしまったことをぐちぐち考えたって、どうにもならんからな。問題は、これからだよ。今、組合は裁判問題で生きるか死ぬかの瀬戸際に立っていますからね。これに勝たなきゃあラチがあきませんからね」

「大丈夫だよ。必ず勝訴するよ。この間の口頭弁論で証人に立った人が、竹田が提出した建白書が贋作であるということを証言していますからね。必ず勝ちますよ」

「いやァ…、竹田はしたたか者ですからね。そう簡単に往生しませんよ。弁護士の山中日露史も、この裁判はあなた方が考えている程安易な裁判ではない、組合が結束しなければ勝てないって言っていますからね」

「いやァ、大丈夫ですよ。証人に立ったのは竹田のブレーンであった島村と中島ですからね。伝票の偽作やその他組合の反対尋問を全て承認していますからね。こうしたことは裁判史上あまり例の無いことらしいんですよ。竹田が涙を流しながら、どんな手を打とうとも、誰も指示する者がいなくなっていますからね。それに明日の監事会に西東さんが証人として出席すると言っていますし、安念さんや内倉さんは監事会が済んだ後岡リコール総会の真相糾明開拓者大会を開催して、竹田、保見、古賀等の陰謀を暴き、岡組合長を復権させなければならないと思っているようですからね。それだけではない。婦人会の人達も裁判問題以来竹田の組合を敵視した非道な行動に憤慨して動き出しているようですからね。必ず、岡さんは復権するよ。あの人無しには、この開拓は生きて行けませんからね」

「何、お前、よく知っているね」

　佃は頭を掻きながら、

「実は、今日、西東さんと内倉さんに呼び出されて説教されたんです」

　そう言って話を続けた。

「今、組合は購買品の取り扱いのミスから二十万円程の繰り越し差損金をかかえて対外的に支払い不能な状態に陥って立ち往生しているんですけどね。保見さん一味の人達はそうした組合の実態を認識せずに、職員の待遇改善だとか出張費のアップだとか目先の利益ばっかり考えて計画性が無く、行き当たりばったりというか、対症療法的なことしかやっていませんからね。近々中に保見執行部は同志組合のように自滅しますよ」

「そんなこと分かっているのに、どうしてお前は参事を辞めるんだ」

「俺は、さっきも言ったように、保見さんに惚れてリコールに協力したんではないですからね。岡さんの組合運営、特に冷害後の共同化構想に反対してリコールに協力しただけですからね。保見さんにはこの開拓を指導してゆく力はないんですよ。バックに竹田を始め旧同志組合の残党が蠢いていますからね。援助して延命させたくないんですよ。この五年、迷惑ばっかりかけて、何も出来なかったからさ。せめて、これ位して行かなければ、それこそバチ当たるからな」

「天が落ちてもか」

原はそう言って苦笑したが、佃はにこりともせず、続けた。

「だけどね。原さん、例え、岡さんが組合長に復帰しても、牧畜共同化構想、あれは止したほうがいいよ。ざるに水を入れようったって、所詮無理な話ですからね。組合員の大半は岡さんや原さんが田原と組んでこの開拓を共産村にしようとしているとしか考えていませんからね」

原の顔が一瞬、強ばった。

「そんなことを言ったって、お前、この構想は…」

その時、原の言葉を押し殺しでもするかのように、雷鳴がどどーんと山あいに轟いた。

「どこかに落ちたんだろうか?」

原の妻がそう言って立ち上がり、窓を開けて夜空を仰ぎ見た。

「帰る」

佃が立ち上がりながら言った。

又稲光が残雪の山肌を照らした。二~三秒して雷が渓谷に轟いた。

「近くに、落ちたな。泊まって行きな」

原の妻が、そう言って窓を閉めたが、佃はそれを振り切るようにして、そそくさと草履をつっかけ、暗闇の中に吸い込まれるように立ち去って行った。

雨がパラパラと残雪の山肌を叩いていた。

四

翌日、原は佃の参事辞職願を持って岡宅を訪れた。

本間が来宅していた。

岡は原に事情を聞いても驚かなかった。リコール総会後の佃の挙動から何れ辞任するだろうと予測していたからである。寧ろ遅きに失したという思いの方が強かった。

　岡は辞任願を受け取りながらこう言った。

「惜しい人物だ。現在、開拓は保見組合長の放漫な経営で苦境に立たされていますからね。今、彼に止められては困るんですよ。せめてこの苦境を脱するまで留任してもらいたいんだけどね。本間さん、説得して頂けませんかね」

　本間はくわえていたマドロスパイプを右手に持ち替えながら言った。

「それは無理ですよ。弟はあんなことをしてしまって…、岡さんに合わせる顔が無いって言っていますからね」

「だけどね」原が弁護して言った。「佃さんが竹田と組んで岡組合長リコールに奔走したのは岡さんが気にくわなくて、岡さんに反発したからではないんですよ。『共同化構想』に反対したからなんですよ、あいつは根っからの反共ですからね。岡さんを組合長にしておけば、この開拓は共産村にされると思い込んだんですね。共同化というコトバに幻惑されて誤解したんですよ。この構想が実現すれば俺の夢は踏みしだかれてしまうと、そう言っていましたからね。実は、女房が佃の奥さんから聞いた話だけど、同志組合の借金偽造は岡組合長を窮地に追い込むために仕組んだ竹田の狂言というか、陰謀だったらしいんですよ。佃はそれを知っておりながら、敢えてその轍を踏んだらしいんですよ。未必の故意とでもいうのかな。本間さん、説得して、辞任願いを撤回するよう説得してもらえませんかね。今、あの男に止められたら大変なんですよ」

「それは無理だ。あいつは頑迷固陋な男で、一旦決めたことを取り消して後戻りするような男ではないですからね。今回のリコール騒ぎはその好例ですよ。背徳行為だと知っておりながら竹田の尻を押したんですからね」

それでも岡は諦めなかった。

翌日、原と連れ立って本間宅を訪れ直接交渉している。

本間は奥地に妻と馬に乗って出掛け留守であったが、佃夫妻は庭先に白樺の家をバックにしてイーゼルを立てて絵を描いていた。描いているのは妻の肖像画であった。

ブラジルに行く時記念に持って行くのだという。絵は八割方出来上がっていたが、妻が椅子に凭れかかりながら谷川を見ている見事な絵であった。妻の顔にモナリザのようなかすかなほほえみがあった。

佃は筆を休めずに昨日の監事会のことを話した。

古賀は調査資料を配りながら長々と役員会で提示された動議を否定したが、それを受けて証言した佃や西東の批判の矢面に晒されて弁明する術もなく、動議を全面的に認め役員会で謝罪することを約束したという。

岡は「よく証言してくれた」と言って礼を言った後、組合の現状を訴え、参事辞任願の取り下げを要求してみたが佃は「私にはその資格はない」と言って頑なに拒絶し、入植以来の好意に感謝しながら言った。

「俺はこの開拓の失格者だ」

「そんなことはない」岡が拒絶して言った。「佃さんはＫ開拓の功労者だ。冷害の時立ち往生した組合を救ってくれたではないか。今、組合は保見組合長の放漫な経営で立ち往生しているんではないか。見殺しにしないで欲しい」

と言って懇請したが、佃は「俺はこの開拓の失格者だ」を繰り返すだけで、取り合おうとなかった。

「俺は岡さんや原さんと違ってこの山を拓くために入植したのではない。この山里に桃源郷を夢見て入植したのだ。しかし、その夢は破れた。もうここにいる理由はない。

人にはそれぞれ夢がある。

岡さんも原さんも素晴らしい開拓者だ。まだ開拓は半ばだが、ここは水もきれいだし、蛇行して流れている渓流沿いに開ける風景が素晴らしい。拓けたら道内きっての美しい村になるだろう。

岡さんも原さんもこの道を行くがいい。

私は私の道を行く」

そう言って、描きあげた絵をイーゼルから外して言った。

「この絵は俺達のこの開拓の集大成だ」

原がその絵にみとれながら言った。

「開拓はお前にとって何だったのかな」

佃は絵を妻に手渡しながら言った。

「ジャコウジカだよ」

佃の妻が絵を抱えながら深々と頭を下げて言った。

「お世話になりました。ブラジルで夫と二人又夢を見ながら生きて行きます」

暮れかかった茜の山際にカラスが三羽夕陽を浴びて飛んでいた。


〈完〉

生きたし、吾が民族のために

第一章　クレパス

外に出ると生暖かい風が頬を撫で暑感をそそった。

バス停には女の子が一人、待ち遠し気に富川方面を見つめながら立っていた。

名前は知らないが、平取のバス停でよく見かける顔であった。

女の子は足を引きずるようにして近づいて来る上山を見て尋ねた。

「小父さん、こわそうですね。顔色も良くないし、どこか悪いんじゃないですか」

上山は顔をほころばせながら答えた。

「今年の夏は暑いからね。夏バテ気味なんですよ」

「そうですか」

女の子はさりげなくそう言って、又待ちあぐんだように、富川方面を見つめた。

上山は路肩に腰を下ろして稲田を眺めた。出穂間近な稲の葉が槍のように夏空に向かって立っていた。その向こうに沙流の丘陵が馬の背のように連なり、その上に茜に染まった入道雲が仁王のように湧出していた。

烏が一羽、その雲に誘われるように飛んで行く。

上山はその烏を目で追いながら、少年の頃祖母と山菜取りに行った時、祖母が道すがら歌ってくれた歌を思い出した。即興の歌で、歌う毎に節も内容も違っていたが、沙流の山里に生まれ育ち、沙流の山里をこよなく愛した祖母の心が滲み出ていた。

歌い終わると、いつもこう言って笑った。

「歌は人の心を和ませる神の贈りものだからね。お前も心に浮かんだら心の奥底の洞窟にしまい込んでおかないで、口に出して歌った方がいいよ」

帰らぬ遠い足音が茜の空の彼方からそよ風に乗って聞こえて来るような気がした。

「小父さん、バス来たよ」

上山は女の子に急き立てられて立ち上がった。

バスは混んでいた。

大半は二風谷や日高に行く観光客であった。後方に空席があったのでそこに坐った。坐るや否や側に坐っていた人に声をかけられた。

「去場はこの辺ですか」

学生風の若者であった。

「この次の次のバス停が去場だよ」

若者は、すかさず、折りたたむように尋ねた。

「ちょっとお伺いしますけど、上山文夫さんご存知ですか」

思いもかけない質問に一瞬戸惑ったが、そ知らぬ風を装って答えた。

「知っていますよ。お知り合いですか」

「いや、名前は知っていますけど会ったことはないんです」

「どうしてその人のこと知っているんですか」

「実はね。北海道に来る時、友人に『沙流文芸』第六号を見せてもらったんですけど、その中にこの人が書いた『アイヌを語る』という対談物が載っていたので読んだんですけど、感動しましてね。私はアイヌの人達のことは何も知りませんので、是非一回お会いして話をお聞きしたいと思っているんです」

「これからその人の所に行くんですか」

「いや、今日は二風谷に行って萱野さんにお会いする約束があるので行けないけど、帰りに時間があったらお邪魔してみようかなと思っているんです」

「そうですか。しかし、その人、会ってくれるかどうか分かりませんよ」

「どうして？気むずかしい人なんですか」

「いや、そうじゃないんですけどね。『アイヌを語る』を発表した後いろんな人が訪れ、迷惑しているようですから…中にはヒッチハイクやヒッピーの人まで訪れているようですからね。大変迷惑しているらしいんですよ」

「そうですか。あやかり族ですね。上山さんってどんな人ですか」

バスは紫雲古津に止まった。下車する者はいなかった。一人乗車した。顔は覚えているが、名前も、何処に住んでいて、何をしているかも知らない人であった。

「私はその人に会ったことがないから、詳しいことは分かりませんが、もし、詳しいことを知りたかったら、平取町に森山昭さんという人がいますからその人を訪ねてみたらいいですよ。その人は上山さんと一緒に『沙流文芸』を発行していますから…」

「そうですか。会ってくれるんでしょうか」

「会ってくれますよ。気さくな人で、誰とでも会ってくれますから…。森山時計店という看板が掛けてありますからすぐ分かりますよ。だけど、行く前に電話した方がいいですよ。体の不自由な方ですから…」

バスは間もなく去場に止まった。

下りたのは上山だけだった。

降りがけに学生風の若い男に

「お名前は?」

と尋ねられたが、上山は握手して
「じゃ、いい旅を！」

と言っただけで立ち上がった。

降りしなに、山の上に住んでいるネップキ婆さんと出会った。

「あら、守ちゃんでないの。何処に行って来たの？」

守というのは、彼の愛称である。母が離婚した時夫がつけた名前の中に夫の名前が一字入っていたため、忌み嫌って普段守と呼んでいたというのがそもそもの原因であった。

「一寸、お寺にお参りに行って来たんですよ」

「そうか。感心だね。今、お母さんとお茶飲んで来たんですけど、お母さん、ここ二、三日守ちゃんの様子が変だって心配していましたよ」

「ありがとう。私は大丈夫だよ。婆こそ体に気をつけてね」

「ありがとう」

彼女は杖を頼りに坂道をよっこらよっこら登って行った。

台所で母が夕餉の仕度をしていた。

母は手を休め、入って来た彼を怪訝そうに見つめて言った。

「遅いね。何処へ行っていたの？」

「森山さんの所だよ。ラーメンご馳走になったんで、遅くなったんだ」

母はそれを払いのけるように言った。

「嘘言え、森山さんの家でなくて、お寺でしょう」

どぎっとして絶句した。

「………」

どうしてお寺に行ったことを知っているのか。怪訝そうに母の顔を見た。

母はお茶を出しながら言った。

「さっき、照恵寺の住職から電話が来たんですよ。文夫着きましたかって…」

彼は母が出してくれたお茶を飲みながら答えた。

「ああ、森山さんに行った帰り、婆のこと思い出したんでね。線香上げてきたんですよ。ここ暫くお参りしていませんからね」

母は炊事場に戻り、にんじんのみじん切りをしながら言った。

「だってお前、住職の話によると、本堂で、うつ伏して泣いていたっていうんじゃないか。一体、どうしたの…何かあったんじゃないの…」

彼は大げさに、驚いたように声を弾ませて言った。

「泣いていたって!」

「うん、住職はそう言っていたよ。それで、心配してね。吐く息がぜいぜいしていて、苦しそうだったから、すぐ入院させた方がいいって言うんですよ」

「とんでもない」上山は語気を強めて言った。「泣いていたなんて嘘ですよ。お参りしていたら、婆が出てきてさ、悲しそうな顔して、〝お前、そんな所で何をしているんだ。元気を出しなさい！〟って言うもんですからね。五體投地して拝んでいただけですよ」

そう言って、母の顔を確かめながら続けた。

「その時、たまたま、住職がお茶を持って入って来たんですよ。それで、五體投地している私を見て、泣いていると勘違いしたんですね。きっと…。入院だなんて、とんでもないですよ」

「だって、今日はいつもとは違うよ。顔色も良くないし、息がぜいぜいしていて、苦しそうだも…住職が心配して入院を勧めるのも無理ないですよ」

「いや、今日は『沙流文芸』第八号発刊のこともあって、一寸無理をしたからね。疲れが溜まっただけですよ。二、三日もすれば治るよ」

「そうかな…それならいいんだけどね。無理するんでないよ。二人きりの母子なんだからね」

上山は元気を誇示するように立ち上がって

「まあ、いらざる心配はしない方がいいよ。二階で仕事しているからね。夕ご飯の仕度が出来たら呼んで頂戴…」

そう言って階段を二、三段昇りかけた時であった。電話が鳴った。

母が出た。

「文夫、電話だよ」

電話は森山からであった。

「上山さんですか。森山ですけど」

「いゃあ、さっきは、どうもご馳走様でした」

「さっき、あなたが帰って行った直後、横田さんから電話があってね。びっくりしたんですけど、僕の家を出るとすぐ、道路で血吐いたんですって…」

「とんでもない」上山は語気を強めて言った。「それは横田さんの誤解ですよ。ただね、気分を悪くして、しゃがんだだけですよ」

「そうですか。そんならいいんですけどね。横田さんの話ですと僕の家の前通ったら、上山さんが頭をかかえて蹲っているんで、どうしたんだって聞いたら、慌てて口を拭きながら、足で血を揉み消したって言うんですがね」

「いや、血でなくて唾液だったんですよ。森山さんの家出たの、ラーメン御馳走になって間もなくだったでしょう。この頃、胃の調子良くないんでね。食べた後動くと気分が悪くなってね。よく吐くんですよ。今日は美味しかったんでね。大丈夫だと思ったんですが、食べ過ぎたのか、特にひどかったんですよ。横田さんに会ったら言っておいて頂戴よ。血吐いたんでなくて、ラーメン食べ過ぎて気分悪くしただけだって。そんな噂流れたら、それこそ、もう町へ行けなくなるからね」

「本当ですか。横田さんは血だって言っていましたけどね」

「本当だって。僕があんたに嘘言うわけないでしょう。あんた、横田さんの言うことと俺の言うこととどっちを信じるんですか。全く、町の中ではオチオチしゃがむことも出来ませんね」

「上山さんのこと、同人の人達、皆心配しているんですよ。僕だってね。横田さんから電話あった時に、漸く、油が乗りかかって来たのに残念だなって、そう思ったもの。しかし、良かったよ。喀血でなくて…」

「ありがとう。心配かけてすみませんね」

「いや、どういたしまして。これからが正念場ですからね、漸く、長年の夢が叶えられそうになったんですからね。気をつけて下さいよ。あんたに、倒れられたんでは、われわれ何も出来ませんからね。じゃあね」

受話器を置いた途端又ベルが鳴った。上山は置いたばかりの受話器を取った。

「はい、上山ですが…」

「あゝ、上山さん、今晩は。松川です。朝から電話しているんですけど…何処かお出かけだったんですか」

「うん、第八号の合評会のこともあるので森山さんの所へ行っていたんですよ」

「そうですか」

松川はそう言って、上山が第八号に発表した「営農」についての感想を述べた。

「今回の上山さんの作品は、これまでの作品と作風が大分違いますね。これまでの作品は自分の体験をモチーフにした作品で、私小説的だったでしょう」

「そうですね。しかし、もう、タネ切れですからね。いくら心の中を覗いても、もう何もありませんからね。しかし、この作品は正直言って苦労しましたよ。退院した後の農事体験をもとにして書いたものなんですけどね。何せ、農家に生まれながらこれまで入院ばかりしていて、営農とは無縁な生活をしていましたからね。まして、実行組合や農地懇談会等のような会合に参加して部落の人達と営農問題について話し合うということはありませんでしたからね。そんな訳で、あなたは、どうしてアイヌ問題一本に絞って書かないのかと、どうして道草なんかしているのかと不満かも知れませんけどね。私はこの体験から得た農民としての自覚を大事にしたいと思っているんですよ」

「いや」松川は上山の言葉をもぎ取るようにして言った。

「不満どころか、この作品はあなたの作風の転換というか、これまでの私小説的な殻を破って、社会派的作家に脱皮したことを象徴する貴重な作品であると思っていますよ。この作品にはこれまでの作品と違って、上山さん本来のテーマであるアイヌ問題はモチーフにはなっていませんけどね、上山さんがE高校歴史学研究同好会の生徒達と対話した時、平取のような保守的で且つ幾重にも閉ざされた差別の歴史をかかえている農村にあって、アイヌ問題を語る場合は農民自体の考え方というか、意識が差別と結びついていかなければならないというようなことを言われましたけどね。そうした意識というか、思想がこの作品の底流に流れていると思いますよ。特に、減反の波を被って社会的に目覚めていく農村婦人の姿が生き生きと描かれていますからね。こうした新婦人が地域に育たない限りアイヌ問題は解決されないと思いますよ。あなたはそうしたことを目論んでこの作品を書かれたんじゃないですか。作品そのものからは直接感じ取れませんけどね。あなたを知っている人なら〝あ、、上山は地域問題に竿差して、アイヌ差別の川を渡渉しようとしているんだな〟と、そう思いますよ。この先どんな世界が拓けるか。次作が楽しみですね。ところで、合評会は何時頃ですか」

「お盆明けの二十一日頃になると思いますけど、その時は是非出席して下さい」

「え、、上山さんの作品に触れるのは久し振りですからね。是非出席したいと思いますよ。次作に対する抱負等も聞きたいと思いますからね。もう、構想は出来ているんでしょう」

「………」

松川はしばし上山の反応を待ったが、上山は黙したまま反応を示さなかった。

「まあ、詳しいことは、合評会の折り、お聞きしましょう」

松川はそう言って、話題を変えて言った。

「実はね。三十日に、去年、上山さんの所に連れて行って対話した歴研の生徒で安達という生徒がお邪魔したいって言うんですがね。ご都合は如何ですか」

「ちょっとね。ここ数日具合が良くないんですよ」

「風邪でもひかれたんですか」

「いや、そうでもないんですがね。どうも体がだるくてね。調子が良くないんですよ。そんな訳で、折角お出で頂いても十分なもてなしは出来ませんけどね。暫く振りですからね。どうぞいらして下さい。松川さんもいらっしゃるんでしょう」

「いや、僕はね。生憎、義父の法事があるんでね。行けないんですよ」

「義父って言われると、苫小牧の…」

「そうです。苫小牧ですからね。都合がついたらお伺いしたいと思っていますけどね。しかし、体の調子が良くなかったら、又の機会にしてもいいですよ。文学会のこともありますし…、彼等にも、事情を話して、今回は遠慮するようにって伝えておきますから…」

「いや、かまいませんよ。調子悪いったって、寝ているわけじゃありませんからね。十分なもてなしは出来ませんがね。顔を見に来られる位ならかまいませんよ」

「そうですか。しかしね。今年は陽気が良くないですからね。気をつけられた方がいいですよ」

「ありがとう」

「ところで、あんたから頼まれている上山論ですがね。次の作品を見てからにしたいんですよ。というのはね。第八号の作品で拓かれた新たな世界をどう広げていかれるか、それを見極めてからにしたいんですよ。次作の方、大分進んでいるんでしょう」

上山は寂しかった。いっそのこと今日の喀血のことを話そうかと思った。

母を見た。母はテレビに夢中であった。そのあどけない顔を見ると舌先まで出てきたコトバが喉元で凍結して動かなかった。

「どこまでやれるか分かりませんが、ここまで来てしまったんだから、やれるだけやってみますよ。もう後がありませんからね。ところで、去年の夏のことなんですがね」

松川は鸚鵡返しに尋ねた。

「去年の夏のこと…歴研の生徒と対話した時のことですか」

「いや、それじゃなくて、マスターベーションのことさ」

「あゝ、あのことかい、あれがどうしたんですか」

「あれは僕の誤解だっていうか、自意識過剰だったんです」

「そうですか。分かってくれたんですか。何時か分かってもらえるとは思っていましたけどね。あの時は、全く心がすれ違っていましたからね。文学会のことで頭がいっぱいなんだなと思って、弁解しませんでしたけどね。それじゃ、この次に会った時には和解の乾杯でもしなくちゃならんですね」


去年の夏のこと—松川が浦河町上杵臼の開拓の実態調査をするために岡氏を訪問した帰途、上山宅を訪れた時のことである。

その日、上山はのっけから、松川に招かれざる客と思い込ませるほど苛立っていた。が、松川は素知らぬ顔で何時ものように、身体のこと、農事のこと、上山が主宰している沙流文芸のことを尋ねた。しかし、上山は「うん」とか「そう」とか素っ気なく相槌を打つだけで反応を示さなかった。

松川はたまりかねて尋ねた。

「どうしたんですか。元気ないですね。どっか加減が悪いんですか」

「いや、別に…」

突っぱねるように言った。一瞬、松川の顔が歪んだように思われた。上山はその顔を避けるようにして、開放された窓辺に立ち外を眺めた。路傍のアヤメがゆらゆら陽炎に揺れていた。それを吹き飛ばすように、砂利を満載したダンプが数台続けて平取の方に走り去って行った。新築の家が地震のように揺れた。ダンプが去って静けさが戻った時上山が席に戻って尋ねた。

「上杵臼へ何しに行かれたんですか」

「上杵臼開拓の実態調査なんですがね。今回、開拓農協理事長の岡さんから、離農した人達がお盆で集まるから来てみないかって誘われたもんですからね。行ってきたんですよ」

「そうですか。何か得るものがありましたか」

「ありましたよ。おおありですよ」松川は声を弾ませて言った。「入植から離農するまで様々な話が出ましてね。その中に、離農して今静内に住んでいる人がいましてね、静内に於けるアイヌ人差別の実態調査をしているらしいんですが、こんなパンフレットをもらって来たんですよ」

松川は鞄からガリ刷りの小冊子を取り出してテーブルの上に置いた。上山はそれには目もくれずに言った。

「今回の論文、評判が悪かったんですよ」

松川は唐突な言動に一瞬ムッとしたが、噛み殺して尋ねた。

「そうですか。どんな批評が出たんですか」

今回の論文というのは、松川が沙流文芸第五号に発表した「いくつかの批判に答える」に対する一、三の批評に答えたものだが、その頃松川が構想していた「文学の自虐性」の序章的性格のものであった。

「いろいろあったが…」上山はこみ上げてくる興奮をなだめようとでもするかのように、大きく息を吸い込みながら続けた。「特に問題になったのは(3)の文学の自虐性だ。あれは私個人を対象にして書かれたものなんでしょうけど、あれじゃ、批判でなくてこきおろしですよ。これまで私は松川さんに全てを与えてきた。私の傷だらけの魂を理解してくれるのは松川さんしかいないと、そう思ってね。洗いざらい告白してきた。それなのに、私の作品を「アラビヤの砂漠のガイコツの踊り」と嘲笑したあげく、マスターベーションとは何ごとです。私が命をすり減らしてやり遂げてきたことをこのようにしか評価出来ないなんて、これじゃ、まるで、あなたに軽蔑されるために、あなたの前で裸になったみたいじゃないですか」

身体が小刻みに震えて、今にも神経がプッンと切れそうであった。

松川はゲラゲラ笑った。上山は仁王のように、ガーッと目を見開いて、笑う松川を睨めつけた。松川はそれを受け流して言った。

「上山さん、何か勘違いしているんじゃないですか。そもそも、あれは、はしがきにも書いておいた通り、第二号に載せた「地方同人誌の指標」に対する、同人からの批判に答えたものであって、上山個人を批判したものじゃありませんよ。それは、上山さん自身がよく知っておられるんじゃないですか。あの小論は、そもそも、上山さんに、同人からの批判に対する反論を書いて欲しいって要請されて書いたものなんですからね。それを、こともあろうに、上山こきおろしだの何のって…。あなたは、この小論を寄稿するに先立ち、私に上山論を書いて欲しいって言っていたから、短絡的に早合点して、これはてっきり、上山批判に違いないと判断したのかも知らんけどね。もう少し、冷静になって読んで見て下さいよ。全く、勘違いも甚だしいよ」

「勘違いだって…」上山は喉元に詰まっている鬱憤を唾棄するように言った。「とんでもない。それじゃ、論文の中に出てくる〝彼〟というのは一体誰のことですか」

「彼、ですって…」

「論文の最後の方で、〝彼は現実への抵抗無しには、自己の存在は無意味であるということを誰よりも深く認識しているからである〟と言っているじゃありませんか。これは私のことでなくて、一体誰のことですか」

松川は、こみ上げる興奮を押し殺そうとして懸命に歯を食いしばっている上山の顔を凝視した。そして、その彼方に誰一人も踏み入ることの出来ない上山の〝どろっとした血〟が横たわっているのを見た。

松川は外に目を反らして言った。

「あゝ、その〝彼〟のことかい。あれはね。あなたでも、誰でもないですよ。一般的な〝彼〟のことですよ。強いて言えば自虐的作家のことですよ。それは(3)の〝文学の自虐性〟を読んで頂ければ分かるんじゃないですか。僕はね、その前にね。〝作家は二度生きる。少々冒険的な言い方になるかも知れませんが、自虐的作家には多分にそうした傾向がある。もし、こうした作家達に批判されなければならないものがあるとするなら云々〟ということを書いた筈ですがね。彼とはそうした作家達、つまり、自虐的作家達のことであり、上山さんなんかじゃないですよ。勿論、私の書き方も不親切であったかも知れない。しかしね。どう考えたってね。彼イコール上山っていうことにはならんと思うんですがね。あなたは「葦通信」第十五号の「沙流文芸」第五号合評会記録の中で、「これは或いは僕でなければ全体を理解できないっていうものかもしれませんよ。松川氏はそういう狭い枠の中に当てはめてものを言っているような気がするんですよ」と言っているけどね。もう、読む前から、この論文は上山批判だと、そう思い込んでいるからいけないんですよ。もっと、醒めた目で読んで見て下さいよ。彼イコール上山なんて、決してなりませんから…」

「それはあんたの屁理屈ですよ」

「屁理屈、全く参るな。あんたの頑固さには。⑶の〝文学の自虐性〟だってね。三田さんの〝地域の命題と本当に取り組むためには、私達は地域を敵にまわさなければなりません。一人一人の友人を敵にし、自分自身をも敵にしなければなりません。喜びというものがあるとしたら、そういう自虐的なものでしかない。そういう絶望感を松川氏に踏まえて欲しかったです〟というラジカルな批評に応えたものであって、上山さんを標的にしたものじゃないですよ。そんなに強情張るなら、五号を持って来て見て下さいよ。納得のゆくまで説明しますから…」

その時、上山の側の電話が鳴った。上山は中指が切断されている右手を伸ばして受話器を取った。

その手の上に、松川の視線が焼きつくように落ちているのを見た。

上山ははっとして受話器を左手に持ちかえ、松川を背にして立ち上がった。電話をかけて来たのは田村であった。田村は苫小牧に住むジャーナリストで、沙流文芸の同人でもあり、道内では嘱望されている若手の書き手であった。これとした用件もないが、話してみたくなったので電話してみたのだという。電話のさ中に母が帰ってきた。

「いゃあ、松川さん、いらっしゃっているんですか」

「又、お邪魔しています」

「何だ、お前、お茶も出さないで…」

電話の中で、田村が尋ねた。

「お客さんが来ているんですか」

「うん、松川さんが来ているんですよ」

「そう」

「代わりますか」

「代わんなくてもいいけどさ。帰途、私の所に寄るように伝えてもらえない」

母が冷蔵庫からビールを取り出しながら言った。

「男っていうのは駄目ね」

「いや、何もかまわないで下さいよ。話が最高の御馳走ですから…」

上山は田村の言伝を松川に告げて、二階に上がり、うず高く積み重ねてある書籍の中から、沙流文芸第五号を抜き出して、ベッドにひっくり返り、松川が指摘した箇所を読んでみた。

「人が自虐の心理に駆り立てられるのは、ある極限状況の中で自他を欺き、真理や良心に反する言動を敢えて取った場合、或いはそうでなくとも後日何らかのきっかけで、その時取った行為が人道に反する不埒な行為であったということが明確になった場合である。

個人がさし迫った状況の中で何かを選択しなければならないという極限状況に晒された時、その対応の形態は千差万別であるが、しかし、多くの場合、物事の相対的な価値判断によってよりも、主観的且つ物質的な利害をモノサシとして選択するか、さもなくば経験による感覚的判断によって選択するのが常である。つまり、大半の人々は我が身可愛さから一時的な勝利者としての法遵守の途を選び、永遠の勝利者としての、自然に生きるという道を故意に閉ざしてしまいがちである。例えある時点に於いて後者でありえても、次の時点では前者たらざるをえない場合が多い。それが社会的磁場の中に晒されている主体的自我の現存在の実態である。如何に個人がダビデのような意志強固な人間であっても、個人の意志では如何ともし難い場合がおうおうにしてある。（この傾向は、コンピュータの量的拡大によって、今後益々著しくなるだろう。アメリカがベトナム戦争の展望をコンピュータによって弾き出したという事実は如何に人間の世界が狂気の世界に晒されつつあるかを物語っている）

そうありたくないと思いながら、そうあらざるを得ないこの現存在の不条理性（意志薄弱又は無知のため付和雷同する人間はこの範疇に入る）、又そうあってはならないと痛切に思いながら、自己の利害からそれを敢えて容認せざるを得ないという自己の不甲斐なさ、こうした内的にも外的にも錯綜する力関係が醸し出す四次元的状況の中で、個人は如何にして、自己の主体性を守り抜こうとするか、それを探るのが文学活動であるのかもしれないが、ここではそれをさておいて、その対処の形態を類型的に分類してみることにしよう。

①欺瞞的行為を粉飾する言辞を弄しながら自己の正当性をあらゆる機会を捉えて吹聴する。この種のタイプは侮蔑されながら利用されるタイプの人達である。

②物事を深く考えること及び物の本質や実相を科学的に追求することを止め、日常の中に意識的に埋没して行く。善良な市民の大半がこの種のタイプの人達である。

③状況の中から、主観的な、或いは特定のイデオロギーに基づいて定立された命題以外のものを捨象し、反状況的な体制を構築して行く。闘士とか社会運動の戦士といわれる人々の多くはこのタイプに属する人達である。

④沈黙する。

私が今ここで問題にしている人間はこのタイプに属する人間についてである。

まず、最初に何をさておいても言っておかなければならないことは、この場合の『沈黙』というのは見過ごすということと同義でもなければ、自分の穴の中へ尻を巻くって潜り込むというような逃避的な意味のものでもない。寧ろ、そうした感情が全く入り込む余地のない拳のような充実した生の塊である。そうありたくないと思いながら、そうあらざるを得なかった自己に対する責め苦と自己をそこまで追いつめた出口なしの現実を切り開こうとする気概とが相関的に絡み合う生気溢れる世界である。

私はこれを敢えて自虐的実存と定義しておきたい。そして、これこそ人間存在の根源に肉迫しようとする生そのものであるという意味合いから、又は、人々はその中で掻き立てられた創造的思考を文学世界の中に押し広げようとするという意味合いから、文学に於ける原点であると考える。

作家は二度生きる。

少々冒険的な言い方になるかも知れませんが、自虐的作家には多分にそうした傾向がある。もし、こうした作家達に批判されなければならないものがあるとするなら、極限状況の中で、身をもって戦列に参加しようとしなかった惰弱さ、又は参加することを敢えて拒絶した背信性というか、要するに事物の中にありながら決して事物そのものに没入しようとしなかった現存在そのものについてであろう。だが、彼はそうした姿勢そのものを自虐する。何故なら、彼は現実への抵抗なしには自己の存在は無意味であるということを誰よりも強く認識しているからである。

かく言えば、彼が沈黙するのは決して現実への絶望からではなく、現実からの逃避でもなく、それらを十分踏まえた上での彼の現存在そのものである、ということが理解出来るであろう。

この二律背反的不条理性を形而上学的駄洒落であるとして容認しようとしない者は肝心のところで自己欺瞞の原罪を敢えて犯しているか、人間の情念をドグマ的な価値観によって、敢えて圧殺しているか、さもなくばこの種の意見に対する潜在的な敵対感情というか、拒絶反応というか、動物的な嫌悪感というか、ともあれ、主観的な体質的なアレルギー反応から、自説を絶対的座標に昇華させようとする一方的な愚痴以外の何物でもない。何故なら、この状況から個人の主体的な存在が創り出されるからである。これを欺瞞したり、圧殺したり、昇華させたりしたんでは人間の生活はアラビアの砂漠の中のガイコツの踊りでしかなくなるからである」

上山は沙流文芸第五号を顔の上に置いて、深く溜息をついた。〝彼〟というのは、私のことではなく、松川が言うように一般的な彼であると思ったからである。

上山はこみ上げてくる悔恨の情に駆られてがばっと起き上がった。

その時、母が階段下から呼ぶのが聞こえた。

「文夫、何してんの。松川さんほったらかして。もう帰られるそうですよ」

上山は慌てて階段を駆け下りた。が、松川は既に居間にはいなかった。

「何だ。もう、帰ってしまったのか」

「お前、ほったらかして、相手にしないから、退屈して帰ってしまったんですよ」

上山はサンダルを突っかけて外に飛び出した。しかし、バスは発車してしまったのだろう、バス停には松川の姿はなかつた。

「あの日はね」上山はあの日の苦い思いを噛み殺しながら続けた。「久しぶりに会えて、内心は嬉しかったんですよ。それがあんなことになってしまって、ホントに申し訳ないと思っているんですよ」

「いやぁ、気にせんでくれよ。あの時は、四十一年春の時と違って、理由がはっきりしていたし、何れ分かってもらえると思っていましたからね」

「四十一年春のこと…」

「そうです。四十一年春でしたね。あん時はあんたから、相談したいことがあるから来てくれっていう要請があってね。お伺いしたんですがね。あの時はあなたが平取病院に入院していましたので、話し合ったのは確か〝いずし〟とかいう料亭だったと思いますけど…」

「…………」

「話題はそれまであなたが書きためられた記録ノートをどう作品化するか、と言うことでしたけどね。あの時、あなたはノートに書かれていることはあまりにも生々しいからと言うことで、あのまま発表することに強い疑問を抱いておられましたね。特に、同室の療友で、アイヌの人達を毛嫌いして同室のアイヌの人とことん対立している太郎という和人の老人については、このまま発表することには堪えられないというようなことを言われましたね。僕はその時、それは駄目だと、書き変えるなんてとんでもないと、生々しい事実が書かれているところにあのノートの価値があると、ああした事実に目を覆わずに、寧ろ直視して、リアルに描くべきだと、そう言ってあなたの意見を全面的に否定しましたね。覚えていますか」

「…………」

「暫く揉めたけど、最終的にはあなたも、あのノートに書かれている事実を避けて通ってはいけない、事実は事実としてリアルに描かなければならないと、そういうことで全く意気投合しましたね」

「…………」

「ところが、別れる間際になって、バス停のベンチに腰を下ろして談笑している時でしたけどね。突然不機嫌になって、〝もう、俺達には話し合う何ものもありませんね。これ以上話したって、お互いに傷つくだけですよ〟そう言ってね。そっぽを向いてしまったんですよ。あん時のあなたの顔、今でも心に焼き付いてとれませんけどね。あたかも罪人を見るような目でしたからね」

「…………」

「あんなに〝いずし〟で話している時に意気投合したのにさ。どうして、突然不機嫌になったのか。それも突然にね。恐らく私が上山さんに心証を害するようなことを言ったんだと思うけどもね。それならそれで、どうして〝お互いに傷つくだけだ〟なんて一方的に決めつけないでさ。これこれしかじかだと、はっきり言ってくれないのか。僕はね。あん時、つくづく思ったのはあんたには私にさえ言えない、何かドロドロしたものを隠しているというか、心の暗闇に潜めているということでしたね。覗かれるのが怖いのか、それとも、お前なんかに覗かせてもどうにもならぬと考えているのか、私の知る由もないけどね。何れにしても、私に触れさせたくないモノを心の奥底に秘めていたことだけは確かなんですね。今回だって、〝私は松川さんに全てを与えて来た〟って言うけどね。それはあなたの思い込みだと思いますよ。その確信を得たのは、あんたが右手中指をナイフで切断して病院から失踪した直後でしたね。あれは次の年の正月だったかな。あん時も、あんたに呼び出されてさ。あん時は〝いずし〟ではなくて、あれは何っていったけかな。病院の近くの小料理屋でしたけどね。僕はてっきり、失踪について話があるものと思って行ったんですがね。しかし、話されたことは、病院のこととか、これから書こうとしている作品のことと か、家のこととかだけで、失踪についてはその片鱗さえも覗かせようとしませんでしたね。勿論、あなたが失踪中に到達した境というか世界から、新たな一歩を踏み出そうとしている、そのための相談だということは分かっていましたけどね。しかし、失踪についてはこれっぽっちも触れようとはしなかったんですがね。余程尋ねてみようかと思ったんですがね。誰にでも、他人に覗かれたくないことってありますからね。それに竿差したら、あなたを傷つけることになると、そう思って止したんですよ。しかし、今でも分かんないんですよ。どうして、あの時、あなたの存在そのものに関わる失踪事件について語ってくれなかったのか。それまでの関係から、私は、あなたが全てを私に打ち明けてくれるものと信じていましたからね。実は、私は失踪については、あなたが失踪された時、あなたのお母さんから、これこれしかじかで文夫が病院からいなくなったんですけど、松川の所に行っていないかって問い合わせがあったんで、あらまし知っていたんですよ」

上山は、松川の話に苛立ちながら、去年の夏田村から電話が来た時、右手中指に注がれていた松川の不審な視線を思い浮かべていた。そして、こう思った。

（あいつは何もかも知っている）

「もしもし、もしもし…」

　松川が忙しく呼びかけていた。

「もしもし…」

　上山は迷想から解放されて答えた。

「はいはい」

「どうなされたんですか。切れたと思いましたよ。まあ、勝手なことを言ってしまったけどさ。気にせんでくれや。とにかく、拙論に対する誤解が解けたことは嬉しいよ」

「いやいや、気になんかせんよ。寧ろ、そう言ってもらって嬉しいよ。まあ、そんな話もあるんでね。三十日には是非お出で下さい。もし、都合悪かったら、次の日でもいいからさ。顔を見せて頂戴よ。調子が悪いったって、話す分には事欠かきませんからね」

「そうですか。しかし、あまり無理しない方がいいですよ。三十日に会わなければ永久に会えなくなるっていうわけでもないしさ」

「うん、それもそうだけどね」

「ところで、今、どんなの書いているんですか」

「四、五年前から持っていたモチーフなんですがね。自然の冥利とイナウキケの関係というか、われわれの祖先がどうしてイナウキケを創ったのかということをね。アイヌの伝承を交えて、義経神社の境内を舞台にして書いてみたいと思っているんですよ。あそこにはペンリウクの碑も建っていますからね。何か、そこに、民族の心が潜んでいるというか、息づいているような気がするんです」

「それは素晴らしい発想ですね。上山文学の真髄が発揮されそうですね。もう、草稿は出来上がったんですか」

「いや、それがまだなんですよ。掴めないんだな。これだ、と思ってもね。あれこれ思索しているうちにね。だんだん潤けて来てね。つまらなく思われてくるんですよ。何とか、今年中には目処をつけたいとは思っているんですがね」

「すると、次号でお目にかかることが出来ますね」

「どうですかね。まあ、やれるだけやってみますがね」

「しかし、身体だけは気をつけて下さいよ。じゃ、三十日、生徒達よろしくお願いします。高校生ですからね。失礼なことあるかもしれませんけどね。あんたに会うのをすごく楽しみにしているようですから、よろしく頼みます。でも、決して、無理しないようにね」

母がテレビから目を離さずに尋ねた。

「松川さん、どうかしたのかい」

「三十日の日、松川さんの教え子達が来るんだってさ」

「松川さんも来るのかい」

「いや、義父の法事があるんで来れないんだってさ」

「そう、それは残念だったね。お前、無理したら駄目だよ。松川さんが来れないんだったら、断ったらいいじゃないの」

「うん、だけど、折角来るっていうんだから、無碍にも断れないよ。それに、松川さんだって、法事は苫小牧だっていうしさ。あいつのことだから、暇をみて、ひょっこりやって来るかも知れませんからね」

　ポチが玄関先でけたたましく吼えた。母が外に出て確かめた。

「ポチ、少しうるさいぞ。こっちへおいで」

上山も外に出た。ポチは母の足許で、くんくん喉をならしながら白い尻尾を左右に振っていた。

銀河が美しかった。

夜風が病む心に浸みてゆく。

星が流れた。上山は、ふと、流れる星を見つめながら、三度願い事を祈れば叶えられるという諺を思いだした。しかし、いくら待っても星は流れなかった。

第二章　告白

パートI　〝いずし〟でのこと

その日、上山は体がだるく、早めにベットに入ったが照恵寺須彌壇中央に安置してある題目塔の蔭から顔を覗かせた祖母の顔が脳裡にちらついて寝付かれなかった。

彼は机上に散乱している書きかけの草稿を片付けてペンを執った。逝く前にどうしても指切りと失踪の真相を告白して、松川とのクレパスを埋めなければならないと思ったからである。

彼はしばし考えあぐんだ末、冒頭に

「あなたは奇妙な男だ。

憎もうとしても憎みきれない、捨てようとしても捨てきれない、もう二度と語るまいと思っても語らずにはいられない何かをあなたは生来身に付けておられる。

われわれの出会いが幾度か断絶したにもかかわらず、不幸にならずにすんだのは、あなたの中に潜んでいる、その奇妙な何かのせいではないか、そんな気がしてならない」

と書いて、深呼吸した後、単刀直入に第五号合評会におけるトラブルについて筆を走らせた。


「三田さん、まだはっきりした返事は頂いていませんが一応脱会の形です。

第五号合評会以来続いた私との確執の総決算というと大げさになりますが、私に対する無言の抵抗であることは確かなようです。と言うと、あなたは首を傾げられるかも知れませんが、この一年、私は合評会に於けるあなたの論文に対する三田さんの批評、『ペンは剣よりも強し、なんて言ったらね。僕なんかは絶対に剣の方が強いと思うしね。ペン一つでもって革命が起きたことがないんだから。まあ、細かいところをほじくって行ったらこれ(「いくつかの批判に答える」)矛盾だらけですからね。松川さんがこの中で言いたかったこと、つまり、われわれの文学会の在り方というか、全体をね。掴むことが大事だと思いますね』と言う三田発言をめぐって、彼とかなり激しい論争を繰り返して来たのです。

最初は反論を書かせるのが目的でした。あなたもそれを望んでいたしね。しかし、話しているうちに、だんだん僕と三田さんの論争に変わっていったんです。僕自身、ペンは剣よりも強いと思っているもんですからね。ついつい話が弾んじゃったんですね。ところが、話はそれだけに留まらず、文学と生活の問題に広がってゆき、遂に三田さんの私生活に竿を差す結果になってしまったんです。文学仲間ということに溺れてしまって、無意識のうちに深入りしてしまったんですね。きっかけは、何回かの訪問でみた三田さんの生活に同情したことにありました。あの人にすればそれが堪えられなかったんですね。あれで、なかなか見栄坊ですからね。

たまたま、あなたの論文『地方同人誌の指標』が話題になった時です。(確か、書かねばならない素材がゴロゴロしているにも関わらず、どうして日高には文学が根を下ろさないのか、というテーゼに対してであったと思います）三田さんがこんなことを言ったんです。『こんな刺激のない辺地にいたんではものは書けない』

当然、私はその非を撃ちました。

『では、何のために小説を書くのか』

と。しかし、三田氏は目をしばたくだけで答えようとしませんでした。否、それどころか、以後私を避け、こともあろうに森山氏に

『上山は私の心を土足で踏みにじった』

と告げ、何かと中傷めいたことを弄するようになったのです。これにはいささか失望しました。勿論、私にも手落ちがあったことは認めます。しかし、それならそれで、どうして僕に直接語ってくれなかったのか。意見の食い違いは問題ではない筈です。お互いに語り合い、切磋琢磨することこそ大

事ではないか、それが文学をする者の心ではないか、そう思うとね。残念でなりませんでした。しかし、昨晩あなたの電話での話を聞きながらハッとしたんです。あの時、あなたのコトバにカッカして、〝お互いに傷つくだけだ〟と言ってそっぽを向いた私と、私の一徹さにあいそをつかし、『私の心を土足で踏みにじった』と言って一方的に心を閉ざした三田さんが一つに見えてならなかったんです。そしたらね、あなたの言う、私があなたに冷たいカーテンを下ろしているという意味が分かってきてね。これじゃいけない、もっと素直になってというか、鎧をかなぐり捨てて、虚心坦懐に話し合うなり、手紙を書くなりして溝を埋めなければならないと、そう思われてきたんです。つまらぬことで相手を見失ってはお互い不幸ですからね。

しかし、あなたに全てを与えてきたという私のコトバは真実です。これだけは信じて頂きたい。私が、あの時カッとしてそっぽをむいたのも、又次の年、指切り失踪の真相を語らなかったのも、更に、去年ご来宅の折、感傷めいた口説きを弄したのも、全てこの真実のなせる業だったのです。それは又、換言すれば人間的に信頼し合えても、血の重さを理解し合えないことからくる苛立ち、それが私の頑なな感情を濁らせたとも言えるでしょう。

それはこの手紙を読んで行くうちに明らかになるでしょう。

まず、〝いずし〟でのことから話しましょう。

あの日、〝いずし〟を出るとすぐ、あなたはこう言いましたね。

『十日程前、二歳になる娘と一緒に銭湯に行った時のことですがね。二十四、五歳のアイヌの人が浴槽の縁に腰を下ろして中に入ろうとしないんですよ。その時浴槽の中には私達父娘の他に二人の若者が入っていましたがね。決して混んで入れないような状態ではなかったんです。娘は若いアイヌの人を指さしながら、こんなことを言ったんですよ。

〝あのオジサンどうして入らないの〟

私は知らん振りをしたんですがね。娘はしつこく聞くんですよ。〝お父さん、お父さん、あのオジサンどうして入らないの〟ってね。そしたらね。浴槽の中の若者がジロジロ若いアイヌの人を見つめ始めたんですよ。その若者は、浴槽の縁に腰を下ろしている人がアイヌ人であるということを恐らく知らなかったと思うんですけどね、浴槽の縁に腰を下ろしたまま中に入ろうとしないことが不審に思われたのでしょう、娘と一緒にジロジロ見つめ始めたんですね。若者は、しばし、モジモジしていたが、とうとう浴槽に入らずに立ち上がり、シャワーを浴びて出て行ってしまったんですよ。あれは、何とも言い様のない異様な状況でした。どうして、若者はすんなり浴槽の中に入ろうとしなかったのか。あれじゃ、眠っている子を呼び覚ますようなものではないか』

それから、もう一つ、こんなことを話されましたね。覚えていらっしゃいますか。多分、お忘れのことと思いますが、大事なことなので、書いておくことにしましょう。

『ある焼鳥屋に行った時でしたけどね。そこに、若いホステスがいましてね。私は、小あがりで、そのホステスと一緒に飲んだんですけどね。その女の人が、私のコトバの訛に気づいて、あなた東北の人じゃないかなんて聞くもんですからね。話が弾んじゃってね。話題が方言であるとか、故郷のことになったんですけどね。彼女があんまり方言とか故郷に興味を示したので、それで、つい調子こんじゃってね。〝あなたの故郷は何処ですか〟って尋ねたんです。しかし、ホステスはコトバを濁して答えなかったもんですから、つい口を滑らして〝あなたはアイヌの方でしょう〟って言ってしまったんです。ところが、そのホステス、突然表情を変えてね。〝こんな所まで来て、お客さんに馬鹿にされるとは思わなかった！〟って、そう言って挑みかかってきたんですよ。

私は飲みに行くと、よく、誰彼なしに故郷の話を聞いたり、話したりするんですがね。この時もそんなつもりで尋ねたんですけどね。全く、この時は〝アイヌ〟というコトバの重さに打ちのめされてね、言うべきコトバがありませんでしたよ。彼女の怒りを解きほぐすために、一週間程その焼鳥屋に通ったんですけどね。とうとう和解することが出来ませんでしたよ。どうして逃げたりしないで、違星のように〝吾アイヌなり〟と言って胸を張って生きようとしないのかね。人には逃げる者を追うという習性があるが、これじゃ何時までたってもアイヌの人は救われませんよ』

覚えていらっしゃいますか。全て、あなたのおっしゃる通りです。結論は私も大賛成です。しかし、しかしです。あなたが語られた二つの現実にはわれわれ差別される側から見ると見過ごすことの出来ない過ちが潜んでいます。というと、あなたはそんな馬鹿な、とむきになって反論されるかも知れませんが。

まず、銭湯の青年の話ですが、あなたは、どうしてすんなりと浴槽の中に入らなかったのか、あれじゃ、眠っている子を呼び覚ますようなものだと言っておられましたが、そういうあなたの意識の中に潜んでいるのは、それこそ〝アイヌがアイヌと言われて何故いけないのか〟という、差別する側の、差別された者の傷みを理解しようとしない高慢さというべきか、厚顔無恥です。と言うと、あなたは一層むきになって、それは上山の思い過ごしだと言って否定されるかも知れませんが、しかし、あなたが何と弁明されようと、それは焼鳥屋のホステスの話の中に露骨に出ています。あなたは〝アイヌ〟というコトバに怯えて、アイヌというコトバの届かない都会の盛り場に身を潜めた若い女が、一面識もない客人に、よしや話の弾みであろうとも、突然アイヌと言われた時のアイヌ人の心の傷みを考えたことがありますか。もし、少しでもそういうことをお考えになられたことがおありでしたら、そんな軽率なコトバは出てこない筈です。少なくとも、酒場等という不謹慎な場所では絶対に出てこない筈です。勿論、その時、あなたには差別や侮蔑の感情は微塵もなかったでしょう。あなたの公明な種族意識から自然に出て来たコトバでしょう。それはあなたの話からよく分かります。しかし、だからと言って責めを免れることは出来ません。何故なら、この種の軽率な言動によって多くのアイヌの人が傷つき苦しんで来ているからです。

私も幾度かその苦渋を嘗めています。

例えば、S文学の編集をしておられたDさんですが、この世に亡い人をマナイタに上げるのはいささか気がひけるが、私の秘密を語るには欠かせない人物ですので、敢えてペンを執ってみることにしました。私がS文学会に入ったのはあなたが主宰していた日高文学会があなたの転勤で自然解散した直後でした。入会以来、(自分でこんなことを言うのは変ですが)編集人のDさんは大変私に目をかけられて作品を出す度毎に励ましの手紙をくれていたのです。その頃、私は三度目の喀血で平取病院に再入院していましたが、この温情は再入院で出鼻を挫かれ、悄然としていた私を少なからず勇気づけてくれました。そんな訳で当初この人に寄せた私の信頼の情ははかり知れないものでした。〝祖母〟を発表した時のことです。北海道に異色の作家現るとか、何とか吹聴されて、早速太宰賞に応募されたんですが、入賞の前祝いだということで私を自宅に招待されたんです。その時の私の心情、多くを語らなくてもお分かり頂けるでしょう。私は天にも駆け上がる気持ちでその招待に応じたのです。

その日、D一家は家族上げての大歓迎でした。私は、そのように、家族上げてのもてなしを受けたのは、これが初めてでしたので、身も心もウキウキして、入院療養中の身であることを忘れたほどでした。しかし、それも束の間でした。Dさんが会食のさ中、当時T大学に行っている息子にこう言われたんです。

『アイヌ人でさえ、これ位の作品が書けるんだから、お前に書けない筈がない』

この時のショック、これはいくらあなたに話しても分からないでしょう。と言うとあなたは、いやそんなことはない、と言われるかも知れませんが、この傷みはあなた達シャモには逆立ちしても分からない傷みです。

アイヌ人でさえ—このコトバの底に潜んでいるものは何か。アイヌ人は劣等民族であるという意識です。

その時、息子さんがどう答えたか。その時の私にはそれを記憶に留める余裕はありませんでした。

御馳走になったもの全てを食卓の上に吐き出したくなるのを歯を食いしばってこらえるのに精一杯だったからです。

抗言こそしなかったが、私は席を蹴るようにしていとまごいをしました。D氏はあっけにとられて、もっとゆっくりして行くようにと申されましたが、その顔には突然プリプリしてどうしたんだという不審な感情が溢れていました。自分が何を言ったのか。長い差別の歴史の中で培われて日常化したコトバの魔性に不感症になって気付いていないんですね。以来、私はこの人との交際を断ち切り、S文学会を脱会しましたが、恐らくD氏は何が原因で私が脱会したのか理解することが出来なかったでしょう。これはD氏個人の問題ではありません。体制内に沈み込んでいるシャモの問題です。われわれが今闘わなければならないのはこの問題です。例え、相手が大恩ある人であろうとも、この問題に関わっている限り、われわれは闘わなければならない。と言うと、人はそれは人道をわきまえぬ破廉恥な裏切り行為であると誹謗するでしょう。

しかし、しかしですよ。裏切るとはどういうことなのか。この際日本流に言えば飼い犬に手を噛まれるということになると思いますが、これは犬の自由を奪い、虐待して飼い慣らした者の、支配する側の勝手な論理です。

われわれアイヌは、これまでこうした支配する側の不当な論理にどれだけ苦しめられてきたか。

現在、アイヌの人達の多くはアイヌというコトバを水溜りを避けるようにして生きています。あなたが話された焼鳥屋のホステスのように。どうしてアイヌの人達がかくまで臆病になったのか。それはわれわれの先祖が幾世代にも渡って、同化という押し売りされた恩義（皇民化のための民族滅亡策）の板挟みになって、差別があっても、明日の生活や子供達のことを考えて、敢えて抵抗しようとしなかったからです。しかし、そうした忍従がもたらしたものは何か。差別による苦渋、貧困、人権無視、これ以外に何があったでしょうか。もし、あったとしたら、教えて頂きたい。

私はそれを考えるとどうしても、よしや、その人が大恩ある人であったとしても、この人には恩があるからということで、剣を鞘に収めるわけにはゆかないのです。Dさんに対してだけではありません。われわれアイヌ人の心に土足で踏み込んでくる全ての人々に対してです。あなたも例外ではありません。

〝いずし〟での出来事はその好例だったんです。

『あんな奴！』

そう思うと、腹が立って、腹が立って。

あの時、歩きながら話していたから、あなたには分からなかったと思いますが、体が怒りで震えていたんです」

「電話だよ」

階下から母の声がした。しかし、上山はそれを無視してペンを走らせた。

「あなたをバス停で見送った後も体の震えはしばし収まりませんでした。路上で歯ぎしりしながら『糞っ!今度来たら、水ぶっかけてやる。今度手紙が来たら、線香入れて返してやる』そう意気込んでいたのです。しかし、あなたはそうした私の心を見透かしていたのか、それ以後足も便りもブッツリ断たれましたね。

私の一人相撲だったんですね」

母がノックしながら尋ねた。

「もう寝てんの」

「いや」

「何だ、まだ書きものしてんのかい」

「うん、松川さんに手紙書いてんだ」

「そう、しかしね。無理するんでないよ。今晩は顔の色良くないからね。早く休んだ方がいいよ」

「うん、これ書いたら寝るよ」上山はペンを置いて尋ねた。

「電話、誰から?」

「横田さんからだよ」

彼は母の後ろから階段を降りた。

「もしもし、お待たせしました」

「夜分申し訳ありません。もう休まれたんですか」

「いや」

「実は、昼、森山さんの前の路上でお会いした時のことなんですけどね」

「昼、森山さんの家の前の路上でお会いした時のこと?」

「森山さんの家の前で蹲って血を吐いていたことさ」

「とんでもない」上山は語気を強めて言った。「ただへもっただけですよ。さっき森山さんからも、横田さんに聞いたって電話があったんですがね。変なこと言いふらさないで下さいよ。そんなこと言われたら、それこそ街へ行けなくなりますからね」

「そうですか。それならいいんですけどね。体の調子悪かったら、入院された方がいいんでない。文学も大事かも知らんが命あってのモノダネですからね」

「うん、ありがとう。だけど、今のところ、そんな心配全くないよ」

「そうですか。最近あまり元気無さそうですからね。あんまり強情張るんでないよ」

「強情張るなんて…事実を言っているだけですよ」

「まあまあ、そうむきにならんでくれや。ところで話違うけどね。元Mの警察にいた山本なんですけどね。あれね。矢っ張り、スパイだったらしいよ。あんたが大論文を発表した頃、沙流文学会に入りたいって、しつこく食い下がって来たことあったでしょう。あれはね。同人の動向を探るためだったらしいよ。文学なんてこれっぽっちも分からない、特高のようなゴリゴリのポリだっていうからね」

「矢っ張りそうだったのか。その男今何処にいるの」

「札幌らしいよ。大した出世してさ。本署の課長だか、部長だかになっているっていう話だよ。ある筋の情報によると、今も沙流文学会を密かに探索しているっていう話だけど、用心したほうがいいよ」

「用心するったって、今まで通りにやって行く以外にないと思うんですけどね。それにしても、われわれを警戒するなんて、維盛みたいですね」

「いやいや、維盛じゃないよ。伊賀人だよ。伊賀人を恐れるのはわれわれのような地味な日常活動をしている人達ですからね。それにね。会そのものとしては沙流文芸誌の発行しか目立った活動はしていませんけどね。ただね。四十四年の夏、松川さんがアイヌ問題を調べるためにE高校の生徒何人か連れて来たことがあったでしょう。あの生徒達、全共闘でE高校紛争の主力だったっていうこと、あんた知ってる？」

「知っている。松川さんから大凡のことは聞いていましたからね」

「警察が沙流文学会に目をつけたのはあの頃からだよ。アイヌ解放のアジトづくりでもしているんでないか。そう考えたんでしょうね。きっと。特に、あの後、間もなく発表されたあなたの大論文ね。あれはくすぶっている焚き火に油を注ぐ結果になったんですね。二、三日前も山本の奴、平取に来てさ。〝葵〟に飲みに行って、ママにさりげない風を装いながら、それとなく、松川が来た時皆集まるのか、松川と上山はどういう関係にあるのかとか、同人の中に党員がいるのかとか、様々なことを調べて行ったという話ですよ」

「そうですか。それは初耳だな」

「それで提案なんだけどね。逆に、こっちの方から山本に同人になることを勧めてみてはどうかね」

「毒をもって毒を制すってわけだ。名案だけどね。しかし、あの男、乗ってくるかな」

「乗ってこなくたっていいさ。牽制球になるからね」

「それもそうだな」

「それじゃ、すぐ、奴の電話番号調べて知らせますから、あんたの方から働きかけて見て…」

「了解」

「じゃ、お休み。あんまり無理するんでないよ」

「ありがとう。あんたも、変なこと言いふらすんでないよ。じゃね、お休み」

　母がアイスクリーム持ってきてくれた。上山がそれを食べながら尋ねた。

「出面が来るのは明日からかい」

「うん、一応明日からっていうことになっているけど…。こんなに人を頼むなら、無理しないで他人に貸せばよかったね」

　コオロギがベランダの下で鳴いていた。静かな夏の夜であった。こうして、母子水いらずでお茶を飲めるのも何時まで続くか。出来ることなら、せめて孫の子守りをする母の姿を見てから逝きたい。叶わぬ願いとは知りつつも、そんな願いが意識の表層をかすめて行く。

　床に入ったら、もう、そのまま目が覚めないのではないか。そんな不安が南の空の流れ星のように脳裏の地平に落ちて行く。

書くことによって神経が治まったのだろう。床に入ると間もなく深い眠りに入った。

パートⅡ　YとSと

昨日の喀血の後遺症なのだろう、重苦しい目覚めであった。

窓を開けて外を眺めた。

沙流川沿いに拓けた田園の中に点在する家。その上に霞がたなびき、出穂を間近にひかえた稲葉が夏風に揺れていた。右から吹けば左へ、左から吹けば右へ、風の吹くままうねるように揺れていた。

生まれて以来、見慣れた静かなたたずまいであった。が、今日は日頃と違った、何か漠然としたものの―景観とか神秘的とか、そういう安直なコトバでは言い尽くせない、何か、こう、もう一つの奥の世界から囁き迫ってくるような、そんな絶後の美を感じた。

涼風が流れ込み、カーテン棒に吊してあった風鈴がチリンチリンと軽快な音を奏でながら鳴っていた。彼はその爽快なリズムに耳を傾けながら、昨日の住職の説法を思い出して読誦した。

三界は虚妄にして、但是一心の作なり。十二因縁は是皆心に依る。

是の如くなれば、則ち生死は、但心より起こる。心もし、滅することを得ば生死則ち亦尽なん。

深い安らぎが病める身心に染み込んでゆくのを覚えた。大きく深呼吸して朝の光に揺れる沙流の里を見つめた。

下の仏間から鐘の音がした。

お詣りをしているのは母だった。母は新築に移った頃から家を離れる時には必ず燈明を灯して香をたき、息子の安全を祈ることを常としていた。退院してから出歩くことが多くなった上山が留守の間に倒れるんではないか、そんな不安があったからである。

上山はそれを百も承知していた。

間もなく、階下から母の声がした。

「行って来るよ。朝ご飯は食卓の上に出してあるからね。もし、おかず足りなかったら、冷蔵庫の中にほうれん草のおひたしが入っているからね、それを食べなさいよ」

彼は、慌てて階段を駆け下りた。が、母は既に家を出て、家の前の道路を横断していた。

上山の家の水田は、家の前の道路の向かい側の農道を五百メートル程行った所にあった。

もんぺ姿の母が草刈り鎌を右手に持って、その農道に入って行く。

二度結婚し、二度とも失敗した不運な母。

幼少の頃から病弱であった息子をかかえて、孫に囲まれて老後を楽しむこともなく、老いても田圃に立たなければならない母。

口こそ悪いが反面仏のように慈悲深い心の主である母。

その母が背をかがめるようにして、稲葉の緑の中に遠のいて行く姿を見つめながら、上山は子としての義務を何一つ果たすことなく、親に先立たなければならない己の悲運を思い目頭を熱くした。

上山は氷が入った水をコップ一杯飲んだだけで、母が用意してくれた朝食を冷蔵庫に入れて二階に上がり、机に向かった。

「どうしてあの時以来、あなたが便りを断たれたのか。
私はそれを詮索しようとは思わない。が、もし、私達の交友の中に不幸があったとするなら、この時の断絶であったと言えるでしょう。何故なら、この時期こそ、私が最もあなたを必要とした時期であったからです。しかし、又反面、この不幸こそ神が私に与えてくれたかけがえのない試練でもあったのです。
この断絶の時期に、私の周辺に何が起こったのか。一言で言えば
Yとの関係悪化
この年九月の右手中指切断と自殺未遂
翌年（昭和四十二年）一月二日の病院からの突然の失踪
この三つです。

まさに、この時期は苦悩の遍歴そのものでした。

沙流文学会を舞台にした私の生きざまはこの遍歴から迸り出た炎だったのです。

以下の文章を読んで頂ければ、何故私が、あなたにこの時の狂気じみた行為を証そうとしなかったのか。お分かり頂けるものと信じています。

私はね、子供の頃から病弱であったせいもありますが、友達と遊ぶということはあまりありませんでした。寂しい、それでいて気の強い孤独な子供でした。三つ子の魂百までの喩えのように、大人になっても、この性分は抜けませんでした。

そんな訳で子供の頃から友人はあまりいませんでした。いないというよりも、作ろうとしなかった、と言った方がいいかも知れません。人に出会うと、どんな人間の場合でも、親しくしたいと思う以前に、もしかしたらこの人は、という意識が先行して、コノヤロウって、身構えちゃうんですね。そのくせ、少しでも偉そうな奴に出くわすと、素晴らしいな、と思ってぞっこん惚れ込んでしまうんです。だが、それもよくよく見つめ直してみると、うわべだけで中味が空っぽであったり、忌まわしい買弁主義者であったりで、真に尊敬出来る何ものもない。そんな訳で、何だ、こんな奴!と思うようになるんですね。そして、又、もっとましな奴がいないかなと思って、辺りをキョロキョロ見渡すんです。そして、又、同じことを繰り返す。これが、私の、少なくとも四十一年春までの姿というか、、生き方だったんです。まあ、言って見れば夢を食う貘ではなく、人の魂を食うスフインクスのような人間だったんです。

しかし、そういう生き方というのは、スフィンクス自身がそうであったように、自滅する運命に晒されているんですね。食われた魂の復讐によってではない。確かバラモン教典の中だったと思いますが、「汝の行為は汝を追う」という戒めがありますが、他人の魂を食って太ったという自責というか、贖罪意識に、己の魂そのものが食われてしまうからです。

私の場合も例外ではありませんでした。

そのきっかけになったのが、Yから寄せられた次の手紙でした。それを受け取ったのはあなたとの諍いがあった直後です。

『私はもう一人の貴方に会いました。最早、貴方を信ずることは出来ません。貴方は私に対して、〝ヒキョウ〟でした。多くは書きません。でも、これだけは言います。

貴方にしがみつかなければ生むことの出来ない文学など捨てます。貴方に手をひかれなければ生きることが出来ないとしたら、それも捨てます。

何か言いたいこともあるでしょう。でも、嫌いです。聞きたくありません。今は貴方の全てを拒否したい気持ちです』

確か、前の年の七月だったと思う。私は次のような手紙をあなたに差し上げた筈ですが、これがその結末だったんです。

『身体の方、まあまあというところです。最近は少なくとも一日延べ三時間位ペンを執れるまでに回復しました。そんな訳で、草稿、予定通り進んでいます。近々中、第一部下書きをお送りします。ご批評下さい。第二部の〝創作と共に〟只今構想中ですが、最も難儀しそうに思っています。つまり、第二部はこの作品の山場であるだけに、テクニック的に困難を要するからです。

さて、今日は別の面で又ご相談申し上げます。S文学から〝創作ノート〟の寄稿の要請が来ているからです。しかし、私としては、最初の計画通り、Y、貴兄の手を経て（小生が草稿を書き、Yがそれを浄書し、最後に貴兄に監修して頂く）発表したいと思っています。作者はYにしても良いと思っています。勿論、YがOKしてくれたらの話だが。しかし、ここに問題があるのです。〝祖母〟発表以来、何かにとPRにご念を入れている編集室だけに、無碍に断るのも心苦しいのです。それで、この際、貴兄達と話し合って、筋を通して、その上で発表をお願いするなりなんなり決めた方がいいのではないか、と思ったりしています。が、目下、Yの方に問題が起こっているのです。それは小生のフガイなさによる結果かも知れませんが、第一部の約四十枚を浄書させてみたところ、少し粗雑だったので、ズバリ小生の考えを述べてしまったのです。ところが、それですっかり自信を失ったのか、或いは、熱意が冷めたのか、草稿を返して来たのです。小生としては、Yを絶対的に信頼しているので（あの鋭い洞察力と豊かな表現力、あれを生殺しにしたんではY自身不幸になる。どうしても、掘り起こし、光を与えてやらなければならない。それは先に生まれた者の義務である。そう念じていたんです）、さほど心にかけませんでした。それで、今は強いてはならないと思い、返稿に当たっても、何も言いませんでした。貴兄がいつぞや申された〝自然のかたちを待つ〟という方針をとった訳です。小生としては、ある期間を置いてやれば、必ずや又、Yが筆を執るのではないか、と思っています。そんな訳で、現在は可能性として、このまま、小生は小生の途、つまり、草稿を手がけて行こうと思っています』

しかし、不安だったんですね。前記のYの手紙を受け取る数日前でした。第二部の草稿が出来上がったのを機会に、以後浄書を続けてくれるかどうか話し合ったんです。何せ、あのように気性の激しい女ですからね。貴方のご忠告通りにしていたら、永久に私の所に戻って来なくなるんではないか、もし、そうにでもなったら、私の計画は水の泡になってしまうんでないか、そんな気がしたんですね。とりわけ、貴方と諍いがあった直後でしたからね。余計、そんな気がしたんでしょうね。二人共失ったら、それこそバンザイですからね。

話し合いは、最初から水と油で噛み合いませんでした。あの時のことをつぶさにお伝えすることが出来ないのが残念ですが、最初は浄書の仕方について話し合ったように記憶しています。とりわけ、誤字が多かったことから国語の勉強をするように、自信のない漢字は必ず辞書を引いて確かめてから書くように、というようなことを話しました。それが若い心を傷つけたんですね、きっと。前記のような手紙となって跳ね返って来たんです。

この時の私のショックは、想像を絶するものでした。それまで、巌のように見えた足許があたかも砂山のようにサラサラと崩れ落ちて行くような、そんな不安な気持ちに晒されたんです。漸く先が見えかかって来たのに、ここで崩れては何のために血を吐く思いでやって来たのか分からなくなるのではないか、そう思って、歯を食いしばってペンを執るんですが、気負いだけで、ペンはさっぱり動かなかったんです。と言うと、あなたはSがいたんじゃないかと言われるかもしれません。が、その頃既にSは私の心の中にはいなかったのです」

上山はペンを置いて、深い溜息をつき、

（あの時、俺は自分のことのみに気を取られて、Sの気持ちを理解することが出来なかったんだな）

と呟き、Sと別れた日のことを回想した。

あの時、Sは約束の時間よりも小一時間も遅れて現れた。

「遅れてすみませんでした」

「よく来たね」

上山は振り返らずに答えた。

「バスに乗り遅れたんです。もう、帰られたんではないか、と思って来て見たんです」

「あんまり天気がいいんでね。帰るのが勿体なくてね。川面を眺めていたんですよ。久しぶりの外出ですからね」

Sがバックから上山最後の手紙を取り出して言った。

「これ、お返しします」

上山は、それを流し目でちらっと見ただけで、視線をそらし、沙流川の岸辺で釣りを楽しんでいる人を見た。

Sが封筒から便箋を取り出して
〝私とSとは、本来、ものの見方考え方だけでなしに、性格そのものが合わなかったんです。年齢の違いもあるだろうが、生きて来た土壌そのものが違っていることに、そもそもの原因がある。このまだったら、お互い取り返しのつかない不幸に陥るだろう。君はまだ若くて、元気で、将来のある女だ。病魔に取りつかれ、何時果てるとも知れない私なんかに囚われずに、君自身の道を歩いて欲しい〟

こう書かれている部分を指さしながら、言った。

「これ、どういう意味ですか。教えて下さい」

哀願するような弱々しい声であった。

「どういう意味って…」上山は戸惑いながら言った。「そう言われると困るんですけどね。何というかな、人間というのはね。惚れた腫れたでは生きて行けないことだってあるんですよ。と言うと、君はまだ若いから、むきになって反対するだろうけどね」

「嘘、そんなこと嘘だわ。私を捨てるための口実でしょう。本当は、私の他にいい人が出来たんで、それで私を捨てるんでしょう。それならそれで、どうして本当のことを言わないで、そんなきれいごとを言って誤魔化そうとするの。卑怯だわ」

「どうして、Sは僕のことを信じないのかな」

「信じられないことをしているからよ」

「それどういう意味なの?」

「それは私が言わなくても、上山さん自身知っているんじゃないですか。私が何も知らないとでも思っているんですか」

「そんな遠回しなことを言わないで、はっきり言ってよ」

「それじゃ、言わしてもらうわ。上山さんが今交際している人、一体どんな関係なの」

「ああ、Yのことかい。あの人はね…」

しかし、Sは上山にものを言わせなかった。

「もう、私なんかどうなってもいいんでしょう。その女の人に比べたら、私なんか、学問もないし、お金も無いしね。諦める以外にないと思うんですけどね。ただね、何もかも奪われたような気がして、たまらなく淋しいんです」

Sはコトバをとぎらせて、その場にしゃがみ込みながら、泣きじゃくった。

「それ、完全にSの誤解だよ」上山はSの肩に手をかけながら諭すように言った。「あの女はね。ウタリでね。文学仲間なんだよ。Sが考えているような女ではないんだよ」

「嘘！Sはもう騙されない！」

「困っちゃうな。そんなにだだこねられたんでは」

「だって、今年の春、私が男友達を持った時、上山さん、私を疑って、その男とキスしたんでしょうとか、おまえはお定のような女であるとか、さんざん私を責めたくせして、そんなの勝手すぎるわ」

「あの場合とこれは違うよ」

Ｓは突然立ち上がりながら叫んだ。

「一体、どう違うの！」

その目は獲物を追う猫の目のように光っていた。

「あの場合のＳの友達というのはね。映画を一緒に観たり、お茶飲みに行ったりする、つまり、享楽のための友達でしょう。僕の場合はね。そういう危険な関係ではなくて、あくまでも、文学の仲間ですからね」

「そんなの独善だわ。一緒に映画を観に行くことが危険な関係で、文学の仲間が危険な関係でないなんて、どうしてそんなこと言えるの。私に言わせたら、寧ろ逆よ。上山さんの方がずーっと危険よ。だって、私の時だって、初めは文学だったでしょう。そんなかっこのいいことを言ったって、私は絶対に誤魔化されないから…」

「何度言ったら分かってもらえるのかな。Ｙはそんな仲ではないんだよ。あくまでも、文学仲間なんだよ。実は、こんなこと言いたくないんだけどね。君があんまりしつこく言い張るんでね、止むなく言うんですけどね。僕の命はもう幾ばくもないんだよ。せいぜい生きても、後五年位だと思うよ。私はこの五年に全てを賭ける決心をしたんですよ。そのためには…」

「そのためには、私なんかどうなってもいいっていうわけなんですね」Ｓは上山のコトバをもぎ取るようにして叫んだ。「そんなの卑怯よ！私がこの三年間何をあなたに求めてきたか。考えたことある？あなたは、二言目には、人はこの世に生まれた限りは、生きた証を残さなければならないというけど、死んで名を残して一体何になるというの？五年生きられるか、十年生きられるか、生きてみなければ誰にも分からないんじゃないですか。そんなことを考える前に、どうして生きることを考えようとしないんですか。命と文学とどっちが大事か、命より大事な文学なんて、ニセモノよ。そんな文学なら捨てて頂戴！」

「何！」上山はカッとなって叫んだ。「文学を捨てろだって！本気でそんなことを言うのか！この俺から文学を取ったら後に何が残るか、それを知っていてそんなことをいうのか！私が文学を捨てることはアイヌであることに背を向けることでしかないということを知っていてそんなことを言うのか！」

しかし、Sも負けてはいなかった。

「アイヌであることがそんなに大事なことなんですか」

「馬鹿者！」

コトバよりも手の方が早かった。平手がSの頬に飛んでいた。

「何たることか！」

上山は思わず絶句して、握りしめた拳に額をあてて嗚咽した。

少女のひたむきな恋情を、よしや文学的信条からとはいえ、一方的に踏みにじった非情さが阿修羅となって脳裡を駆け巡ったからである。

生きたし、吾が民族のために

パートⅢ　右手中指の切断

上山は悔恨の情に苛《さい》なまれ、あの日の日記を探した。

しかし、別れた翌年（昭和四十年）の一月から八月までの日記はあったが別れた当日のことを記した日記は見当たらなかった。書いた記憶はあったが破棄したのかも知れない。諦めて上山宛のSの書簡を探した。しかし、これも別れた直前までの書簡はあったが、以後の書簡はなかった。

別れるまでの書簡、六十二通。その中にはSの純愛が切々と書き綴られていた。上山はそれを貪《むさぼ》るように読みながら、あの時二つの過ちを犯したことに気づいた。

一つは、Sの純情な愛を文学を楯にして裏切ったこと、もう一つはSを見誤っていたということである。SはYと違って文学とは無縁な少女、ただ男女の情愛の中に生きることを夢見る平凡な少女で、己の文学を託せるような少女ではないと思って避けていたということである。しかし、このセリフの中には上山が久しく求め続けていた文学の原点が潜んでいることに気づいたのである。

Sは人を愛することによって、文学とは何かということを理屈抜きにして理解していたのである。

これは物書きとして恥ずべきことであった。物書きとして最も肝心なのは、人を観る眼の確かさと命の大切さを尊重することであるが、上山はアイヌのことにこだわり過ぎてそれを見失っていたのである。

上山は二重の悔恨に苛まれて立ち上がり、叉手《さしゅ》して部屋の中を時計回りにゆっくり歩きながら（経《きん》行《ひん》）、別れた時Sが叩きつけたセリフを反芻した。

「命と文学とどっちが大事か、命よりも大事な文学なんてニセモノよ。そんな文学なら捨てて頂戴！」

反芻する度毎に、ペンを執って以来膨らんだ私情、アイヌにこだわり、生きることを疎かにして来た邪心が削り落とされてゆくのを覚えた。

上山は反芻しながら自問した。

「果たして、あの時の選択は正しかったのか。Yにこだわり過ぎて大事な協力者を切り捨てたのではないか」と。

「しかし…」上山は立ち止まって反問した。「あの時Sを捨て、Yに賭けたことは正しかったのではないか」と。

結果的にはYもSも失ってしまったが、あの時の過ちによって、自分自身を再生させることが出来たと思ったからである。

上山は窓辺に歩み寄り、沙流の里山を眺めた。風が沙流川の上流から吹いているのだろう、出穂寸前の稲葉が川筋に沿って揺れていた。

上山は悔恨の呪縛から解放され再び机に向かった。

「あなたはY一人の離反位でとお思いになるかも知れません。が、しかし、その頃、Yは私に取って命の次に大事な存在、というと大げさになるかも知れませんが、大凡それに近い存在だったのです。

恋人として—それもないとはいえません。が、それ以上に、Yの場合は分身としてです。と言うと、あなたはSがいたのにと不審に思われるかもかも知れませんが、Sには前記したことから明らかなように、アイヌ人としての自覚が欠けており、私の作品を託す訳にはいかなかったんです。

こんなことを言うと語弊があるかも知れませんが、僕のYに対する愛は民族の魂を与えることにありました。まだ、少女でしたけどね。出会った時、僕は思ったものです。この少女になら魂を預けても悔いはないと。

その点Sは愛することが出来ても分身として魂を預けるには頼りがいがなかったのです。

勝手な人間だったんですね。

何せ、あの頃の私は六度目の喀血（Sと別れる一ヶ月程前）で何時果てるとも知れない不安な毎日でしたからね。表向きは強気に見えても、内心はこんな身体でこんなことをして何になるんだ、どうしてもっとSの言うように生きようとしないのだという考えに囚われていたのです。しかし、そう思いつつも、反面私の内奥に蹲っている〝アイヌの血〟が騒ぎそれに安んずることが出来なかったのです。と言って、ペンを手にすることも出来なかったのです。病状は快方に向かっていたんですが、六度目の喀血で、心身共に自信を失っていたんですね。あの時の喀血はかねがね医者から〝今度喀血したらオダブツだぞ〟って脅かされていましたからね。あの時は奇跡的に助かりはしたものの、もう二度とペンは持てまい、例え持ったとしても、十一冊に及ぶ創作ノートを作品化することは恐らく不可能だろう、そう思い込んでしまったんですね。そんな訳で、何時何処で倒れても、私の屍を越えて生きてくれる人が欲しかったんです。というと、あなたは、さては、苦し紛れに、無理矢理引っ張り込んだなとお思いになるかも知れませんが、決してそうではありません。確かに、最初に働きかけたのは私です。しかし、いくら私が働きかけたとはいえ、俗言になりますが、水を飲みたがらない馬を川に連れて行くわけには行きませんからね。最終的には、Yの誠意と熱意によって成立したと言っていいでしょう。

Yは私の記録ノートを読んだ後、目を輝かせながら、きっぱりとこう言ったんです。

『どこまでやれるか分かりませんが、勉強のつもりでやってみます！』

この一言がどれだけ、死に瀕していた私を勇気づけたことか。あなたは到底理解することは出来ないでしょう。アイヌの血がうずいて、一時もじっとしておれない心境に立たされたのです。

その頃のあなた宛私信を見て下さい。抱負が紙面いっぱいに書き連ねてある筈ですから。私は、そのマグマのように噴き上げてくる力の坩堝の中で毎日こう叫んでいたんです。

〝これからの俺の一日一日は死との対決である。一刻もゆるがせにせず、ひたすら書く機械となって、精進しなければならない〟

しかし、不安でした。というのは、その頃Yはまだ少女でしたからね。素質はあっても、背景とも言うべき知識が無かったからです。語彙不足、それもあります。が、それ以上に欠けていたのは心の深さです。これ無くしては如何に才能に恵まれていたとしても、モヌケノカラですからね。そんな訳で、最初から、思いつくまま、自分の考えをぶっつけたわけです。だが、私の心が通じなかったんですね。前記のような手紙となって跳ね返ってきたんです。勿論、私の性急さが、無意識的に独善をもたらしたことは否めません。又、自ら食いついて来たんだから、ということから、反抗期の心理を考えないで強引過ぎたことも否定出来ません。しかし、それにしても、どうしてあんなに激しいコトバを叩き付けて背を向け、立ち去らなければならなかったのか。

私は生来、ものにこだわらないタチで、それまではどんなことでも後悔などしたことは無かった。まして、去る者を追うなんてことは、女々しい行為として、軽蔑さえしていました。が、この時ばかりはそうはゆかなかったんです。己の独善が悔やまれ、Yを得ることの重大さに戦慄させられたのです。喀血のショックから、Yなくしては己の文学は死滅する、すっかり、そう思い込んでいたんですね。

健康なあなたには、この心理は理解出来ないでしょう。

丁度その頃病院に発狂した患者がいたんです。元村会議員で教養のある立派な人でした。ある日、突然、素っ裸になって女の部屋に飛び込んで、裸踊りをやったんです。その時、皆、あの人がって首を傾げたんですが、のしかかる病苦と死の恐怖に勝てなかったんですね。この人に限らず、長期療養の患者は常にその危険に晒されていると断言しても過言ではないでしょう。私だって例外ではありませんでした。じわじわと死を待つより、いっそのこと…と何回思ったか知れません。それを排して来れたのは文学という信念があったからです。マグマのように心の内奥で騒ぐアイヌの血をバネとする、〝この苦悩をウタリに〟という希望があったからです。

　それがYの離反によって、一瞬にして潰え去ったんですからね。この時、私がどんな心境に立たされたのか、ここまで語れば、東北の片田舎で、貧困と封建的な門戸とコトバの差別をラクダの瘤のように背負って生きねばならなかったあなたには、容易にご理解頂けると思います。

　そんなある日のことです。平取市街に住んでいるある老婆を訪問したんです。憂さ晴らしというと語弊がありますが、心気一転を期してテープレコーダ持参で訪ねたんです。

　この婆さんは信仰心が厚く、且つ物知りで、今、売り出しているハヨピラ関係のことや、その他多くのアイヌ伝承を身につけており、掘り起こせば、随分いいものをもっていたのですが、長い闘病生活の中で、すっかり衰え、あるのはジョッパリだけでした。しかし、私が訪れると何時も手を取って喜び、時には横臥したまま手を叩き唄ってくれることさえあったのです。

　ところが、この日に限って婆さんは私が入室しても、ただモグモグ口の中で、呪文を唱えるだけで、私に一瞥もくれようとしなかったんです。お祈りのさ中だったんですね。呪文ははっきり聞き取ることは出来ませんでしたが、

『私はもう駄目です。語り残さなければならないものが沢山ありますが、もう、それを語る力はありません。残念ですが、あなた（神）の側に行く以外にないようです。快くこの不憫な私を迎えて下さい』

　そんな意味のことを繰り返し、繰り返し唱えていたようでした。私は縁に腰を下ろしたまま動くことが出来ませんでした。わが事のように思われてならなかったのです。如何に気負っていても、明日

のない病人ですね、矢っ張り…。

私はもう話しかける勇気がありませんでした。お祈りの邪魔をしないように、そっと立ち去ろうとしました。ところが、婆さんは突然お祈りを止めて、こう言われたのです。

『マイクを貸して下さい』

『……』

『折角お出で下さったんだから、自分の心だけ吹き込みましょう…』

だが、それでも私はテレコをセットすることが出来ませんでした。息をしているのがやっとのような病人にマイクを向けることが残酷なような気がしたからです。しかし、そうした私の躊躇を無視して、婆さんは身体を横にしながら歌い出したのです。私は慌てて、テレコをセットしました。この時、婆さんが歌ったのはヤエサマでした。これは何時ぞや、一度あなたにもお聞かせしたことがありますね。恋したシャモとの別れの悲しさを唄ったものです。あなたが、恋する人が乗っている舟を海岸沿いに走って追いかける情景がいい、と言って絶賛してくれた、あの唄です。老婆は歌った後、両手で顔を覆いながらこう述懐したんです。

『私はバカでした。捨てられることも知らずに、何年も、何年も帰ってくるのを待っていたんですからね。何度首をくって死のうと思ったか知れません。優しくて、男前のいい人でしたからね。私は若い頃、神も仏も信じない勝ち気な女でしたが、この時からがらり変わったんです。それまで見えなかった神様が見えてきたんです。私が死なずにこの年まで生きて来れたのは、皆神様のお陰です』

そして、

『もう少し元気なら、もっと上手に歌えるのだがこんな身体では息切れして、声を出すのが精一杯、歌にはならないけど心だけ歌います』

そう言って又、声を張り上げたのです。途中、幾度か息が切れそうになりましたが、その度に、涙しながら『思うように語れないのが残念です』。そう言って、マイクにしがみつきながら渾身の力を振り絞って歌ってくれたのです。その顔は信仰に生きる者の、不死身の強さのシンボルとでも言うべきか、それとも、欣求浄土を叶えた仏の顔とでも言うべきか、一点の曇りも無く光り、輝いていました。その時です。その輝きと力に触れた時です。自虐に荒れすさんでいた心の片隅に新しい生命の胎動を感じたのは。

私は手に汗しながら、叫んでいました。

『これしきのことでへばってたまるか！とにかく、この魂こそ！』

そして、老婆の内奥に光り輝く、広大無辺な信仰の世界に傾斜して行ったのです。

しかし、口ではそう言っても、いざ信仰するとなると容易ではありませんでした。

神を冒涜したという意識が閻魔のように心の淵に立ちはだかったからです。

あなたもご存知のように、私はそれまでアイヌ的なもの（この際誤解を避けるために付け加えておきますが、アイヌそのものではありません。あくまでも差別の対象になったアイヌ的な行事や習俗です）、それを軽視というか敬遠していたからです。とりわけ習俗には本能的な嫌悪を抱いていました。

あなたもご存知のように、私の祖母は信仰の厚い人で、森羅万象何処にでも神が存在すると信じきっていました。病気なども悪魔の仕業であると考えて、神の力によってそれを除去してもらう以外に治らないと信じて疑いませんでした。そんな訳で、子供の頃から、学校に満足に行けないほど病弱であった私は、よく祖母や母から神下し（夢判断のこと）を受けたものです。それでも叶わぬとなると、祖母に連れられて、あっちの神様、こっちの神様と歩かされたものでした。私は、始めのうちはそれが楽しみでした。いろんなものを見れただけでなしに、バスや汽車に乗れたからです。

だが、もの心がつくにつれ、次第にシヌエ（唇に入れ墨をしている）した祖母と一緒に歩くのを敬遠するようになったんです。

小学校の四、五年生の頃だと思います。祖母に連れられて室蘭の病院に行った時でした。苫小牧で乗り換えるために、ホームで休んでいた時です。通りがかった私と同い年頃の男の子が祖母を見て、『あっ、あそこにアイヌの婆ちゃんがいるよ。口に入れ墨しているよ。入れ墨しているアイヌの人を見たのは初めてだよ』、そう言って祖母をジロジロ見つめたんです。その時のショックは、それまで婆ちゃん子であっただけに深刻でした。以後祖母と一緒に歩くことを拒絶しただけでなく、はては、頑なに祖母の信仰そのものをも軽蔑するようになって行ったのです。ある時など、夢判断のことで大喧嘩になり、母が家出して、二日も三日も帰らないということさえありました。その時の私の言葉はこうでした。

『そんなことに何時までもしがみついているから、アイヌは馬鹿にされるんだ！』

それに対する祖母や母の買い言葉はこうでした。

『そんなことを言って神様を馬鹿にするから、お前はそんな病気になったんだ。私と一緒に謝りなさい』

又、こんなこともありました。

祖母に連れられて豊浦の神様に行った時です。いくら抵抗しても無駄だと観念した私は、祖母の提案に追従はしたものの、その代わり、神主の前に立ったら絶対に口をきかず、寧ろ軽蔑してやる、そう決心したんです。

この神様は豊浦から三キロメートル程の山中にありますが、拝殿の前にある井戸より水を汲んで供え、それを飲んで治癒するという単純な信仰です。神主が数人いますが、特別に祈祷する訳でも無し、ただ信者の身体をさすり、何処が痛いかと尋ねるだけです。

私は尋ねられても、ソッポを向いて答えませんでした。祖母はオロオロしながら、身体が悪いから気分が優れないんでしょうとか、あれこれ言いわけしながら応対していましたが、その様子を見て神主は
『お前は親不孝者だな…』

そう言って私を睨めつけたんです。私は身体こそ弱かったが、気だけは人一倍強かったから、唇を噛みしめて、内心神なんか糞くらえ！と叫びながら、神官を睨め返してやったんです。神官も、そんな私がよっぽど憎かったのでしょう。帰る時、祖母にこう言ったそうです。

『あの子の病気を治したかったら、まず、根性を治す必要があるね。あんな神も親もせせら笑うような根性では、まず病気は治る見込みはないでしょう』

これ以上に私を責め苛んだことは次のことでした。

昭和三十五年三月、二風谷で熊祭りが行われた時のことです。私はそれまで熊祭りなるものを一度も見たことがなかったので、参考にと思って、見物に行ったのです。実物も見ないで批判は出来ないと思ってね。シャモのおえらい先生も何人か見えられているし、後学のために見ておこうと思って出かけたんです。ところがですね。あん時は想像以上に幻滅を感じましたね。

知里真志保はある本の中で

『亡びゆく文化であれば、どんな文化でも研究するのが学者の義務であるが、おくれた文化の中に民族をつなぎとめておくべきでない』

と言っているが、この時の私の印象は、この行事こそ、『おくれた文化の中に民族をつなぎとめておく』最大の行事であるということでした。見ているうちに腹が立って来てね。『止めれ!』って怒鳴り込んで行きたくなるのを堪えるのに苦労しました。幸い側に偉い先生が立っておられたので、若いままに、『この行事を如何様にお考えですか』と尋ねてみたんです。ところが、その先生、ギョロリ私を睨めつけながら、『不満か』そう言って、私から離れて行ったのです。ムカッとしましたね。その時は。思わず、足許の雪を握りしめていましたね。その雪をどうしたと思う。人目を避けて、ヌササンに投げつけてやったんですよ。しかし、それだけで気がおさまらなくてね。人々が退散した後、こっそりイナウキケ（イナウの削り掛け）を抜き取って来て、屑籠に引き裂いて棄てちまったんですよ。こんなものがあるからね。アイヌは何時までたっても馬鹿にされるんだってね。こんなもの、唯の柳の木ではないか、そう罵りながら、引き裂いて、屑籠の中に棄てちゃったんです。

それだけではない。これら一連のことをある新聞に投書したんですよ。

『汝の行為は汝を追う』

私が老婆の内奥に広がる深遠な信仰の世界に入って行こうとした時、門前に、仁王のように立ちはだかったのはこのコトバでした。

『ここは祖先の神を冒涜した者の立ち入る世界ではない、立ち去れ！』

そんな声が心内に木霊してならなかったのです。それでも私はひたすら己の罪を悔い、精進を怠りませんでした。あたかも、蜘蛛の糸にしがみついた罪人のように。何時かは許されることを夢見つつ、ひたすらに祈ったんです。しかし、糸は手繰り寄せても、手繰り寄せても、奈落の底に落ちて行くだけで手応えが無かったのです。その空しさの中で、フーッと思いついたのがシシュフォスの神話でした。

何故シシュフォスは失敗したのか。何故、あれ程の誠意を示したにも関わらず頂上を極めることが出来なかったのか。そして、更にこう考えたのです。彼には、誠意だけで、確かな証がなかったからではないかと。とするなら、この際私は何をもって証とするか。七転八倒の苦悩の末得た結論は二度とペンを持たないということでした。二度とペンを持たないことを神に誓って、その証として、右手中指を切断することだったのです。

この決意を後押ししたのはSのセリフでした。

「命より大事な文学なんてニセモノよ。そんな文学なら捨てて頂戴！」

もう躊躇する何ものもありませんでした。

真夜中でした。人々が寝静まった頃を見計らって、大根を切り落とすように、右手中指を切り落としたんです。

私は洗面器の中に落ちた右手中指を、左手で拾い上げながら思いました。

（これで、私は神を冒涜した罪から救われる。これで老婆や祖母の信仰の世界に回帰することが出来る！）

そして、更に、こうも思いました。

（過去も切り捨てればこれと同じではないか）

そう思うと、例え、どんな理由があろうとも、自分を描くことが微々たることのように思われてなりませんでした。

そして、こう叫んでいたのです。

『全精神を傾けて、古殻を破壊浄化すべし！』

医薬は一切拒否。一週間断食。そして、ベッドにカーテンを回して人は一切寄せつけませんでした。

小用、その他の用件は全て深夜、人々が寝静まってから行いました。病院から『様子がおかしい』という連絡を受けて駆けつけた母でさえ、『近づくな！』と怒鳴りつけて、カーテンに手を掛けさせませんでした。母は以後一週間カーテンが巡らされたベッドの側に付き添いましたが、一言も口をききませんでした。母は何もかも心得ていたのです。七日目の未明でした。私は啓示を受けました。祖母が私の枕元に現れてこう言ったのです。

可愛い子よ、どうして食事しないのか。
毎日そうやって座って何をしているのか。
自分が可哀いそうだと思ったら、
可愛い子よ
起きて御飯を食べなさい。

私は、ハッとしました。一瞬、われとわが心を疑って目を閉じました。だが、目を開けて見ると又又現れて同じことを繰り返すのです。
こんなことを言っても、神も仏も信じられぬあなたには恐らく、それは断食という異常な情況内に於ける幻想でしかない、とか何とか冷笑するだけで、本気にしないでしょう。しかし、あなたに何と言われようとも、私は見たのです。祖母の姿を、この二つの目で、はっきりと見たのです。祖母は始終ニコニコ微笑んでいました。私が最も懸念していた咎の気配は全くありませんでした。寧ろ、その顔は、こうも言っているように思われました。

『お前は、とうとう私の懐に戻って来たね』

私は夢中で合掌しました。そして、こう誓ったのです。

『これからは、言語でも、文章でも決して軽率なことはいたしません。全て神の御心に従い、どんなに苦しいことでも、全て神の戒めとして敬います』と」

上山は、ペンを置いて、右手中指を見つめた。肉がたんこぶのように盛り上がっていた。千枚通しで刺してみた。痛みは無かった。血も出て来なかった。

パートⅣ　アイヌのゲバラ

階下で電話のベルが鳴った。無視しようと思ったがもしかしたら、松川かも知れないと思い直して、慌てて階段を駆け降り、受話器を取った。取る寸前に切れたとみえ、受話器の中に声はなかった。

「ちぇっ！」

舌打ちして、受話器を置き、二、三歩引き返した時、又電話が鳴った。

横田であった。横田はいきなりこう言った。

「山本の電話番号だけどね。札幌○局の○○○○番ですよ」

「え、、札幌の○局の何番ですか」

「○○○○です。札幌の人が調べてくれたんですがね。入会させるにしても、噂以上に老獪な男らしいから、気をつけた方がいいですよ」

「しかしね。書きもしない人を入れたって仕方がないと思うんですがね」

「それもそうだね。まあ、決定権はこっちにあるんだからさ。よく調べて決めた方がいいですよ。しかし、断る場合は、足を掬われないように気をつけた方がいいですよ」

「ありがとう」

「ところで、話違うけどね」横田は話題を変えてこう言った。「松川さんがE高校の生徒を連れて来た時なんですけどね。マンロウ会館で二風谷のアイヌの有識者と対話した時、E高校の生徒達が、アイヌの人達は安易な妥協をしているが、それでは、アイヌ問題は解消されても解決しない、解決するためにはアメリカの黒人解放運動のように、もっと戦闘的にならなければならないって、そう言って発破かけたっていう話ですけど、本当ですか」

　上山はその唐突な質問に驚いて問い返した。

「誰からそんな話を聞いたんですか」

「二風谷のQさんです」

「Qさん…、それはおかしいよ。Qさんは、あの対話には参加していませんからね。その話、恐らく、誰かに聞いたんだと思いますけどね。アイヌの独立だとか、革命だとか、アメリカの黒人問題が話題になったことは事実ですけど、アメリカの黒人解放運動のように戦闘的になれって、発破かけたっていうのは嘘というか、討論の勢いでそうなったんであって、様々な意見が出ましたからね、針小棒大って言うか、拡大解釈ですよ」

「そうですか。それならいいですけどね。Qさんの話によると、生徒達にアイヌのゲバラになれって、革命的に運動を進めなければアイヌ問題の解決はありえないって、そう言われて発破かけられたって言っていましたよ」

「いや、そんなことはない。相手は高校生ですからね。少々過激なことを言ったことは事実ですけど、ゲバラになれなんて、そんなことは絶対に言っていませんよ。ゲバラの話をしたのは生徒ではなくて、Hさんなんですよ」

「そうですか。とにかく、そんなわけで警察が警戒しているようですから、用心した方がいいですよ」

「ありがとう。それじゃ、山本の件はもう少し、様子を見てみることにしましょう」

上山はそう言って受話器を置いた。

アイヌのゲバラ―そのコトバが出たのは生徒Aが
「アイヌが大半を占めているこの地方に観光アイヌが多いっていうことは、どういう風に考えたらいいでしょうか」

と言って、アイヌ観光に対する疑問を投げかけた時であった。アイヌの有識者達は、生徒を相手にしてこんな論議をしたのである。

Ｋ・Ｔ「この沙流川流域は気候が温暖であるため、農業には最適の土地なんですが、しかし、世の中が変わってくるにつれ、経営面積を拡大して行かなければ生活が出来なくなり、それで、農閑期になると出稼ぎに行く者が多くなったんです。ところが、つい最近、観光ブームということもあって、観光地に行って働いたり、商売したりする者が多くなったんです。その方がずっと金になりますからね。それに出稼ぎや土方と違って、楽ですからね。」

Ｋ・Ａ「この村から外の観光地に働きに出ている人は大体二十人はいる筈ですね。そして、地元では民芸品を作って売ったり、石を売ったりしている人がかなりいますね。店が十九軒あるんだから、戸数の三分の一はそうした観光産業に従事しているといえますね」

生徒Ａ「そのようにね。多くのアイヌ人が生産点から離れて観光に従事して行かねばならなかったところに、現代に於ける新しい差別が生まれる土壌があるんじゃないですか。観光的なアイヌの姿っていうのはあくまでも観光的なものであるし、そういう姿を何も知らない本州の人なんか見たとしたら、それがアイヌの姿だと思い込んでしまうんじゃないかと思うんです。ですから、Ｋ・ＴさんやＫ・Ａさんの言われることも分かるんですが、僕の考えでは、アイヌ人は観光にしがみついている限り救われないっていう気がするんですがね」

Ｋ・Ａ「しかし、アイヌがやらなければシャモ達が着物着て、髭はやしてアイヌになり変わってやりますよ。現実に、洞爺あたりで歌ったり、踊ったりしている人、全部アイヌ人じゃないですよ。何人かアイヌが混じっていますがね。北海道庁が発行している外国への北海道の紹介のパンフレットの表紙には今も刀さげて、サパウンペと称する冠らしきものを被ったアイヌ人の写真が載せてありますけどね。道庁にしてこうなんだからね。アイヌ人が観光から手を引いたら、シャモ達が何をするか分かりませんよ。今以上に荒らされるんじゃないかな。そんな気がしますね」

生徒B「そういうことに抵抗感じませんか」

K・A「それは感じますよ。けれども、せめて、この村だけは外の資本が入ってきてアイヌの上に胡座をかいて商売することだけは絶対に排除しようと、これ売って儲けるなら、自分達で売って、自分達が儲けようと、それで地元の者が団結しているわけなんです。私も、そこで小さな店出しているんですが、毎日学生がここにやって来ますけどね。ここへ来て良かったと、この目で写真と違う、真面目に働いている姿を見たんで、ここへ来た甲斐がありましたと、そう言ってくれる人と、反面又、いや残念でしたと、ここへ来たらアイヌがアイヌの着物着て冠被って、のっしのっしと歩いている、そう期待して来てみたんだけれど、違っていて、全く損しちゃった、なんて言う人もいますね。観光客にはこういう二通りの客がいるわけなんです」

K・T「私はね。観光アイヌがアイヌ全体の差別になっているとは考えられないな。差別の問題っていうのは、人種的な違いだけが原因ではないんですよ。経済的なことも大きな原因になっているんですよ。われわれアイヌも経済的に豊かになって、教養を身につけて、社会的地位を高めれば問題が解決するんでないか、そんな気がするんですよ」

生徒A「僕の意見としては、さっきのK・Aさんの意見の中にもあったけど、アイヌの現実を知らない者にとって、アイヌといえば観光アイヌそのものなんだよね。たまたま観光地に来て、観光アイヌを見て、それがアイヌそのものだと思い込んでしまうんですね。アイヌは未だにあんなに遅れた生活をしている、そう思い込んでしまうんですね。そうした誤っている認識のもたらす偏見は、計り知れないものがあると僕は思いますね。ですから、観光というものを完全に廃止しない限り、如何にアイヌは人間だとか、それは観光業者の悪だとか言ってもね。どうにもならないと思いますね。それから、単に、経済的に豊かになり、教養を身につけて和人を凌ぐ地位を得たとしても、悲惨な差別を受けているという現実は厳然として存在する訳で、決して解決されることはないと思いますね」

H「差別差別って言うけどね。この村では全くピンと来ないんだわ。この村に関する限り、アイヌもシャモも無いんだわ。昔はありましたよ。しかし、今はもう無いね。殆ど無いね。だから、今更、差別云々、区別云々って言われてもピンと来ないいんだわ」

T「わし、小学校時代は二十人の中三人しかアイヌ人いなかったんですよ。それでよく学校へ行くと、『ア、イヌ（犬）が来た』ってね。馬鹿にされたけど、しかし、わしは腕力があったから負けていなかったけどね。現在、この村の子供達は、馬のコトバで言えばサラブとアラブが半々に混じった馬を五十アラブって言うんだけど、そういう五十アイヌというか、半分アイヌで半分シャモね。そういうアイヌが多くなって来ているんですよ。この地区は。それで、子供に、学校でアイヌと言われたことあるかって聞くと、全く無いって言うわけですね。又アイヌ見たことあるかって聞くと、登別へ行った時見たことあるって、そう言うんですよ。わしの子供が。そういう訳で、今のところ、子供は自分がアイヌの子だっていうことが分からないんですね」

生徒K「その点、苛酷な差別に苦しんだ昔と違う点だと思いますね。つまり、一見して何も表面に現れていないところに、差別が存在していると思うんですね。ですから、必然的に、抵抗運動も、それに対応して、質的な転換に迫られていると思うんです。僕ら自身、全く差別意識が無いようにね。錯覚して日常生活を送っているんですが、それは欺瞞だと思うんです。例えば、ここに来る時に、友達に話したらね。お前、そんな髭面して行ったら、アイヌと間違われるぞって、からかい半分に言われたんですけどね。そのコトバの裏には、潜在的なアイヌ人に対する侮蔑というのがあると思うんですね。それから、さっきから話題になっている観光アイヌの問題なんですが、観光アイヌはあくまでも見せ物だと思うんですね。見せ物ということは、珍しいものがあるから、見せたり、見たりするんであってね。そこに、観光アイヌを単なる商売ということで片づけられない、意識されない差別というのが潜んでいると思うんです。確かに、アイヌ問題はTさんが言われたように、同化によって、だんだん消えて行くかも知れない。例えば、自分が有力な地位を得ることによってね。社会的に指導的な地位に立つことによって、自分の周辺にまつわりついていた問題は解消されるかも知れない。しかし、それはあくまでも解消であって、解決ではないと思いますね。そこには常に、第二、第三のアイヌ人、朝鮮人、部落民を生み出す要素が残っていると思うんです。それを撲滅しない限り、解決はありえないと思うんですね。ですから、解決っていうのはあくまでも、差別の根源を追求し、二度とそういう問題が起こらないような状況を作り出すということですね。必然的にそれは革命運動と結びつきますね。例えば、アメリカの黒人問題ですが、あれは明確に革命運動との結びつきを強めているわけなんですね。その運動は南部に於ける奴隷制時代から産業革命にかけての、低賃金労働者としての苛酷な歴史がかなり重要な要素になっていると思うのね。アイヌ問題も、勿論、日本とアメリカの歴史の違いはありますが、ああいう方向を取らない限り、真の解決っていうのはありえないと思いますね。部落問題なんか、非常に戦闘的な色彩を持っている。それにも関わらず、アイヌ問題っていうのは、アイヌ自身が和人化して行くことによって、傷みを忘れるという傾向が強い。これじゃ、永久にアイヌは救われない、そう思いますね」

生徒がアイヌの有識者に、発破をかけたという噂はこの生徒Kの発言が原因していると思われる。しかし、これはあくまでも生徒Kの意見であって、アイヌ人を挑発するような発言ではなかった。

この生徒Kの意見に対して、H氏とK・T氏は次のように答えているが、これはアイヌ問題に対するアイヌの人達の意識として傾聴に値する意見である。

H「これは非常に大きな問題ですね。そういう根源的というか、本質的な解決っていうのはわれわれが独立するしかないと思うんですが、果たして、そういうことがわれわれにとって、幸せなことかどうか、これは疑問ですよ。はっきり言って。そりゃぁ、われわれは安易な妥協をしているかも知れない。だけど、われわれにも、生活というものがあるからね。生活を投げ打ってまで、それが出来る訳でもないし、それにわれわれには、どうした訳か力を結集する能力というか、組織力が無いんですね」

生徒C「どうしてでしょうか」

K・T「いろいろあると思うんですがね。まず、考えられることは、江戸時代に、松前藩がアイヌ政策として行った場所請負制度ね。ああいうものを作って、アイヌが生まれたら登録させて、そして、十八歳位になったら男達の多くは春になると、強制的に駆り出されて、日高沿岸から厚岸沿岸の漁場とか山に連行されたんです。そこで酷使されたんです。そして、女の多くは妾にされたんです。ひどい奴になると、アイヌの女を湯タンポ代わりに夜抱いて寝たって言いますからね。ひどいことをしたもんですよ。男達は、秋になると帰されたが、しかし、家に帰れば、帰ったで、熊の皮とか鮭なんかを取り立てられて、年中シャモに頭抑えられて、物質的にも精神的にも立つ瀬がなかったんです。われわれのコトバにニシパというコトバがあるんですが、シャモはわれわれより一段上なんだという差別意識、自らそういうものを作り上げられて来た歴史の中で、三百年も前からずっと自主的にものを考えることが出来なかったわけなんです。武力と権力で抑えられていましたからね。明治になって、四民平等っていうことで、形式的ではあったけれどもね。一応平等と言うことになったが、生活のレベルが違っていたから、自分で自分のことをしようというようなことが無かった訳なんです。意識して、シャモがアイヌを旧土人とか何とか言って、差別するだけでなしに、アイヌ自らが卑屈になって、それに抵抗しようとしなくなったんです。味噌から米から何から何まで、シャモの世話になっていたし、へたに抵抗でもしようものなら、それこそ、村八分にあい、それこそ日干しにされますからね。そんなわけで、われわれの血の中にすっかり卑屈感が入り込んでしまったんですね。それからもう一つは、北海道があまりにも自然に恵まれ過ぎていたということですね。昔のコタンの生活は十戸位ですね。自給自足でしたからね。何も集団で外敵に当たらなくても、安心して生活が出来たということですね。恐ろしいのは熊位なもんで、しかし、恐ろしいと言っても、熊はアイヌの神様で、且つ獲物ですからね。来てくれれば嬉しくもあった訳なんですけどね。とにかく、そんな訳で、アイヌは団結を必要としないという変ですが、自然のままに生きていた訳なんです。その意識が未だにわれわれの血の中に流れているんです。今、全道に一万五千から二万位のアイヌがいるんですが、皆バラバラですからね。ウタリ協会というのがあるんですが、残念ながら全アイヌの組織とはいえませんからね。皆、心の中では、歯ぎしりして悔しがっているんですよね。やられたと、北海道の失地回復しなければならないと、そう思いながら、精神的にも、経済的にも、完全に素っ裸にされてしまいましたからね。どうすることも出来ないんです。何処の国の植民地政策でも、アイヌ位残酷な取り扱いを受けた民族はいないと思いますね。だからね。ここまで来たら、アイヌ問題の解決っていうのは、一人一人教養を高めて強くなるということしかないと思いますね。一万五千から二万人のアイヌが亡びるとか亡びないとか、そんなことを問題にしているの、おかしいと思うんだよね。こんなこと言うと、若い人にすれば本当にもどかしいと思うかも知れませんがね。何故、これだけ差別され、迫害されて、二百年も三百年もの間抵抗しなかったのか。ある時期は抵抗したこともあるんですがね。コシャマインだとか、シャクシャインだとか国後目梨に於ける蜂起だとか抵抗はしたんですけどね、今はね、山へ行って木を切ると、盗伐でないかって言われてね。何言ってんだと、これはもともと俺達アイヌの土地だったんだといくら言ってもね。法律に縛られてどうにもならないんですね。そういう歴史の中での諦めがすっかり定着してしまったということですね。戦前までは、日本は神国であって、神代の時代から続いている天皇を中心に、日本人位優れている人間はいないんだと、日本人について来い、そしてシャモになれと、そういう教育や指導ばっかり受けて来たんだから、そういう者に、いきなり、やれ独立だ、革命だ、何だかんだっていくら言われたって、分かる訳がないですよ。今、われわれアイヌ一万或いは二万人がいくら頑張っても、代議士一人も出せない状態ですからね。考えて見れば、全く情けない話ですよ」

ゲバラの話が出たのはこの後である。Hがこう言ったのである

H「それだけわれわれは組織力が無いっていうことですよ。それだけではない。アイヌだからったってね。思想も信仰もまちまちだしね。政党にしても、様々な形で入ってきていますからね。例え、無所属で立ったとしても、どれだけアイヌが投票するか疑問ですよ。折角、札幌からお出で頂いて、アイヌのゲバラをご期待して頂いたんですが、ご期待に添えなくて…。先程もお話したように、この村はシャモとアイヌが仲良く暮らしている平和な村ですからね。そんなの出てきたら、こっちの方が迷惑ですよ」

アイヌのゲバラ―

上山はあの日の生徒達の純粋な言動を思い出し、奮い立つ思いに駆られてこう思った。

〈今、アイヌに必要なのは、ガンジーでも、耶蘇でもない。ゲバラのような殉愛の闘士ではないかと。

「こんにちは―」

上山は、びっくりして振り返った。妙子が白い歯を見せてドアの前に立っていた。

妙子は義妹の子である。六年前、義妹が家を出て行った時、上山の部屋の押入に隠れて、行きたくないと言って泣きじゃくったことが、昨日のように思い出された。口数の少ない子だがよく上山になつき、休みになると一人で来て、何日でも泊まって行った。

「一人?」

「うん、オバーチャンは…」

「今、出面が来ているんでね。田圃に行っているよ」

「そうですか。それじゃ、一寸行ってくる―お母さんから言伝てがあるので―」

「止しなさいよ。間もなく帰って来るよ」

妙子は答えずに外に駆け出して行った。

パートⅤ　大沢則子の来訪

妙子の母への言伝てというのは今日妙子の誕生日であるから、今晩来て一緒に祝ってくれということであった。しかし、母は今出面が来ていて家を開けることが出来ないと言って断り、妙子の誕生日は上山の家でやることにした。

誕生祝いはケーキを買って来て、ジュースで乾杯するというささやかなものであったが、久し振りの一家団欒で心が癒され、喀血で滅入りがちな感情が和んだのだろう、翌日の目覚めは爽快で、喀血で体が衰弱していることを忘れさせるほど体調が良かった。

上山は朝食後母と一緒に稲田に出かけた。出面は既に田圃の中で働いていた。

農家に生まれながら一度も田圃に立ったことのない上山である。しかし、稲田に立つと農民としての血が騒ぎ、いい知れない喜びがこみ上げてくるのを覚えた。上山はその喜びに促されて稲田に入って出面と一緒に働こうと思ったが、母に止められて止し、稲田を一巡した。出面が畔に立って稲田を見つめている上山を見て声をかけた。

「上山さん、作は上々だよ。この調子だと去年よりは良さそうだね」

「そうですか。これもみな、作田さんのお陰だよ。私が丈夫であればいいんだけどね。こんな体ですからね。母も年だし、手に負えませんからね。秋の収穫の時は又頼みますよ」

その時、妙子が畔を走って来て叫んだ。

「おじちゃん、電話だよ」

「誰から…」

「名前分かんないけど、札幌の人らしいよ。十分程したら又電話するって言ってましたから、すぐ家に帰ってよ」

上山は今度こそ松川ではないか、そう思ってそそくさと作田にいとまごいをして小走りで家に帰った。

家に帰って間もなく、電話が鳴った。

「はい、お待たせしました。上山ですが…」

「こんにちは。安達です。これからお伺いしたいと思いますが、よろしくお願いします」

上山は期待が外れがっかりして、気の無い返事をした。

「今、何処にいるの?」

「札幌です」

電話はホームからかけたのだろう、発車を告げるベルの音が安達の声に重なって聞こえてきた。

「すると、こちらに着くのはお昼頃になりますね」

「いや、もっと遅くなるかと思います。途中で一寸用足ししてゆきますから。だけど、遅くとも五時頃までにはお伺い出来ると思います」

「そう、ところで、松川さんは？」

「さあ、どうでしょうかね。昨晩電話した時、余裕が出来たら行くかもしれないって言っていましたけど。どうなんでしょうかね。これから連絡してみます」

「………」

「それから、身勝手なお願いなんですけど、友達一人を連れて行きますので、よろしくお願いします」

（もう一人）

ふと、気苦労が心を過ぎったが、無碍に断る訳にもゆかず反射的に答えた。

「どうぞ、ではお待ちしています」

そう答えて受話器を置いた。

時計を見た。九時を少し過ぎていた。

（もしかしたら、松川はまだ家にいるかも知れない）

そう思ってダイヤルを回した。しかし、松川は既に出かけたのだろう、いくら待っても電話は空しく鳴り続けるばかりであった。

上山は諦めて二階へ上がった。

風で机上の手記が床に飛び散っていた。それをかき集めながら、いっそのことまとめて屑籠に捨てようか、と思った。が、出来なかった。何もかも灰にしてしまいたい、そう思う心以上に、逝く前に松川にだけは真実を告げておきたい、そう思う心の方が強かったからである。

彼は散乱した手記を整理して、机に向かった。

「精進明け、義経神社境内の散策が日課となりました。コースは大体決まっていましたが、時にはハヨピラまで踏み入ってお祈りをすることもありました。時間は大体午後三時以降、時間にして一時間位であったが、時には夕闇が迫るまで柏の大木の根本に坐して来ることもありました。

そんなある日のことです。向井ハナさんと同室の患者であった大沢則子が訪ねてきたんです。この人とあなたは一面識もない筈ですが、創作ノートの中に、ちょっぴり顔を出していますから、或いは覚えておられるかも知れません。

年齢三十七歳。農家の主婦で一男一女の母。夫はシャモ。典型的な同化主義者（但し、入院していた頃の話）。タイプでいえば、あなたが四十四年に拙宅に生徒を連れて来た時、座談会に出席した青年がいたでしょう。生徒達が、あなた達は部落内で同じ年輩の人々とアイヌ問題について話し合うことがあるんですか、と質問したのに対して今更過去をほじくり出し、差別がどうの、地位がどうのとわめき立てて波風を立てたくない。そんなことよりも、農民だから、どうしたら一粒でも多く米が穫れるかっていうことが大事だ。そう言って、真っ向から反論した平山という真面目な青年がいたでしょう。あの青年と同じタイプの人間であるとお考え頂ければいいでしょう。

あれは、確か文化の日でしたから、十一月三日だったと思います。病室ではまずい、というので、待合室で話したんです。最初は彼女が退院して以来の再会ということもあって、気まずかったのでしょう。世間話とか、向井ハナさんの思い出話とかに執着し、なかなか本筋に入ろうとしませんでした。しかし、それも尽き、話が途絶えがちになった頃、漸く笑みを浮かべながら自分のことを語り出した。

『私ね。最近、よく思うことなんだけど、あの時病気して良かったなと思うんですよ。どうしてだと思いますか』

『………』

『上山さんにお会い出来たからなんです。もし、あの時B病院に入院していなかったらね。恐らく、一生アイヌであるという自覚無しに過ごしていたんでないか。シャモに強制されたシャモの仮面を被って、悲しみや痛みには意識的に不感症になって、年と共に老いさらばえて行ったのではないか。そんな気がしてならないんです。そう思ってんのは、恐らく私だけではないと思うよ。上山さんに接したアイヌの人達の多くが、その時は反発しても、後になって、救われたというと大げさになるけど、シャモの仮面を脱ぎ捨ててアイヌ人としての誇りを取り戻していると思うよ。私達の隣室に村瀬さんっていう人がいたんですけどご存知ない？』

『知っている。笑うと左の頬にエクボの出る人で、マージャンのうまい人でしょう』

『そうそう、あの人とね。今でも、ちょいちょい会うんですけどね。会う度に、上山さんの話が出るんですよ。身体は弱かったけど、あの人のペンは剣のように強く、迫力があって、ラメトク（アイヌの謡い物の中に出てくる勇者）のような人だったねって、そんなことがよく話題になるんですよ。あの人ね。退院してから、部落の有志を集めてさ。〝上山さんの作品を読む会〟を起ち上げたんですよ。最初は二、三人しか集まらなかったんですけどね、回を重ねる度に会員が増えてね。最近は常時十四、五人集まるんですよ』

『僕の作品を…あの人がですか？』

それを聞いた時、私は驚きを隠すことが出来なかった。私の作品に鼓舞されて立ち上がったウタリがいるということを知って感激したこともあったが、それ以上に、入院中の村瀬とイメージが重ならなかったからです。

こんなことがあったんです。

村瀬の病室で麻雀をしている時でした。アイヌ人の太郎爺さんが酔って入ってきて

『そんなの止めて一緒に酒を飲め！』

そう言って村瀬に絡んだことがあるんです。

私は始めのうちは見て見ぬ振りをしていたが、しまいに、お尻をなで回したり、抱きついたりしたため、見るに見かねて

『止めなさい！いい年をして、みっともないじゃないか。ここを何処だと思っているのか。真っ昼間から酒食らって、恥を知れ！』

そう言って、太郎爺さんから酒を強引に取り上げたんです。ところが、その時村瀬が突然私から酒を奪い取って、

『どうして、酒飲んじゃいけないんだ。飲みたいものは飲ませておけばいいじゃないか。私達の前で、あんまり聖者づらしないで頂戴よ。けたくそ悪いから。この人はね。この人なりに、一生懸命生きてんだからね』

そう言って、太郎爺さんからコップを取り上げて、水を飲むように酒を飲んだんです。

『そうですか?あの人がね…意外ですね』

大沢はそれを聞いて、村瀬に対する私の疑惑を払拭でもするかのように、語気を強めてこう言ったんです。

『村瀬さんはね、自尊心の強い人ですからね。誤解されがちですけどね。私なんかと違って、アイヌ人としての自覚を人一倍内に秘めている人ですからね。自分が正しいと思ったら、何が何でもやり通さなければ気がすまない人ですからね。なかなかのやり手なんですよ。あれで…』

『そうですか。それは僕の認識不足でしたね。それで、その会にあなたも入っているんですか』

『え、、入っているんですけどね。会合は主に夜ですからね。どうしても出席することが出来ないんですよ。しかし、時々昼にしてもらってさ。出席しているんですけど、出席する度に感激して帰って来るんですよ。十日前でしたけどね。上山さんの自伝的作品である〝ある少年〟の読書会をした時でしたけどね。皆、主人公である吉男と一体になってね。何のわだかまりもなく自分の体験を語り合うんですからね。会場が熱気でムンムンしてさ。拳を振り上げてね。口惜しいって、何としても、この屈辱は晴らさなければならないって、叫ぶ者もいましたし、中には泣きながら訴える者もいましたよ。

私の住んでいる処は、平取と違ってアイヌ人が少なく、差別が強い地域ですからね』
『男の人もいるんですか』
『いますよ。正確に何人入っているか分かりませんけど、私が出席した時は、三人程出席していましたね。その中の一人が向井八重子さんの所で洗礼を受けたクリスチャンだって言っていましたけどね。上山さんの作品を読んで目から鱗がとれたような気がしたって言ってましたよ。

上山文学の真髄は心の底にどぐろを巻いて蹲っている原罪―つまり若い時にアイヌの習慣や神を冒涜したという意識ね。それを直視してさ、血みどろの葛藤の中からそれを乗り越えて自分の世界を切り拓いて行った点にあると、そう言っておられましたけどね。

とりわけ〝祖母〟の中のライチシカリ（哀悼泣）をする情景描写は印象的だって言っていましたよ。告別式に参列していた古老の忠告を無視してね。祖母の亡骸を囲んで泣き叫ぶ老婆達を見つめながら、これでいい、泣きたかったら、涙が涸れるまで泣くがいい。どうしてこれが蔑まれなければならないのか。これほど優しく、美しい感情が今時一体何処にあるのか。泣くがいい、もっともっと泣くがいい、そして、侮蔑するシャモに教えてやるがいい、人の情けの尊さを！そう思いながら感涙するあの情景はね。原罪を乗り越えた者にしか描けない、素晴らしい人間讃歌の情景だってね。絶賛していましたよ』
『そうですか。ライチシカリは行われなくなって久しいからね。あの時は最後のライチシカリだと思ってやらせたんですよ。向井八重子さんの洗礼だっていうと、クリスチャンになったのはかなり前ですね』

『そうですね。洗礼を受けた次の年に向井八重子さんが亡くなったって言っていましたから、昭和三十六年頃じゃないですか。詳しいことは分かりませんけどね。朝鮮の人に紹介されて洗礼を受けたんですって。戦争中、向井さんに救われた朝鮮人が沢山いますからね。キリスト教についてはあまり分からなかったけどね。会った瞬間、この人にならと思ったんですって。向井八重子さんは気の優しい神様みたいな人でしたからね。以心伝心ってでもいうのでしょうかね。上山さん、向井八重子さんにお会いしたことある？』

『いや…あなたは？』

『私もね。無いんですけどね。その人の話によると、向井さんはね、何時もニコニコしていて、人を包み込むというか、人を惹きつける力が自然に備わっている人で、人間として非常に魅力的な人だって、そう言ってましたよ』

大沢はそこで一呼吸置いて、上山の顔を見つめながら尋ねた。

『上山さん、キリスト教、どう思いますか』

私は唐突なその質問に戸惑い、『どう思いますかって言うと？』と言って尋ね返した。

大沢は躊躇せずに答えた。

『関心がおありですか』

『そうですね。この地には、ジョン・バチェラーという優れたイギリスの宣教師がいて、向井八重子とか江賀寅三のような優れたクリスチャンが生まれているけどね、現実的にはキリスト教は表面をかすめた程度でわれわれ民族の心に浸透しなかったんじゃないですか。

違星北斗の歌に

五十年伝道されしこのコタン

見るべきものの無きを悲しむ

という歌があるけど、ジョン・バチェラーのキリスト教伝道は失敗に終わったと言ってもいいんじゃないですか。しかし、その評価は別として、これは素晴らしいことですよ。和人を膝下に跪かせた西洋思想をね。はね除けたんですからね。これを可能にしたのは何だと思いますか』

『……』

『アイヌの信仰と習俗に対する誇りなんですよ』

大沢はこれを聞いて、興奮してこう言った。

『そうです！その人も同じことを言っていましたよ。アイヌの神と習俗は民族の魂だって、これがあったから、われわれは和人の苛酷な民族滅亡策があったにも関わらず、亡びること無く今日まで生き延びてこれたんだって。しかし、その人、上山さんによく似た人でね。キリスト教に入信するまではアイヌの神や習俗を、こんなものに何時までもしがみついているからアイヌは馬鹿にされるんだって言って、軽蔑し、あらゆる機会を利用して旧習からの解放を訴えていたらしいんです。しかし、向井八重子さんに会って、それは間違いであると、ウタリとして許し難き罪悪であるということを悟ったらしいんです』

『その人、書くんですか』

『え、、入信するまでは書いていたんですけどね。しかし、入信してからは、心が傷み書けなくなったんですって…。書こうと思ってペンを執るとね。又、同じ過ちを犯すんでないか、そんな気がしてね。どうしても、書けないんだって、そう言っていましたよ』

『………』

『しかしね。今度は書くって、上山さんの作品読んでね。自分が臆病者っていうか、卑怯者だっていうことが分かったって、書いて訴えなければわれわれアイヌは永久に救われないって、黙っていては、シャモの仮面を被って生きるよりも悪いって、そんなことをね。皆さんの前で宣言していましたよ』

私は突然、彼女の口を封じたいような衝動に駆られて嘔吐した。彼女に心を覗かれているような気がしてならなかったからである。

その時、私はにがりきった顔をしたのだろう、彼女は私の顔をまじまじと見つめながらこう言ったんです。

『どうなされたんですか。私、何か気になることを言いましたか？』

私は動揺を隠すように表情を和らげて言った。

『いや、そんなに私の作品を評価して頂いて恐縮しているんですよ。その人に一度会って見たいですね』

彼女はそれを聞いて安心したのだろう。話題を変えてこう言ったんです。

『実はね。四、五日前なんですけどね。上山さんと同室であった木田さんに偶然会って、上山さんが発狂して指を切ったという話を聞いたんですよ。まさかとは思いましたけどね。心配なんでね。ここに来る前に、お母さんにお会いして、いろいろ話をお伺いして来たんです。お母さんは気が狂って指を切ったのではない、信仰のためだって言っていましたけど…、私はどうしてもそれを信じることは出来ないんです。上山さん、どうして指を切ったんですか。他に差し迫った訳があったんじゃないですか』

私はその唐突な質問に戸惑い、適当なコトバが見当たらなかったため、母の説明を楯に、何もない、信仰のためだと言い張りましたが、彼女は納得しないのみか、どうして信仰に指切りが必要なのか、お籠もりや断食なら分かるけど、信仰のために指を切り落とすなんて異常ではないか。そんなことはヤクザの世界ならいざ知らず、古今東西聞いたことが無い。そう言って一歩も譲ろうとしなかったんです。

どうして彼女がこうまで信仰にこだわったのか。私がどうして指を切断したのか感づいていたからです。この時私を訪れたのはそれを確かめるためだったんです。

ともあれ、この時、私は黙っている訳にもいかず、古今東西に無かったことが今ここにあると、そう答えたんです。それが彼女の心を逆撫でしたんですね。私は決してふざけてそう言ったんではないんですがね。そう答える以外に答える術がなかったんで、そう答えただけなんですがね。しかし、彼女はいい加減にあしらわれたというか、茶化されたと思ったんでしょうね。突然、目を剥き出しにしてこう言ったんです。

『分かりました。それが上山さんの文学をする心だったんですね。改めてお聞きしますが、上山さんにとって文学とは何ですか。マスターベーションですか。自分の鬱憤を晴らす場でしかなかったんですか』

(彼女はあなたが沙流文芸第五号に発表した「いくつかの批判に答える」を読んでいたんですね)

聞き捨てならない讒言に、一瞬感情が逆立ち、心がざわついたが、しかし、口が硬直してコトバが出て来なかった。口を開けば藪蛇になり、どうして指を切断したのか明かさなければならない羽目に陥り兼ねないと思ったからである。

彼女はしばし私の顔を見つめていたが、黙然として口を開こうとしない私に業を煮やしたのだろう。憤然として立ち上がり、

『贖罪の世界に沈淪することは卑怯です。

戒律の中で平静を装うことは、上山さんの作品に触発されて起ち上がったウタリに対する裏切りで罪悪です。帰ったら、会の人達に、今日お聞きしたことは報告します』

そう言って、席を蹴るようにして立ち去って行ったんです。

私は捨てセリフを吐いて立ち去って行く彼女の後ろ姿に、二人の女が影法師となって追従して行くのを観た。

私の全てを否定し、『貴方は私に対してヒキョウでした』と言って立ち去って行ったY。

文学を捨てよと迫って存在の前に仁王立ちになったS。

その影法師を見つめながら、自らに問い続けた。

信頼していた人に全存在を否定され、愛する人に、文学に生きることを否定され、その果てに、私の作品に触発されて起ち上がった旧友から、筆断の戒律によって確立した〝内なる整い〟を卑怯で、裏切りで、罪悪であると糾弾された人間に、果たして残された生き方があるのか、と。

時には、病院を抜け出して、義経神社の境内に行き、柏の樹の根方に深夜まで坐って自問したこともありました。しかし、観念が空しく円周運動を続けるだけで活路を見い出すことは出来なかったんです。ペンを執ろうとすると奈落の底に真っ逆さまに落ちて行くシシュフォスの姿が目先にちらつき、筆断の戒律を守ろうとすると大沢則子の讒言が心を掻き乱し、心安まる暇がなかったのです」


軽い咳が出た。

咳は二、三回で止んだが、大事をとって、ペンを置いてベッドに入った。その時、階下で小鏧（磬）の音がした。時計を見た。正午を過ぎていた。

上山は母が帰って来たのではないかと思い、急遽ベッドを降りて階下に行った。しかし、小鏧（磬）を叩いていたのは母でなかった。母は台所で、妙子と昼餉の用意をしていた。

上山は母の後ろに立って尋ねた。

「住職が来ているのかい？」

　母は手を休めずに答えた。

「うん、まだお盆には早いけど、前を通りがかったんで立ち寄ったんだって…」

　上山はお布施を持って仏間に行った。彼は先日お参りに行ったことについて聞かれるんではないかと案じ、神妙に住職の側に坐ったが、住職は私が意外と元気だったので安心したのだろう。

「精進していますか。又、気が向いたらお参りに来て下さい」

と言っただけで、立ち入った話はせずに帰って行った。

　玄関で犬の鳴き声がした。

　妙子が外に飛び出して行って叫んだ。

「おばーちゃん、ポチが帰ってきたよ」

　上山は妙子の後を追って外に出た。母が餌をやりながら話しかけていた。

「ポチ、よく帰ってきたね。一体、何処をほっつき歩いていたんだい。恋人にでも会って来たのかい」
　二、三日前、ポチは突然姿をくらまして帰って来なかったのである。母が近所界隈を駆けずり回って探したがそれらしき情報は得られず、多分交通事故に会って死んだんだろうと思って諦めていたのである。
　上山はポチの首に紐をつけながら言った。

「お前は不良息子だね。暫く繋いでおくからね」

妙子が不服そうな顔をしたが何も言わなかった。

パートⅥ　向井八重子の墓前で

母は昼食後又田圃に出かけた。もう行くんでないと言って引き止めたが、作田さんを一人にしておくわけにはゆかないと言って出かけて行った。

妙子もポチを連れて出かけた。

上山は二人を玄関先で見送った後、二階に上がり机に向かった。


「この絶望的な業苦をどうして超克したのか。

他でもない。あなたが私に抱いた疑惑の一つである〝病院からの失踪〟だったんです。

大晦日の夜でした。義経神社境内の柏の木の根方に坐している時、除夜の鐘を聞いて覚知したんです。これ以外にこの閉塞の扉を開く鍵は無いと。

それを何故、これまで貝のように口を閉ざして誰にも（あなたにも）語ろうとしなかったのか。

察しのいいあなたのことですから、これ以上申し上げなくてもお分かり頂けると思いますが、これは私の生死を賭けた業苦であったため語り明かすことにします。

明けて正月の二日のことです。帰宅を装い、病院から失踪したんです。

行き先は向井八重子の墓でした。

出かける時、死ぬつもりは無かったというと嘘になるでしょう。そもそも、この失踪の真因は、戒律に身を潜め、ペンを執らずに生きることに何の価値があるのかという自問にあったし、事実睡眠薬を懐に忍ばせていたのだから…。

といって、死ぬつもりであったと言いきるわけにもゆかない。

亡びゆき一人となるもウタリ子よ
こころ落とさで生きて戦へ

と歌った八重子の心に触れれば出口が拓けるかも知れない…そんな望みが、心の奥底に暗闇を浮遊する灯のように灯っていたのですから…。

有珠に着いたのは午後六時頃だったと思います。下車してすぐ墓に直行しました。

墓は三十七号線の国道沿いの丘陵にあります。有珠駅から歩いて約十分。墓碑銘無しの墓ですが、尖端の十字架の下に『向井八重子の墓』と刻まれた幅約一メートル、高さ約三メートル程の鏃のように先の尖った墓石が四、五段の石段のある台石の上に立っている。あたかも、シャモを撃つ石矢のように。

空模様は海の方から時折風の背に乗って雪が舞い降りていましたが、雲足は早く、今すぐに本降りになるというようなものではありませんでした。寒さは零下一、二度。いや、もっと寒かったかも知れません。鼻がヒリヒリしていましたから。

思えばあれは夢のような一夜であった。奇跡としかいいようがない一夜の出来事でした。

もし、あの時吐かなかったら…」

上山はハッとしてペンを置いた。

あの夜の狂態が流れ星のように脳裏を過ぎったからである。

胸がほてった。

(決して吐くほど多量に飲んだわけではなかったんだけどな)

そう思うと、何か、見えざる力の加護があったのではないか、とさえ思われた。

彼は深呼吸して、又ペンを執った。

「墓前に坐してからいかほど時間が経っていたか。定かではないが、有珠駅に着いた時既に午後九時を過ぎていたから、少なくとも二時間以上経っていたと思われます。

私は、祈っても、祈っても言の葉もない墓石を見つめながら決心した。もう、天の裁きは下された、そう思って、兼ねて用意してきたものを懐中から取り出した。

ところがこの後不測の事態が発生した。肝心の薬瓶の蓋が開かなかったのです。病院を出る時、予め調べて来ていたから、決して手で開けられない程堅く閉まっていたわけではないが、手がかじかんで、十分に瓶を握ることが出来なかったからです。かじりついたり、瓶の蓋を墓石に叩き付けたり、様々な工夫をしてみたが、蓋は凍てついていて動かなかった。

途方に暮れて辺りを見回した。幸い、石段の上に拳大の石が転がっていたので、それを持って薬瓶を墓石の上に置いて叩きつけた。だが、瓶は泥鰌のようにすり抜けて、容易に壊れなかった。何回も何回も繰り返した。最初は、壊れた時、薬が雪上に散乱するのを懸念して手加減していたが、それも失敗する度に力が入り、壊れた時の薬のことなど眼中になくなったのである。そんな訳で、壊すにはどうにか壊すことが出来たが、今度は雪中に瓶の破片と共に散乱した薬を拾い集めるという難儀が加わった。暗闇の中で、ガラスの破片と錠剤を見分けて拾い集めるということは容易でなかった。が、幸い錠剤は黄色であったため、どうにか適量だけは拾い集めることが出来た。

もう、燈明も香も消えていた。しんしんと更けて行く夜。雪は相変わらず、落花のように、暗い空からちらちら舞い落ちていた。

私は、思わぬハプニングで乱れた心が静まるまで端座合掌して御題目を唱えました。

坐す程に心が凍てつく大気に溶けて澄んで行く。

その彼方に三十六年五月、豊浦の神霊院へ祖母を連れて行った時、祖母が早朝、せせらぎの淵にしゃがんで、一心に祈祷していた情景が浮上してきたのです。手で渓流の水を掬いながら、自然の精霊に語りかけるように、何回も何回も、祈祷を続ける祖母。

カムイオピッタエネプンキネワ
ネツエサクノカ、チエコエプンキネ、イヤイライケクス、
ワツカウスカムイオルン、アシルアシテナ
（神様皆で自分を護ってくれたお陰で、こんな遠い所へ無事着いた。何も供え物もないけど、自分を護ってくれたことをここに感謝して、水の神様にお礼を申し上げます）

念仏も経文も、寺院も社も、布施も供物も何もなく、ただ自然と混然一体となって、ひたすら自然に感謝し、生きながら自然に回帰して行こうとするその信仰の相、私は七転八倒しても掴み得なかったモノがその相に潜んでいるような気がした。

私は〝カムイオピッタエネプンキネワ…〟と念珠した。何回も何回も、繰り返し繰り返し、念珠した。念珠する毎に、一つの影―長い間、信仰と信念の谷間にとぐろを巻いていた悪霊が念珠の背に乗って遠のいて行くのを観た。

もう、思い残すことはなかった。

錠剤は三回に分けて飲んだ。一口毎に、胃袋に落ちて行く堅い物質。飲み終わった時、一錠一錠が胃袋の中を駆けめぐるような気がした。私は墓石に抱きつくようにして、目を閉じ、数えた。

『一つ、二つ、三つ…』

千を越えて間もなくであった。胸が熱くなり、吐き気がした。喀血ではないか、そんな不安がした。薬が効くまでは…そう思って歯を食いしばって堪えた。が、堪えても、堪えても吐き気は波のように襲った。

五回目、私は堪えきれずに墓石を離れて雪上に吐いた。二回、三回と。最後には胃がちぎれて出てくるのではないか、と思われるほど、吐いても、吐いても吐き気が襲った。

吐いたのは血ではなかった。唾液に混じった錠剤だった。

頭が割れるように痛んだ。その頭を両手でかかえながら墓石尖塔の十字架を仰ぎ見た。

その時である。

亡びゆき一人となるもウタリ子よ
こころ落とさで生きて戦へ

そんな声が墓石の後ろの暗闇の中から聞こえたのは。それは優しい八重子の声のようにも思われ、又熊の呻き声のようにも思われた。

その声は、こうも言っているようにも思われた。

『もう、お前の罪は償われた。もう苦しんではならない。帰って、再びペンを執りなさい。右手が駄目なら、左手があるではないか。さあ、早く、若きウタリ子よ！起て！起って、神の使徒として、新しい途を生きなさい！』

私は墓石の背後の声に和して吟じた。

亡びゆき一人となるもウタリ子よ
こころ落とさで生きて戦へ

渾身の力をこめて吟ずるその心に、アイヌの血がうねるように全身を駆け巡った。私は立ち上がろうとした。しかし、凍えきった足は私の意のままにならなかった。

次第に雪は激しく降り出した。

『がんばれ！上山！起て！上山』

墓石に降り落ちる雪までが、そう言って励ましているように思われた。

辛うじて、墓石にしがみつきながら立ち上がった。彼方の窓明かりが目に映った。

その明かりに向かって歩こうと思った。が、感覚を失った足は棒のように動かなかった。それでも、一歩、二歩と、来た時の足跡を辿って歩き出した。一歩行っては転び、二歩行っては転び、必死の歩行を試みたが、それも二十メートルと続かなかった。下り坂にさしかかった時、前にのめって山腹（といっても丘陵の緩斜面だが）に転がり落ち、起き上がることが出来なくなったのである。背を丸めて、右に左に転がってみた。が、手がかりになるものが何一つない雪中である。どうしても、起き上がることが出来なかった。止むなく、立木のある所まで背中を丸めて転がり降りることにした。二、三回転がった時であった。突然、犬に吼えられた。私は転がるのを止めて、犬の方を見た。路上に、皮のジャンパーを着た男が立っていた。

『どうしたんですか』

男は、そう言って、駆けて来て私を抱き起こし、有珠駅まで連れて行ってくれたんです」


上山は、胸が熱くなり、ペンを置いた。その手に、涙が、ポロポロ流れ落ちた。

上山は溢れ出る涙を拳で拭きながら、立ち上がって窓辺に立ち外を見た。

沙流の里の稲田は今日も爽やかな夏の風を浴びて右に左に波打つように揺れていた。

丁度その時、平取行きのバスがバス停に止まった。その後ろから、バスを降りた若者が二人、窓辺に立って外を眺めている上山を見て、手を挙げながら駆けて来て挨拶した。

「今日は、安達です。友達を一人連れて来ましたのでよろしくお願いします」

松川の姿はなかった。

「松川さんは?」

上山は挨拶するのも忘れて尋ねた。

「来る時、札幌駅から電話してみたんですけど、留守だったんです。しかし、法事が済んだら、行くかも知れないって、言っていましたから、後で見えるかも知れませんよ」

「そうですか」、上山は力無くそう答えたが、すぐ、気を取り直して言った。「まあ、いいでしょう。とにかく、上がって頂戴よ」

窓に吊してあった風鈴が、ちりんちりんちりん鳴った。

第三章　泉へ

パートI　母子

夕刻、上山は平取行きのバスが来る度にバス停に立った。安達から、都合がついたら行くかも知れないという言伝を受けたことにもよるが、

（あいつは、これまで俺の瀕死の状態を何回も見ている。今回だって、きっと来るに違いない）

という予感めいたものがあったからである。しかし、どのバスも去場には停まらなかった。

最終のバスが来たのは暑い夏の夜もとっぷりと更けてからであった。佇ったのは定刻よりも五分も前であったが、バスは一分も経たずして来た。三人ほど下車した。が、その中には松川の姿はなかっ

た。彼は矢庭にバスの上がり口に足をかけ、身を乗り出して中を検分した。もしかしたら、居眠りでもしているのではないか、と思ったからでる。一瞬、ハッとした。最後尾に乗っている若い女の横顔がYに似ていたからだ。彼は背伸びして、その横顔を確かめようとした。が、その時運転手に咎められた。

「何ぐずぐずしてんだ。早く乗んなさい」

上山は運転手の顔を見ないで答えた。

「いや、乗らないんです。人を探しているんです」

運転手がムッとしてギアを入れた。上山は慌てて

「すみません」

そう言って、跳び降りたが、着地する時足がもつれてよろめき、横転した。怪我は無かった。しかし、起き上がらなかった。そのまま仰臥して、夜空を眺めた。白鳥座は銀河の中で勇姿を広げて輝いていたが、牽牛も織女も雲の中で見えなかった。

車がタイヤを軋ませて急停車した。上山は反射的に起き上がった。本州から来た旅行者でもあろう。上半身裸の若者が車窓から首を出して言葉をかけた。

「どうしたんですか」

上山は埃を払いながら、答えた。

「星眺めていたんです」

若い男は目をパチパチさせながら
「そうですか。実は、車に跳ねられたんではないかと思ってさ。車止めてみたんですけど、道路に仰向けに転がって星の観賞とはね。優雅なものですね」

そう言って走り去って行った。

上山は暗闇の中に遠のいて行く尾灯を目で追いながら考えた。

（一体、俺はYに何を求めていたのだろう。この魂を引き継ぐ器―果たして、それだけだったのだろうか。あまりにもSを意識し過ぎたが故に、Yを偶像的に美化しすぎていはしなかったか。所詮、男と女の間にあるのは、如何に屁理屈をこねても、情愛の衝動的燃焼ではないか。それをないがしろにするということは、例え、いかなる理由があったにしても、それは不毛な、反人間的思考というべきであろう。Yをあの奇妙奇天烈な結婚に追いやったのも、とどのつまりは…）

「来なかったの?」

上山はびっくりして振り返った。母が目の前に立っていた。

「来なかったの?」

母は確かめるように又言った。

「うん、来なかったんだね」

「法事の方、長引いて離れられなかったんでしょう、きっと…」

「どうかな」上山は歩き出しながら言った。「最初から、来る気なんか無かったんでないの―」

母が後を追いかけながら言った。

「そんなこと無いだろうけど、それにしてもね。来れないなら、来れないで、電話の一本も入れてくれればいいのにね」

車が猛スピードで走り去って行った。母がヘッドライトに照らし出された上山の背中を見て言った。

「どうしたの、背中埃だらけじゃないの」

上山は振り向きもしないで答えた。

「さっき、そこで転んだんですよ」

「そう、怪我しなかったかい。一寸待ってよ。埃はたいてやるから…」

上山は言われるままに立ち止まった。母は上山の身体を後ろから抱きかかえるようにして、背中をはたいた。首筋から背中へ、背中から臀部へと、撫でるように動く母の手。上山はそのくすぐったいような感触に心うずかせながら、ふと入院中、よくしてもらっていた湯浴みを思い出した。

「母さん、湯浴みしたいんだけどね。背中拭いてくれない」

母はびっくりして、背中をはたく手を休めて言った。

「湯浴みだって?突然そんなこと言い出して、どうしたの」

「今日、暑かったんでね。汗で、身体がベトベトしているんだよ」

「そう、だってお前、お客さんがいるんじゃないの」

「いいんだよ。もう話すことなんか無いんだから…」

「そうかい。それじゃ、私の部屋で待ってて、お湯持ってすぐ行くから…」

母の声が心なしか、上ずっているように、上山には思われた。

上山は応接間に顔を出して、疲れているので一足先に休むこと、札幌に帰ったら、松川に夏休み中来町してもらいたい旨伝えて欲しいということ、そして、更に、布団は二階の左の部屋に敷いてるから、何時でも気の向いた時に休むようにということ等を伝えた後母の部屋に入った。

部屋には、既に母が用意万端整えて待っていた。

母が尋ねた。

「本当に、お客さん、ほったらかして置いてもいいのかい」

「いいよ。まともに付き合っていたら、彼奴らいつ寝るか分かりませんからね。そんなことしていたら、こっちの身体がまいってしまいますよ」

彼はそう言って母の前に座り、上半身裸になった。母がその背中を見て、溜息をついて言った。

「お前、随分、痩せているんだね。こんな身体で、よく息しておれるね」

「痩せているのは、今始まったことではないよ。前からだよ」

「そうかい。それならいいけどね。ここ二、三日こわそうにしているんで、心配なんだよ。お前、もう、もの書き止めたらどうなの。これ以上…」

「なに！」

母はびっくりして、拭く手を休めた。

「この俺がもの書き止めたらどうなるか、母さん、よく知っているでしょう。何のために、俺がこんな身体でペンを握っているのか。こんな身体で、今日まで生きてこれたのは何のためなのか、一番知っているのは母さんじゃないですか。それを今更もの書き止めろなんて、それは酷すぎますよ」

母は、又手を動かしながら言った。

「そう、むきになんなよ、お前。ただね。身体も大事だから、ほどほどにせいって言っているだけなんだから。少し、休んでさ。元気になってから、書くようにしたらいいんでないの」

上山は興奮したことを悔いながら言った。

「それもそうだけどね。しかし、もう、そんな余裕は無いんだよ」

母ははっとした。が、気づかぬ風を装いながらこう尋ねた。

「今、何書いてんの?」

「ポンスマウンコを舞台にしてアイヌの伝承を作品化しようと思っているんですけどね。母さん、イナウについて、何か、オバーチャンか、オジーチャンに聞いたことない?」

「そうね。よく聞いたのは、オキクルミがハヨピラに天降って来た時伝えたもので、神を祀る尊いものだから、粗末にしてはならんぞ、という位だね」

「それだけ…」

「え、?、その他っていうと、そうだね。神様が人間を作る時、背骨を柳の棒で作ったっていうこと位かな」

安達達が階段を上がって行く音がした。母が立ち上がって顔を出し、後ろから声をかけた。

「もう休まれるんですか」

「え丶、明日早いもんですから…」

「何時のバス?」

「日高に行きたいと思っているんですけど、一番のバスで出かけたいと思っています」

「そう、それじゃ、その頃起こしてあげますよ」

「お願いします」

「ほったらかして、すみませんね。ここ二、三日、体の調子が良くないらしいんだよ」

「いや、私たちこそ、突然お邪魔して申し訳ありませんでした」

部屋の片隅に吊してあった虫籠の中で、キリギリスが鳴いていた。妙子が昨日裏山で採ってきたものだ。上山は籠に入れて部屋に吊しておくことが残酷に思われたが、夏休みの研究課題を昆虫採集に決めたと言って張り切っている妙子の姿を見ていると無碍に反対することも出来なかった。

母がタオルを絞りながら言った。

「台所に移るかい」

「いや、ここでいいよ」

「そう」

母は満足気であった。しかし、こんな幸せが何時まで続くか、と思うと、心が塞がる思いがした。

「松川さん、とうとう来なかったね。こんな時はきまって現れたんだけどな…」

上山が独り言のように言った。母が不審そうに尋ねた。

「こんな時？」

上山は、ハッとして弁解した。

「夏休みさ。夏休みになると何時も来ていたんでない」

母は納得した。

「そうね。どうしたのかな。もしかしたら、明日あたり、ひょっこり現れるかも知らんよ。もう、手紙は出したの？」

「いや、来たら、手渡そうかと思っていたんだけど…」

「それじゃ、あの人達に持って行ってもらえばいいんじゃないの」

「いや、いいんだ」

「だって、お前、持って行ってもらえば、明日中には届くよ。それに、切手もいらんしさ」

「それもそうだけどね。しかし、この手紙は彼といろいろ話し合ってね。直接手渡すんでなかったら意味が無いんですよ。夏休みは二十日頃までだから、それまでには来ると思うから、その時渡すことにするよ」

「なかなか、厄介なんだね」

「うん、暫く会っていないからね。話したいことが、沢山あるんだ」

ふしくれた母の手が、休みなく、ゆっくりと肩から背中へ、背中から腰へと伸びた。

「出面が来るのは明日までだね」

「うん、多分、明日で終わると思うけどね。残っては困るから、明日は少々奮発してもらってさ。いつもより、少し早めに来てもらうことになっているんだよ」

「そう、あんまり、無理しないでね」

「私は大丈夫だよ。お前こそ、気をつけてよ。二人きりの母子なんだからね」

上山は今だと思った。

「母さん、あれからもう五年になるね」

母は手を休めて言った。

「あれからとは、何のことだい」

「指切って、病院から姿をくらました時のことさ」

母は又手を動かしながら答えた。

「あゝ、あの時かい。もうそんなになるかな。あの時、隣の小母さんが大谷地の観音様に行っていなかったらね。それこそ捜査願い出してさ。町中大騒ぎになるところだったからね」

大谷地の観音様とは、札幌にある神霊院のことであるが、母が信仰していた関係上、上山は子供の頃よく母に連れられて行った所で、豊浦の神様同様忘れ得ぬ神様である。

中学に入って間もない頃であった。久しく小康状態を保っていた病状が悪化したため、母の言いつけで、数ヶ月ここにお籠りをしたことがあった。ここは、豊浦と違って、病人を病気だからといって休ませておかず、日中は農作業に従事させるという独特なお籠り信仰であった。その信仰生活が彼の病状に適していたのだろう、一ヶ月程すると体調が目に見えて良くなり、出される食事だけでは我慢が出来ないほど食欲が旺盛となった。

そんなある日のことである。上山は二、三の友達と図って、畑からトウキビを採って来て食べ、祭司から、きつく折檻された。友達は素直に己の非を認めて謝罪したが、上山は承服しなかった。自分達が作った物を採って来て食べるのが何故いけないのか、勝手に採って来て食べたのは悪いかも知れないが、作った者に食べさせようとしないあんた方だって悪いじゃないか、私達が盗人ならあんた方は詐欺師じゃないか、そう言って食ってかかったのである。

翌日、上山はこんな所にいたら殺されてしまうと啖呵を切って帰宅した。が、どうした訳か、帰宅後唇が食事も出来ない程腫れ上がったのである。母は神様にたてついたから罰当たったんだと言って、謝罪に行くよう折檻したが、罰当たったんではない、トウキビの食べ過ぎで胃腸を壊しただけだと言い張って応じなかった。そのため母は神様に楯突く者と一つ屋根の下で生活することは出来ないと言って家を飛び出して、何日も帰らなかった。

上山は車中、このことを思い出し、苫小牧で下車しないで札幌に行き大谷地の神霊院に立ち寄ることにした。当初、あの時母に背いてやらなかった謝罪を済ませたらすぐ帰るつもりであった。しかし、お祈りをしているうちに、奇妙に心が安らぎ、一日、二日と腰を据えて精進する結果となった。

隣の小母さんに遭遇したのは三日目であった。がしかし、すぐに帰宅しなかった。又、母にも、大谷地の観音様にいるということを連絡しなかった。

帰宅したのは七日目の夕刻であった。母は玄関に立った息子を見て一言

「お帰りなさい」

と言っただけだった。

（馬鹿ったれ！お前一人の生命ではないんだぞ！死ぬなら、このわしを殺してから死ね！）

そう一喝されることを覚悟して帰った上山にとって、これは百の鞭以上に辛かった。

上山は玄関に坐して、二度とこんなことはしないことを誓い、そして、大谷地観音で祈願した五年の生命を、退院して自由に生きることを約束させたのである。

「あの時は、母さんに随分心配かけたね」

「いや、何もかも心得ていたから、大したことなかったよ」

「だけど、皆に、いらざる口たたかれてさ。肩身の狭い思いしたんでない」

「うん、皆、気狂ったとか、何とか言ってたけど、時が経てば、分かることだし、そんなに気にもかけていなかったよ」

彼は右手を見つめながら尋ねた。

「母さん、あの時、母さんに約束したこと覚えている？」

母は手拭いを彼の目の前に突き出しながら言った。

「ほれ、見なさい。垢がこんなに出たから。お前、今晩はよく眠れるよ」

上山はそれを無視して言った。

「母さん、話を反らさないでくれよ。あの時、僕は…」母はヒステリックに叫んだ。

「もう、そんな話、止しなさい！」

母の手が乱れていた。その乱れが収まる頃を見計らって又言った。

「何も、今年死ぬって言っているんじゃないんだよ。ただ、あれからもう五年経ったって、そう言っているだけなんだよ」

母が表情を柔らげながら言った。

「本当にね。早いもんですね。もう家も建ったしさ。これからは安泰だね」

「そうだね。いろいろと母さんには迷惑かけたけど、これで、どうやら、俺達も人並みに生活が出来るようになったたね。だけどよ、母さん、僕にもしものことがあっても、人に後ろ指差されるようなことだけはしないで頂戴ね」

胸がむかつき、軽い咳が出た。上山は、はっとして
「一寸、トイレに行って来るから…」

そう言って、トイレに駆け込んだが、咳が出ただけで案じたことは起こらなかった。

母が、部屋に戻ってきた上山を不安げに見つめながら言った。

「又、やるかい」

上山は服を着ながら言った。

「いや、もういいよ。お陰様で、今晩はぐっすり眠れそうだよ」

「お前、今晩はここに蒲団を敷いて、私と一緒に寝ないかい」

「いや、寝る前に、やらなければならない仕事があるから、上で寝るよ」

「そうかい、あんまり無理するんでないよ」

たらいを持って部屋を出て行く母の後ろに従って、上山は二階へ上がった。

キリギリスはいつの間にか鳴き止んでいた。

パートⅡ　泉へ

翌朝、上山は二人の若者が旅立つのを知っていたが、降りて行かなかった。外で妙子の声がした。

「バス来たよ」

上山は窓辺に立って、二人の若者がバスに駆けて行く後ろ姿を見た。

上山はその弾むような若さに見とれながら、ふと高見順が倒れた時に創った詩を思い出した。確か、文芸春秋に載った詩である。

死の淵より

電車が川崎駅にとまる
さわやかな朝の光ふりそそぐホームに
電車からどっと客が降りる
十月の
朝のラッシュアワー……
遅刻すまいとブリッジを駆けのぼって行く
若い労働者よ
さよなら
見知らぬ君たちが
君たちが元気なのがとてもうれしい……
さよなら
青春よ
青春はいつも元気だ……

安達がバスの踏み台に足を掛けながら後ろを振り向いた。

上山は思わず、身を乗り出して手を振った。安達はそれに気がついたかどうか分からなかったが、上山はバスが視界から消えるまで手を振り続けた。

「おじちゃん、今日、泉に行くの?」

妙子が階段を駆け上がって来て、話しかけた。

「行くよ」

「何時頃」

「御飯食べたらすぐ…」

「妙子、行ってもいい?」

「いいよ。但し、水筒を持ってもらうからね」

「いいよ」

「一つじゃないよ。五つもあるんだよ」

「五つ?そんなに持って行くの」

「そうだよ。それも妙子が持っているようなちゃっこいのでなくて、でっかい奴だよ」

「騙されるなよ」母がひょっこり現れて言葉を挟んだ。「一つだけだからね。それも小さい水筒だからね。ついて行きなよ」

妙子が上山を睨めつけながら言った。

「おじちゃんの嘘つき。閻魔大王にベロ抜かれるよ。そんな嘘ついたら…」

上山は妙子のおでこを小突きながら言った。

「おっかないね。そんな恐い顔しないでよ。おじちゃんは弱虫なんだから…」

母がおでこを小突かれてべそをかいている妙子の頭を撫でながら
「おじちゃんのベロはね、黄金で出来ているからね。閻魔大王でも抜くことが出来ないんだよ」

そう言って笑った。

「今日も田圃に出かけるの」

上山は笑いこける屈託の無い母の顔を見つめながら尋ねた。

「出面の人達に、今日は早く来るように頼んでおいたからね。そろそろ、出かけないとね」

「それにしも、こんなに早く出かけなくてもいいんじゃないの。母さん居なくたって、皆やってくれるよ」

「それもそうだけどね。しかし、今日で終わりだからね。皆さんに悪いからね。行って来るよ。ご飯は何時ものように冷蔵庫に入れておいたからね」

「ありがとう。無理するんでないよ。挨拶したらすぐ帰って来たらいいよ」

母はそれを受け流すように
「それよりも、お前、今日は暑くなりそうだからね。早く出かけた方がいいよ」

と言って、妙子を急き立てるようにして階段を降りた。

上山が妙子を連れて出かけたのは、それから凡そ二時間程後であった。

妙子が出がけに尋ねた。

「どうして、オジチャンは毎月、一日になると泉へ水汲みに出かけるの?」

上山は妙子の頭を撫でながら答えた。

「あの水は神様の水だからだよ」

「神様の水?」

妙子が怪訝そうに上山の顔を覗き見た。

「そう、山の神様のね、贈り物なんだよ」

「そんな神様、何処にいるの」

「山の奥の奥さ」

「行って見たいな、そこへ。どんな顔しているのかな。その神様。オジチャン、見たことある?」

「見たことはないけど、会ったことあるよ。何回も…」

妙子は目をくりくりさせながら尋ねた。

「魔法使いなの、その神様」

「いや、魔法使いじゃないよ。姿のない風のような神様なんだよ。妙子も、オジチャンもこうして生きておれるのは、その神様のお陰なんだよ」

「妙子も、山に行ったら、その神様に会えるの」

「会えるさ。一生懸命お祈りをすればね」

「本当?それじゃ、早く行こうよ。妙子、一生懸命お祈りをするから…」

妙子は矢庭に水筒を持って立ち上がった。

水や湧水への信仰は何時の頃か定かではないが、沙流川流域のアイヌの人達が昔から信仰していたものである。「平取町百年史」に掲載されている特別寄稿「アイヌ民族と信仰」(著者不明)によると飲料水用の湧水に住んでいる神様に祈祷する時と流水の本流(沙流川)に住んでいる神様に祈祷する時とではお祈りの内容が微妙に違っていたという。

流水の本流(沙流川)には川の瀬を司る大本の神様が住んでいるとされ、その神様に祈祷する時は、河原にイナウを立てて丁寧になされ、直接伝言(願い事)を伝えることは恐れ多いので、水の神様の僕である丸蟹の神様を介して伝えられるという。その際祈祷師は「私の伝言を水の神様、チューラッペマッ　カムイカッケマッにお届け下さい」と言って丸蟹の神様に盃を渡すという。

これに対して、飲料水にする湧水に住んでいる神様に祈祷する時は、日頃、その霊力のある湧水、乳液のような霊水を子育てに使っていることに感謝して、

ワッカウシカムイ　イタカナッカ　ヌプルサントペ　アエレスカムイ　カムイカッケマッ　コトキアニ　クキルスイナ

(その霊力ある乳液、乳汁を子育てに使う私達は、あなたに日頃感謝しているので、この盃とイナウを

捧げます)

と唱えて、盃とイナウを供えてお祈りをするという。

著者によると、子供の頃湧水の側にイナウが立っているのをよく見かけたという。

上山の祖母はこの沙流川流域に伝わる民族信仰を忠実に受け継いでいたのである。

何歳の頃であったか、確かアッツ島が玉砕した年であるから、三年生の時であったと思う。上山は一ヶ月程下痢が続いて、針金のように痩せ細ったことがあった。祖母も母も心配して、夢判断をしたり、あちこち噂の神様を尋ねてお詣りをしたりしたが、病状は一向に良くならなかった。

そんなある日、裏山のコブシの花がほころびかけた頃であった。祖母は早朝、上山を泉に連れて行き、祈祷して水を飲ませ、そして、禊ぎをさせたのである。

祖母は上山を裸にして泉の前に座らせてこう祈った。

慈悲深き泉の神様
　ワッカウシカムイ　シパセカムイ
あなたの乳で守は育ちました
　チェフロトペ　アリタン　マモル　スクプルェネ
このままではこの子は死んでしまいますので
　エネアンヤクネタンポホ　ライワイサムネルェネクス

泉の神様
　ワッカウシカムイ
この子の病気を治して下さい
　タンポホコロタスムピリカクニ　エラマッカエネプンキネ　エンコレヤン

その時、上山は何を祈ったのか、祖母に何か言い含められたように記憶しているが定かではない。ただ、祖母の言われるままに、泉の前に裸になって座り、合掌して、水をかけられる度毎に身体をちぢこませたことを記憶している。

祈祷は雨の日も風の日も止むことなく続けられた。時には夜明け前に行われたことさえあった。拒否すると

「そんなことで病気が治るか！」

とたしなめられ、布団をはがされて、力ずくで泉に連れて行かれた。

そんなある日のことである。上山は祈祷が始まる前に、泉の中に飛び込んで水を濁したことがあった。その時、祖母は泉の淵にべったり座って

「この子を許して下さい！」

と祈り続けるだけで、孫の乱暴を咎めようとしなかった。さすがの上山も、これには閉口した。負け犬のように、すごすご泉から上がって、祖母の側に座した。

祖母は上山が上がると、水の面を両手で左右に撫でながらこう祈った。

カムイ　ムッチ　プイプイ
神様、濁り水をきれいにして下さい。
セッポ　ムッチ　プイプイ
小魚が濁した水をきれいにして下さい。
ムッチ　プイプイ
濁り水をきれいにして下さい。

何回も、水が澄むまで、繰り返し、繰り返し祈った。

上山はたまりかねて言った。

「ごめんなさい」

そして、ぺこり頭を下げた。祖母が祈祷を止めて上山と対座し、手を取りながら
「お前は素直な子だ。神様はきっとお前をお許しになるだろう」

そう言って、泉の功徳を自分の体験を交えながら得々と説いた。細い目に微笑をたたえながら。

上山は泉に立つとあの日のことが昨日のように思い出され、病む身体に生気が蘇って来るのを覚えるのだった。

山裾が勝手口から十メートル足らずの所まで延びている。斜度約七、八度。そこを百メートル程登り詰めると、昔コタンのあった台地に出る。泉はそこから更に一キロメートル程奥にあった。

妙子が十メートル登った所で立ち止まって言った。

「オジチャン、早くおいでよ」

「そうせかすなよ。オジチャンは年寄りなんだから…」

上山は二、三度深呼吸して登り始めた。しかし、二、三歩登っただけで息切れがした。ふと、祖母の杖のことを思い出した。納棺する時、杖が無かったら旅立たれないんじゃないかという身内の人々の意見を無視して、形見として取っておいたものである。

妙子がものをも言わずに引き返した上山を見て言った。

「どうしたの。もう行くの止めたの」

上山は振り返って言った。

「いや、一寸忘れ物したんだよ。すぐ戻って来るからそこで待ってて…」

祖母が死んで八年。杖は仏壇の後ろに立て掛けたままであった。直径三センチメートル、長さ一メートル。上と中ほどに瘤があり、くの字に曲がった見事な杖である。

上山は妙子を待たせたことも忘れて、仏前に座し、まじまじと二つの瘤を見つめた。祖母がシヌエした顔をほころばせながら
（よく思い出してくれたね。それさえあればもう大丈夫だよ。山でも川でも、難なく歩けるからね。

しっかりやるんだよ）

そう囁きかけてくるような気がした。

上山は子供の頃、よくその瘤を撫で回しながら

「どうして杖にこんな瘤がついているの？」

と尋ねたものである。祖母はその都度

「ゲンコツの代わりだよ。悪いことしたら。これだよ。この瘤はね。千里眼がついているからね。いくら隠したってね。オバーチャンにはちゃんと分かるんだから」

そう言って敲く仕草をしたが、上山は信じなかった。内心（そんなこと言ったって驚かないよ）そう思ってわざと杖の前で悪戯を働いては得意然となった。がその出鼻を挫かれる事件が起こった。

豊浦の神様に出かける時のことである。前の晩、上山は杖を縁の下に隠したのである。（シヌエした祖母と一緒に行くのが嫌だった）子供心に、杖が無ければ行けなくなるだろう、そう思ったのである。ところが、祖母は朝起きがけに

「何者かに杖を隠された夢を見た」

そう言って、家の周りを探し始めたのである。幸い、祖母が物置を探している間に、許の所に戻して置いたためことなきを得たが、以来、上山はもの心がつくまで、杖の前では努めて従順になっただけでなしに、密かにこの瘤に畏敬の念をさえ抱いた。本当に、瘤の中に千里眼がついているように思われてならなかったからだ。

上山は仏壇から祖母の位牌を取り出し、合掌して、生きている人間に語りかけるように言った。

「見えるでしょう。婆、これさえあれば、もう大丈夫。今度の仕事は大変だけどね。きっと、やり遂げて見せますから、じっと、その瘤の中から見ていてね。これから泉へ行くんですよ。花咲いていたら採ってきてあげるからね。待っていてね」

居間で、電話が鳴った。

松川であった。彼は昨晩予想以上に法要が長引いて行けなかったことを詫びた後尋ねた。

「実は、ある人から聞いた話なんですがね。Yがあんたに結婚を申し込んだんだって…」

上山はその唐突な質問に一瞬ぎくっとした。

Yが求婚したことをどうして知っているのか。松川は山をかけて自分の心を図ろうとしているのではないか。そう勘繰りたくなるような話し振りであった。

「………」

「その人、あんたのお母さんから聞いたって言ってましたからね。嘘ではないと思うんですがね。OKなされたんですか」

上山は、もう、Yについては一言も語りたくなかった。例え相手が松川であろうとも。心の襞に落ちて、泡沫のように消えて行った雪女のような女として、そっとしておきたい、そんな気持ちであった。が、松川は、そうさせてはくれなかった。黙っているのはテレているからだろう、そう思ったのか、声を弾ませながらこう語り続けたのである。

「長い冬でしたね。おめでとう！。お母さん、喜んでおられるでしょう」

上山は慌てて松川のコトバを遮ってこう言った。

「一寸待って下さいよ。申し込まれたのは事実ですけどね。結婚なんて、とんでもないですよ。こんな身体じゃね。結婚なんかしたって、人に迷惑をかけるだけですよ」

胸がぜいぜいして、言葉が途切れそうになった。上山は大きく息を吸い込みながら、胸の底から搾り出すように言った。

「もう、こんな苦しみは、私一人だけですませたい、そう思うんです。正直いって…」

「そうですか。それは残念ですね。あのノートのこともあるしね」

「あのノート？」

上山は素知らぬ振りをして尋ね返した。

松川はそれを跳ね返すように言った。

「Yに浄書させて発表しようとした創作ノートですよ」

上山はさりげなく答えた。

「あ、あのノートかい。あれは焼いてしまったんですよ」

「えっ…」松川が頓狂な声を張り上げた。

「何時？」

「E高校の生徒達と対談した日…」

「どうして?」

「そう改まって聞かれてもね。答えようがないんだけどね。その時よく書けていると思ったものでも、後で読み返してみると、へもりたくなるほどくだらない作品があるんじゃない?あのノートはその典型的な作品だったんですよ。あなたのコトバを借りればね。マスターベーションのガイコツの踊りでしかなかったんですよ」

「それ皮肉ですか」松川は咎めるような口調で言った。

「いや、皮肉ではない。本当の話ですよ」

「いや、それは上山さんの自虐ですよ。作品なんて、本人には見えない場合が多いですからね。あのノートには大事なモチーフがびっしりつまっていましたからね。デフォルメしたら、素晴らしい作品に生まれ変わった筈ですよ」

「それは松川さんの買い被りですよ」

上山そう言って、あの日、E高校の生徒達との語らいで奮い立つような思いに駆られたことを思い出して言った。

「あの生徒達素晴らしい若者達でしたね。あの日、彼等が大人達との語らいで学んだことは、心に怨念の炎を燃やしながら、時流に素朴にならざるを得なかった大人達の〝敗北〟の相貌だったんじゃないかと思いますよ。あの時、私は彼等の歯に衣着せぬ誠実な語らいを聞いて、新たな地平と言うと大げさになるが、われわれに実践を通して創造すべき未来があるとするなら、歴史における原点からの超越しかないと言うことを覚知したんです。そのためには、地域の諸問題をテーマにした座談会を開いて問題を掘り起こし、ストレートに訴えるべきではないかと思うようになったんです。私が創刊号で企画したアイヌの伝承をテーマにした物語風の作品の連載を中断して、地域の問題をテーマにした座談会を企画したのはそのためです。私の代表的作品である同人との対話、『沙流の里から』はこの地平から生まれたものです」

妙子がベランダから首を出しながら言った。

「オジチャン、何してんの。もう、行くの止めたの」

上山は振り返って言った。

「行くよ、電話すんだらすぐ行くから、冷蔵庫にアイスクリームが入っているから、それ食べて待ってなさい」

すかさず、松川が言葉を挟んだ。

「何処へ行くんですか」

「うん、今、妙子が来ているんですけどね、妙子を連れて裏山にある泉へ行くんですよ」

「あ、、今日は一日ですもね。それじゃ、妙子ちゃん、待ちくたびれているようだからね、今日はこれで失礼します。十日頃お伺いしますから…」

「そうですか。その時、お渡ししたい物がありますから、是非お出で下さい。それじゃ…」

妙子の顔がふぐのようにふくれていた。上山はほっぺをつねりながらからかった。

「そんなにふくれたら、神様に嫌われるよ」

妙子は上山の手を払いのけながら言った。

「オジチャン、嬉しそうだね。何か良いことあったの」

ふぐ面が恵比寿顔に変わった。

「あったよ、大ありだよ」

「どんなこと、教えてよ」

「内緒、内緒。子供には関係ないことだよ」

ぽかんとして見とれる妙子を尻目に、上山は先に立って歩き出した。

「意地悪！」

妙子はプリプリしながら上山の後ろに従った。

夏の陽はもう中天にかかっていた。

上山は麓に立ち止まり、二、三度深呼吸し
（これからが正念場なんだ。生きたい！せめてもう一年―これしきのことでへばってたまるか！）

そう叱咤しながら、歯を食いしばって、一歩一歩登った。

月毎に休む回数が多くなっていたが、今日は一気に登れそうな気がした。しかし、十メートルも登らないうちにセカセカした。身体を杖で支えながら小休止した。妙子が下から尻を押しながら言った。

「大丈夫、オジチャン」

「うん…」

彼は妙子の後押しの手助けによって、歩き出した。

山坂の中腹に建っている祖父の墓碑の側に差しかかった時である。

ぐっと胸に熱いものがこみ上げて来て、真っ赤な血が口から吹き出た。妙子が背中をさすりながら尋ねた。

「オジチャン、どうしたの？」

「………」

「どうしたの、オジチャン」

上山が喉に絡まった血を吐き出しながら言った。

「すぐ治るから、あっちへ……」

血が又吹き出た。口からだけでなしに鼻からも。それも波状的に。上山は左手で、必死に介抱しようとする妙子を突き飛ばしながら前にのめるようにして倒れた。妙子はすかさず跳ね起きて駆け寄り、肩を揺さ振りながら
「オジチャン、オジチャン！しっかりして！オジチャン、オジチャン！」

と叫び続けたが、上山の身体は土塊のように動かなかった。

左手は側に生えてあったジャガ芋の茎を握り絞めていたが、右手には杖がしっかり握られていた。

警官と医師が上山家を訪れたのはそれから二時間程後であった。

二人は、消毒した後、上山を素っ裸にして、丸太を転がすように、無造作に仰向けにして写真を撮ろうとした。

側に、泣き喚きながら立っていた母が二人を突き飛ばして叫んだ。

「何すんだい！人の息子を素っ裸にして、写真を撮るなんて！見せ物にする気か！」

警官はいきり立つ母を押しのけながら言った。

「いや、違うよ。変死だからね。一応、検査しなければならないんだよ」

警官は泣き喚く母を押しのけながら、何回もシャッターを切った。

母は警官の前に仁王立ちになりながら叫んだ。

「畜生！この人でなし！」


〈完〉

怨念の彼方に——愛の哀しみ

一　パネル展

　車中、裾野しか見えなかった樽前山が、苫小牧駅のホームに降り立った時は全容を現わしていた。冠雪の上に黒いドームを覗かせながら、八の字型に裾野を広げるその容姿は、三十九年前と変わらない優美なたたずまいであった。

　鵡川行きの列車に乗り継ぐまで小半時の時間があった。生来物臭な儂はそのままホームのベンチに腰を下ろして、樽前山の優美な山容を見ながら時を過ごそうかと思ったが、駅舎の変化に気をとられてホームを出た。

　改札口は線路上に架けられた自由通路の中央にあった。左に行くと鉄北の新興の市街に出る。儂がここに住んでいた頃は、この辺一帯はヨシやミズゴケ類が繁茂する湿地であったがすっかり様変わりしてイトーヨーカドーや長崎屋の大型スーパーが建っていた。右に行くと昔の駅舎跡に建てられた三階建てのエスタがある。ここも鉄北同様様変わりして昔の面影は全く無かった。

わずかに当時の面影を残していたのは鉄路の南サイドに建っている王子製紙の煙突だけであった。

儂は改札口を出て、しばしどっちにするか迷ったが、駅前に渡辺待合があったことを思い出し、そこで小休止して行こうと思って、右に曲がり、自由通路の南端にある階段を降りかけたが、エスタ入口に立てかけてあった「静川環濠遺跡パネル展」という看板に目をとられてエスタに入った。

パネル展はエスタ入口の広場で行われていた。四枚のパネルが二枚ずつ平行して天井から吊してあり、遺跡の写真や地図や新聞の切り抜き等が貼付してあった。写真には「縄文中期の竪穴住居址」だとか「わが国最古の環濠」だとか「落とし穴」だとか簡単な説明がついていたが、儂のように無学な者にはさっぱり分からなかった。それで、新聞記事や遺跡の解説が貼付してあるパネルに移ろうとしていたら、黒いコートを着た男がひょっこり現れて話しかけて来た。

「静川、ご存知ですか?」

儂は、意外な質問に驚き、もしかしたら、この男は私を知っているのではないかと、そう思って、得意になって答えた。

「知っているさ。ガキの頃住んでいた所だも!」

「そうですか」男は目をキラキラさせながら言った。

「それじゃ、今年の夏、静川から発見された環濠遺跡のことご存知でしょう」

「いや、知らん。姉が危篤だっていうんで帰って来たんだけど、今着いたばっかりだからな。これから鵡川へ行くんだけどね。時間があるんで、ブラブラしていたら、この看板が目についたんでね。何やってんのかなと思って立ち寄って見たんですよ。何せ、苫小牧に帰って来たのは三十九年振りですからね。何も分かりっこないですよ」

「そうですか」男は人懐かしそうに、ニコニコしながら尋ねた。「それは懐かしいでしょうね。今、何処に住んでおられるんですか」

儂はパネル展のことを忘れて、男の方に向きを変えて答えた。

「横浜」

男はすかさず、尋ねた。

「何時頃ですか？静川を離れられたのは？」

儂は嬉しくなって答えた。

「サイパン島が玉砕した年ですから、昭和十九年かな」

「それじゃ、まだ、金山線が走っていた頃だね」

「そう、あれは石炭ストーブのついた汽車でね。走れば追いつけるような汽車でしたけどね。その頃は乗り物はあれしかなかったからね。ありがたかったですよ。よく途中で手を上げてね。乗せてもらったもんですけどね。時々、馬に乗ってかけっこしたこともありますよ。もう夢物語りですよ」

「あれはもう無いですよ」

「無い？」

「ええ、廃線になって、今は立派な舗装道路になっていますよ」

「そうですか。すると、あの辺は苫小牧のベッドタウンにでもなっているんですか」

「いや、ベッドタウンどころか、あの辺一帯は石油の備蓄基地になっていますからね。直径八十二メートルもある巨大な石油タンクが何十基も建っていますよ」

「すると静川には、もう誰も住んでいないんですか」

「ええ、皆土地売って離村しちまいましたからね」

「そうですか。何時頃ですか。そんなことになったのは…」

儂は男の饒舌に釣られて、つい話にのめり込んでいった。男は油に火がついたように話しまくった。

「計画が公になったのは、一九七一年なんですけどね。土地の買収が行われたのは、一九七六年頃かな。当初は反対する農民もいて、交渉が難航したらしいんですけどね。何せ、土地が土地ですからね。火山灰の湿地帯で作物は十分穫れませんからね。間もなく、一軒崩れ、二軒崩れして、計画が発表された頃には、殆どの人が東部開発に土地売って離村しているんですすね」

「トウブカイハツ?」

「この土地の所有者ですよ。第三セクターで、苫小牧東部の開発を推進するために設立された半官半民の会社なんですけどね。農民から土地を買い上げて整地し、それを企業に売りつける、いうなれば国のひもつきの不動産会社ですよ。そもそも、苫東の開発っていうのは、高度経済成長の落とし子でしてね。田中角栄がここに、世界最大級の重化学工業臨海コンビナートを建設して、列島改造論の起爆剤にしようとしたんですけどね。しかし、ご存知のように、その直後、二度に渡る石油ショックで総崩れになりましてね。急遽大規模石油備蓄基地に変更になったんですよ。備蓄は、二つの地区からなっていましてね。道々上厚真線、もと金山線が走っていた路線なんですけどね。それを挟んで、南側を南地区、北側を北地区と言っているんですがね。南側には、既に五十数基の石油タンクが出来ているんですよ」

「この遺跡はそこから発見されたんですか」

「いや、違いますよ」男はパネル展に貼付してある遺跡周辺地図を指差しながら言った。「静川小学校から北へ二キロメートル程入った所に安藤沼があるんですけどね、ああ、これです。この沼の南側の台地なんですけどね。昔、安藤沼から厚真の水田に水を引くために掘った堀があったでしょう。その側の湿地帯に突き出た台地ですから、この辺かな」

男はそう言って念を押すようにつけ加えた。

「ご存知でしょう？」

「知っているさ」儂は声を弾ませながら言った。「その沢の中に、儂の家があったんだから…」

「そうですか。それは奇遇ですね。ここは石油備蓄基地の予定地で、石油タンクはまだ作られていないんだけどね。去年の夏、工事に先立って埋蔵文化財の調査が行われたんですけどね。その結果。発見されたのがこの遺跡なんですよ。これをご覧下さい」

男は側にかけてあった全紙版の航空写真「静川環濠遺跡全景」の前に立って言った。

「これは北海道新聞社が写した航空写真ですがね。下方は勇払原野の湿地帯ですが、その湿地帯にH字型に突起した二つの台地があるでしょう。これですね。右の台地が十六B遺跡で約六千三百平方メートル、左の台地が十六A遺跡で、約一万二千平方メートルあるんですけどね。右のB遺跡からは縄文時代の住居跡が二十七基、他に土壙や陥穴が多数発見されています。墓も一個発見されています。左のA遺跡からは縄文時代の住居跡二基とそれを取り囲むように瓢簞形に掘り込まれたV字形の空濠が発見されています」

儂が尋ねた。

「遠浅はどの方角になりますか」

「そうですね。この写真は上方が北西になっていますからね。右手上方になりますね」

男はそう言って、隣のパネルに移り、掲示してある二枚の写真の前に立って言った。

「この写真は、A遺跡を真上から写したものですけどね。台地の先端に丸い穴の跡が二つあるでしょう。これは、竪穴と言われる縄文時代の住居の跡なんですけどね。この住居跡を取り囲むように濠が掘り巡らされているんです。延長約百三十メートルあるんですけどね。右の写真をご覧下さい。これは濠の正面入口付近を写したものですけどね。濠の上に人が立っていますから、規模は凡そお分かり頂けると思いますが、深さが一或いは二メートル位で、幅は二、三メートル位あります。底は約五十センチメートル位あるんですね。この遺跡は非常に貴重な遺跡で、日本最古の環濠遺跡だと言われています」

「何時頃のものですか」

いつの間にか儂の後ろに立って、男の説明を聞いていた若い男が後ろから尋ねた。男は儂の肩越しに若い男を見つめながら答えた。

「縄文時代中期末のものだと言われていますから、今から凡そ四千年位前ですね」

「すると、この濠を掘った人達っていうのは、われわれ日本人の先祖ではなくて、アイヌ人なんですね」

一瞬、ドキッとした。若い男の視線が背中を刺したからである。儂はその視線を避けるようにして二人の前を離れた。

黒いコートの男が追いかけて来て、

「これ、ご覧になって下さい」

と言って、「苫東環濠遺跡の保存を訴えます！」と大書きした西洋紙大のチラシを差し出した。儂はそれをひったくるようにして受け取り、改札口へ急いだ。

発車まで三分しかなかった。

切符を買わずに、ホームに駆け込み、発車寸前の汽車に飛び込んだ。

二　環濠遺跡訪問

儂は静川に大昔、人が住んでいたと言うことは子供の時から知っていた。昭和三年に、静川小学校前の山を崩して小学校のグランドが造成された時、土器が出て大騒ぎになったことがあったからだ。この時、先生が黒板に地層を書きながら、樽前山の火山活動について話してくれたように記憶している。姉がどうして火山灰の中から土器が出て来たのかと質問したのがきっかけであった。

苫小牧周辺の地層は、樽前山の断続的な活動によって出来たものであるが、表面が十センチメートルの黒土層で、その下に樽前B降下物層、第一黒色腐植土層（1B層）、樽前C降下物層、第二黒色腐植土層（ⅡB層、環濠遺跡が発見されたのはこの地層からである）、樽前D降下物層混じり黒色土層、粘土質ローム層、支笏砕硝物層等々が折り畳むように重なっている。

火山の主なものは、支笏砕硝物層が出来た約三万二千年前の噴火、粘土質ローム層が出来た約一万二千年前の噴火、樽前D降下物層が出来た約八千九百年前の噴火、樽前C降下物層が出来た約二千年前の噴火、そして、樽前B降下物層が出来た一六六七年、一七三九年、一八〇四〜一八一七年の噴火、及び樽前A層が出来た一八七四年と一九〇九年の噴火等々であるが、特に降下物が多かったのは一六六七年の大噴火である。この時の噴火で、静川方面でも、多い所では一メートルを越えている。津軽藩が記録した「津軽秘鑑」によると、この時「山崩れ、其響き当国に聞め、雷動、津軽」に及んだと言われている。天然記念物に指定されているドームが形成されたのは、一九〇九年の噴火の時であるが、この時は山頂に十字形の雷光が走り、数ヶ月に亘って、鳴動、噴煙、降灰が繰り返されたと言われている。

まさに、苫小牧は噴火活動によって形成された廃墟と繁栄の繰り返しの歴史であったと言ってよい。

姉は、用便が一人で出来るほど元気であった。昨日まで、娘の育子に付き添ってもらっていたが、良くなったので帰したと言っていたが、「医者に身内の人を呼びなさいと言われました。母が死ぬ前に、叔父さんに会いたいと言っていますので、是非帰郷して母に会って下さい。叔父さんがこの土地を踏みたがらないということは、母からいろいろ聞かされていますので、よく知っていますが、逝こうとする者の心をお察し下され、是非母の願いを叶えてやって下さい。母は譫言のように叔父さんの名前を呼んでいます」と言われた程の重病人が、よしや回復に向かったとはいえ、一日か二日で、こんなに元気になる筈がない。内心、計られたと思った。しかし、姉の説得を振り切って、夜逃げ同然にして家を飛び出して以来の再会である。嬉しさも又ひとしおであった。

姉は、甫ちゃん、よく来てくれたね、と言って絶句し、握った手を離そうとしなかった。涙が、右頬の痣に滲みるように流れ落ちた。

三年生の時である。足の悪い女の子を連れてアイヌ人親娘が入山して来た。女の子は儂と同じ年で美佳といった。色白の可愛い子であるが、生まれつき足首に異常があり、小学校を卒業する頃までは松葉杖を使わなければ歩けなかった。

美佳が入山した年の夏である。儂と姉と美佳の三人で、モウセンゴケ（虫を食う草花）を採りに機械場（静川遺跡の南側にある安藤沼から排水溝を掘って水を引き、ポンプで揚水して厚真の水田に送っていた場所。静川と源武と厚真の境にあった）に行った時のことである。機械場に居合わせた男の子が、儂達三人を見て、

「ア、イヌがビッコの犬を連れてこっちにやって来る」

そう言って嘲笑したのである。その時、姉は儂達より二、三メートル離れた湿地の中で草花を摘んでいたが、突然立ち上がり、

「今、何て言った。もう一度、言って見ろ！」

そう言って、ガキ大将とおぼしき体格のいい男の子に挑みかかったのである。

姉は、気の強い女ではなかった。どちらかというと、内気で、少々人に悪口を言われても、じっと我慢するタイプの女の子であった。父はそんな姉がいとおしかったのだろう、常日頃、人に言われて

ばっかりいないで、たまには言い返して見ろ、と叱咤したものである。

その姉が、血相変えて、男の子に挑みかかったのである。儂と美佳はびっくりして側の大樹の陰に身を隠した。

ガキ大将とおぼしき男の子が姉の方に歩み寄りながら言った。

「お前、俺達に難癖をつける気か。アイヌのくせして生意気だぞ」

しかし、姉も負けてはいなかった。

「難癖をつけたのはお前の方ではないか。お前達、それでも男か！お前達のような奴はモウセンゴケに食われてしまえ！」

そう言って、右手に持っていた草花を男の子めがけて投げつけたのである。男の子は一瞬、怯んだが、すぐ、気を取り直して姉の方に駆け寄り、

「このアイヌ奴！言わしておけばいい気になりやがって、ぶっ殺してやる！」

そう言って襲いかかり、殴る蹴るの暴行を加えたあげく、姉が投げつけたモウセンゴケを口にねじ込もうとしたのである。

「姉が殺される！」

儂は怖さに震えて、儂にしがみつく美佳を振り切って、夢中で機械場に駆け込んで、叫んだ。

「小父さん！助けて！姉ちゃんが殺される！」

騒ぎに驚いて、小父さんがすぐ飛び出して来たが、その時既に、危険を察した男の子達は、湿原に

張り出されている丘陵の中に逃げ込んでいた。

姉の顔は血だらけであった。殴傷なのか、それとも、押し倒された時、木の根っ子に引っかけて出来た傷なのか定かでなかったが、右頬が三センチメートル程抉られるように切れていた。

右頬の痣はその時の傷痕である。

姉はベッドの側の引き出しからバナナを取り出し、儂に勧めながら言った。

「静川に行ってきたの?」

「いや、今着いたばっかりだも、まだですよ」

「そう、行ったらお前、びっくりするぞ。昔の面影なんか、これっぽちもないからね。皆、開発で土地買い上げられてさ。あそこには、もう、誰も住んでいないんだから…」

「そうだってね。石油備蓄用のタンクが出来るんだってね」

「知ってんのかい?」

「うん、苫小牧の駅で、パネル展を見てきたんですよ」

「パネル展?」

「ええ、時間潰しに駅をぶらついていたら、『静川環濠遺跡パネル展』という看板を見たんでね。見てきたんですよ。その時、このチラシを配付していた男に、いろいろ聞かされたんだけど、あの丘から、四千年程前の濠が発見されたんだそうですね」

姉は儂がベッドの上に広げたチラシを流し見ながら言った。

「その男、E高の先生で、松川っていう人でなかったかい？」

「分からん、名前聞かなかったから…」

　姉は、引き出しから北海道新聞の切り抜きを取り出し、苫小牧版「この人」の欄に載っている写真を指示しながら言った。

「この人でなかったかい」

「そうだ。この男だ。どうも見た目、先生臭いと思ったんだけど、矢っ張りそうだったのか」

「その先生、静川遺跡が発見された時『苫東遺跡を考える会』を立ち上げて、その会の事務局長をしているんだけどね。私も、その会に入っているんですよ。ババで何も出来ないけどね。せめて、貧者の一灯と思って入っているんですよ」

　姉はそこで間を置いて、念を押すように尋ねた。

「ところで、お前、何時帰んの…」

　突然の質問で、一瞬戸惑ったが、すぐ思い直して答えた。

「そうだね。姉さんの元気な顔も見たし、明日帰ろうかな」

「明日？」姉は目を丸くして言った。「三十九年振りの里帰りだっていうのにお前、一晩泊まっただけで帰んのかい」

「………」

「そんなにつれないこと言わんで、折角来たんだも、ゆっくりして行きなよ」

「出来たらそうしたいんだけど、店、人に預けてきているしね、そうもしておれないんだよ」

「嘘おっしゃい」姉が刺すように言った。「そんなこと言って、本心はここに一刻もいたくないんでしょう。そういうお前の気持ち分からない訳ではないけどさ。お前が育った台地じゃないか。一顧もしないで帰るなんて非情だよ。あの台地は永久にこの世から消えてしまうかも知れないんだよ」

(それでいいんじゃないか)

　喉元まで出かかったが、唾を呑み込むように呑み込んだ。危篤を装ってまで儂を呼び寄せた姉の優しさを踏みにじりたくないと思ったからだ。

「バス行ってんの?」

「行っているけど、バスなんて言わないで、家の車で行きな」

「儂は車の運転が出来ないんだよ」

「だったら、育子に乗せて行ってもらいなよ。あの子、この春北大に合格したんだけど、今、春休みだしさ。それに遺跡のことよく知っているからね。都合がいいと思うよ」

　もう姉のペースにはまり込んで身動きがとれない。観念して尋ねた。

「育ちゃん、『考える会』に入っているの?」

「いや、入っていないけど…、松川先生に、授業の時、静川遺跡のスライドを見せてもらったらしいんですね。それで、すっかり興味を持ってさ。現地に行ったり、埋蔵文化財センターに行ったりしてね、調べたらしいんです」

「埋蔵文化財センターって、土器とか石器とかを保存してある所ですか」

「そうですね。苫小牧周辺の遺跡から出土したものを保存してある所なんだけどね。そこへ行って、見学したり、係の人の話を聞いたりしているんですよ。あの子、文学少女ですからね。四千年も前の人が、あの台地でどんな生活をしていたか、考えると胸がぞくぞくしてくるって言ってね。環濠を舞台にした小説を書きたいって言って、張り切っているんですから…。それで、もう部屋の中、土器やら石器やらでわやくちゃなんですよ。まるで、化け物屋敷だ」

姉の言う通りであった。育子の部屋は六畳の洋間であったが、中央に、二メートル四方程の、手製の環濠集落復元の箱庭がでんと備えつけてあり、その周辺には遺跡から拾って来たという石器や土器や貝殻が陳列してあっただけでなしに、手作りの弓や槍が天井から吊してあったり、部屋の四隅に立て掛けたりしてあった。儂はその異様さに驚き、こんなことは小説を書くことと何の関係もないじゃないかと単純に尋ねてみた。ところが、育子は目を輝かせながら、原始人の生活感情を呼び戻すためにはこれしかないと言い切ったのである。

小説はまだ未完であったが、樽前山麓に住んでいた人達が樽前山の突然の大噴火で静川に移住し、火の神の怒りを鎮めるために環濠を掘って、狩りに出て熊に襲われ、右足を失った若者を生け贄に供するという悲劇の物語であった。

物語は樽前山の山麓で愛人が狩に出る若者と別れるシーンから始まり、愛人が深夜に禁を犯して環濠内に忍び寄り、環濠内で息絶えんとする若者と心中して果てようとする場面で終わっていたが、作品のクライマックスともいうべき生け贄決定から環濠を掘って若者を神に捧げる祭りの場までのシーンが空白になっていた。どうしても、祭りを中心とした縄文人の生活感情が蘇らないというのである。

翌日、儂は三十九年前の誓いを反故にして、育子の車に乗って静川に出かけた。姉の優しさに絆されたから、それもある。が、それ以上に育子の小説に潜んでいる縄文人のロマンに魅せられたからである。

フロントに映る風景は、町並みも自然も昔の面影を殆ど残していなかった。それでも、静川なら、という密かな期待があった。しかし、それも裏切られた。工場こそ建っていなかったが、その昔木炭や木材の積み荷でにぎわっていた静川小学校周辺はドライバー相手の小店が一軒残っているだけだったし、更に安平川沿いに広がっていた湿地は、排水溝が掘られて干上がり、背丈程もあった蘆原は埋め立てられて火力発電所の石炭殻の捨て場になり、ダンプがひっきりなしに砂塵を巻き上げて走っていたからである。かてて加えて、儂等が炭焼きに汗を流した台地も石油備蓄建設のために行われた遺跡調査のため表土がはがれて赤土が剥き出しになっていた。

育子が、赤土の台地に、呆然と立ちつくす儂を慰めるように言った。

「叔父さん、まるで浦島さんになったみたいでしょう」

「そうだね。まさに、浦島の現代版っていうところだな。ところで、安藤沼はどうなったの？」

「開発のため排水溝を縦横に掘り込みましたからね。干上がってしまいましたよ。干上がった次の年、白鳥が来てね。群をなして、何時間も上空を旋回していたそうですよ」

脳裏に、雨が降ると安藤沼の増水で海のように沼が大きくなり、白鳥やサギの群が飛来し、その群を追って、山岸を駆け回った少年の日々が去来する。

儂の父が樽前山麓からこの台地に焼子として入山したのは大正十二年の秋である。第一次世界大戦後の不況の中で生活にあえいでいた父が、その頃木炭王といわれて全道に名を馳せていた蔦森百一の話を聞いて、静川に行けば何とかなると考えたらしい。

家は大地に生木の柱を立てて、辺りを湿地に生えている蘆で囲った掘立小屋であった。勿論、電気無しのランプ生活である。石油が無い時は魚油を買って来て皿に入れ、メリヤスとかシャッツを細く裂いて皿に入れ、それに火を点けて灯りにしたこともあった。一ヶ所にせいぜい住んで二、三年。炭焼きですから山に木が無くなると何処か木のある所へ移る。そして、そこで又掘立小屋を建てて、炭釜を作って炭焼きを始める。文字通り、ジプシーのような生活であった。儂が離村するまでの十七年間、あっちの沢、こっちの沢と転々と歩いたが、最後は環濠が発見された台地の沢であった。よく、炭焼きの合間合間に、安藤沼から機械場まで掘られている排水溝の土手を伝って沼に行き、魚や貝を獲ったものである。

五、六月頃安平川が氾濫すると鯉が産卵のため二、三匹ずつ固まって沼の淵に出てくる。それを沼の淵に立ってヤスで獲る。時には、ヤスに紐をつけて投げ獲ることもあった。儂の父はその名人で、朝仕事に何十匹も獲って来ることさえあった。

夏はウグイと鮒が獲れた。夏になると川の水が減り、湿地のそちこちに水溜りが出来る。そこで鮒がアップアップしている。儂は姉と二人で夕食前にそれを手掴みで獲ったものである。

十月、十一月頃、アキアジと一緒にアカハラが上がって来る。儂の家では家内総出で網を張って獲り、大きい物は箱詰めにして、小さい物は焼き干しにして売りに出したものである。時には家の中が天井といわず、壁といわず焼き干しのアカハラでいっぱいになることさえあった。そんな訳で、体に焼き干しの匂いが染みつき、学校に行くと臭い臭いと言って馬鹿にされたものである。

二、三年生の頃であったと思う。明治節の日であった。この日は、現在文化の日になっているが、儂等が子供の頃は四大節の一つとして、全国一斉に祝賀の儀式が行われたものである。皆羽織袴で登校し、校長が明治天皇と昭憲皇太后の写真の前で教育勅語を奉読した後、紅白の饅頭を与えられて帰されるのが通例であった。

その日、儂も姉も普段着のままだった。その頃木炭ブームのさ中で景気が良く、家こそ仕事がら掘建小屋であったが、衣食については決して事欠くような生活ではなかった。年中酒肴は絶やさなかったし、着物だって、よく父が遠浅に木炭を運んで行った日に土産として買って来てくれたし、貯えだってあったように記憶している。なのに、どうして父はこの日儂等姉弟に羽織袴を着せようとしなかったのか。

明治節の一週間程前のことである。父が遠浅に行く前の晩であった。

「それでもお前はアイヌか！」

と言う父の怒声で目を覚ました。細目で様子を窺ったら、姉が父の目の前に跪いてうなだれていた。

母はなだめるように言った。

「お父さんはね。買ってやりたくなくてそんなことを言っているんじゃないんだからね。羽織袴はシャモの風習でわしらアイヌの風習ではないから、そんなもの着るのは止しなさいって、そう言っているんだからね。誤解しないで頂戴よ」

姉はそれ以上駄々をこねなかったため、それっきりで済んだが、母の話から判断して、事の起こりは姉が父に明日遠浅に行ったら、羽織袴を買って来てくれとねだったことにあるということは容易に理解することが出来た。儂は布団の中で唇を噛みしめながら、父とは二度と口をきくまいと思ったものである。

当日、儂は仮病をつかって学校を休もうと思ったが止した。父に叱られるのを恐れたからではない。紅白の饅頭が欲しかったからだ。普段着の者は儂等姉弟の他二、三人いた。全校四、五十名の複式の学校だから、それでも目立ったが、しかし、仲間がいるということで心は和んだものである。

事が起こったのは、式後紅白の饅頭が授与された時であった。授与は学童会の仕事で、帰る時学童長の前に置いてある籠の中から一人ずつ取って行くことになっていたが、儂が取ろうとして手を伸ばした時、学童長が饅頭が臭くなるからお前は最後に取れと言って儂の手を払い除けたのである。

幸い、側にいた副学童長（姉の友人）が取ってくれたので事無きを得たが、この時幼心に突き刺さった傷心は今もケロイドのように、心の片隅に焼きついて消えない。

台地の裾で遺物拾いをしていた育子が駆け寄って来て言った。

「叔父さん、石器があったよ」

黒曜石で作った親指大の鏃であった。博物館で見慣れた石器であるが、手に取って見たのは初めてであった。黒い光沢が心に滲みる。手に持つと四千年の歳月を越えて、台地に鹿を追った人々の声が台地の彼方から聞こえてくるような気がした。

「叔父さん、それあげるよ。記念に、持って行きな」

育子はそう言って、遠浅の方を眺めながら言った。

「見晴らしがいいですね。太陽が沈むのは樽前山の方ですけどね。勇払の野が茜に染まってきれいなんですよ」

「そうだったな」儂は彼方の台地を眺めながら言った。「昔は、この下は背丈程のヨシが茂る湿地帯だったからね。その風景を見るのが楽しみでね。よく、遊び疲れるとここに来て、夕陽が沈むまで眺めていたもんですよ」


小学校の六年生の時であった。美佳と二人で安藤沼に白鳥を見に行った帰途、この台地に立ち寄り、崖っぷちに座って日没を見ていた時であった。

美佳が見る見る沈んで行く真紅の太陽を見つめながら、こう言ったのである。

「西の空にゴクラクがあるって本当?」

儂はびっくりして、美佳の顔を見た。美佳は儂の顔を見返しながら、又尋ねた。

「甫さん、どう思う?ホントにあると思う?」

「そうですね」儂は苦しまぎれに答えた。「お釈迦様がそう言っているんだから、それを信ずる以外にないんじゃないの…。だって、見た人がいないんだも…」

「そうだね。お釈迦様が言っているんだから、きっとあるよね。私達死ぬ時は白鳥の背中に乗って、一緒にゴクラクに行きましょうね」

美佳はそう言って儂と指切りげんまんをしたのである。

儂は育子が差し出した鏃を受け取りながら言った。

「ところで、二個の住居址は何処にあったの?」

育子は側にあった棒を拾って円を描きながら言った。

「この辺ですよ。このように二個並んで発見されたんですよ。向かいの台地には二十七個も発見されたのに、ここには二個だけしか発見されなかったんですからね。それも、中には炉の址が無かったもんですからね。生活の場とは関係のない、特殊な建物だったんではないかと言われているんですよ」

育子はそう言って、台地の基部を歩きながら環濠について説明した。

「叔父さんがパネル展で見てきたV字型の環濠が掘り込まれていたのはこの辺ですよ。当時は道具ったら木のぼっこか石器位なものしか無かったでしょう。大変だったと思うんですけどね。大木も生い茂っていたでしょうからね。どうして苦労してこのようなものを造ったんでしょうかね。いろんな人がいろんなことを言っているんですけどね。著名なのは北大の林謙作先生の説なんですよ。先生は、この環濠遺跡は非日常的な祭りや儀式の場であったのではないかと言われているんですよ。私も、この説が最も真実に近いんではないかと思うんですけどね。アイヌにはチャシのように空濠が掘り込まれた聖域があり、古来の祭りや儀式が沢山行われてきましたからね」

儂は、育子の説明を聞きながら、改めて台地周辺を見回してみた。

安平川の対岸に、柏原や遠浅の丘陵が砦のように連なり、その西の方に、優美な樽前山が傾きかけた早春の淡い陽光を浴びながら霞んで見える。ここに何のためにこのような環濠を掘り込んだのか。学問の無い儂には分かる由もなかったが、理由の如何を問わず、いい場所を選んだものだとつくづく感服した。そして、ぽつりと呟いた。

「ここにこんな遺跡が眠っていたとはね…ここでの生活は嫌なことばっかりでね。思い出すと、心が古傷で傷むんですけどね。四千年前、ここにこれを造って、樽前山を眺めながら生きていた人達がいたんだと思うとね。救われるような気がしますね。一体、どんな生活をしていたんだろうね」

「………」

「樽前山の火の神への生け贄か?」

「えっ?」育子が不審な顔をして問い返した。「火の神への生け贄?」

「育ちゃんの小説のことだよ。うまいこと考えたもんですね。あんた、なかなかセンスがあるよ。完成するのが楽しみですね」

育子ははにかみながら答えた。

「先生から聞いたんですよ」

「先生って、松川先生のこと?」

「はい、授業でスライド見せてもらった時なんですけどね。環濠は集団で工区を決めて短期間に完成されたもので、その用途も恒久的なものでなく、一時的っていうか、何か緊急な事態が発生して、それを解決するために使用されたのではないかって言われたんですよ」

「緊急事態?」

「先生は、それは何だか分からないけど、例えばって言って話してくれたのが、火を吹く樽前山への生け贄の話だったんですよ。ある日、突然、樽前山が火を吹き、数ヶ月に渡って大地が鳴動して、火山灰が雪のように降り注いだのではないかって。それで人々は恐れをなして、生け贄を神に供えて、神の怒りを鎮めようとしたんではないかって。この環濠はそのために造られた祭りの場だったんではないかって、そう言われたんです。それで、ヒントを得て、この小説を書いてやろうという気になったんです。論文ならね、曖昧なことは書けませんけどね。小説なら、空想ですからね。まして、この時代は文字の無い時代でしょう。真実を解く鍵は想像力しかありませんからね。学者で無くても書けるんではないかと、そう思って、未知の世界に挑むようなつもりでペンを執ってみることにしたんですよ。生意気なことを言うようだけど、考古学っていうのは、とどのつまりは文学ではないかと、そんな気がするんです。松川先生も、考古学は遺物にモノを言わせる学問だって言っていましたからね」

儂は、改めて、茜の西空に佇む樽前山を眺めた。

その目に、山頂に十字の電光を走らせながら、数ヶ月に渡って鳴動して降灰を繰り返す山容が浮かんだ。

魔の山―儂は慄然とした。

儂は子供の頃は姉以上に気が弱くて、臭いとか、ア、イヌが来たと言われても、何くそっ！と言って噛みついて行く勇気というか気骨が無かった。何時もメソメソして帰宅し、母に末吉が「ア、イヌが来た」と言って馬鹿にしたとか、五郎が臭いと言って、ベロを出して逃げて行ったとか泣き口説くのが常であった。父はそんな儂が不憫でならなかったのだろう、その都度、

「男のくせしてメソメソしていたら、あの山のドームの中に叩き込んでやるぞ！」

と言って、折檻したものである。時には余程気弱な我が子がいとおしかったのだろう。髪を振り乱して遮二無二家から連れ出して、あのドームの中には、赤鬼が住んでいるんだぞと言って脅すことさえあったのである。そんな訳で、儂は子供の頃から、この山に対しては恐怖の念を抱きこそすれ、親しみの感情は微塵も起こらなかった。

この山には六百人の力持ちの男が蟹やアメマスの神の助けをかりて、千歳川に住んでいた魔物を樽前山頂の火口に追い込み、大岩で蓋をしたという伝説があるが、父はこの伝説を知っていたかどうか。父から伝説そのものを聞いた記憶が無いから定かでないが、ときおり、あの山には化け物が住んでおり、白い煙はその魔物が吐き出す息だと言っていたことから判断して、或いは知っていたのかも知れ

ない。

「叔父さん、保存どう思う?」

　儂は唐突なその質問に戸惑い鸚鵡返しに反問した。

「育ちゃんはどうなの?」

　彼女は躊躇せずに答えた。

「反対なんです」

　意外な返事であった。

「そう、反対なの。儂は大賛成だとばっかり思っていたんだけどな…」

　育子は念を押すように、語気を強めて言った。

「いや、反対なんです」

「どうして?この遺跡は我が国最古の環濠遺跡なんでしょう。開発も大事であるかも知らんけどね。遺跡は一度壊したら、元に戻らんからね」

「だって、この遺跡を残した人っていうのは、私達アイヌの先祖なんでしょう」

「どうかな。儂は無学で何も分からんけど、松川先生がそう言ったのかい?」

「いや、先生は多分と言っただけではっきりしたことは言わなかったけど、埴原和郎って言う学者がね、アイヌの先祖は縄文人だってはっきり言っているんです。もし、そうだとするなら、これを保存するっていうことは差別になるんじゃないですか」

「どうして…どうして、これを残すことが差別になるの？」

「恥晒しだも…」

　儂は唐突なコトバに驚き反問した。

「恥晒し？どうして、この遺跡を保存することが恥晒しになるの？」

　育子は、儂の思惑をねじ伏せるように、

「だって、この台地は私の母を恥辱した台地ですからね。叔父さんだってそうでしょう。差別に堪えられなくなってこの台地を捨てたんじゃないですか。保存して、観光地にでもなったら浮かばれませんよ」

　そう言って、西の方にある円錐状の小山を指差しながら続けた。

「向こうに、三角の小山が見えるでしょう。あれは、発掘する時ブルで取り除いた火山灰なんですけどね。あそこから鹿の送り場の跡が発見されたんです」

「貝塚やアイヌの人骨が発見されたという二十二遺跡ですね」

「そうです。叔父さん、よく知っているね」

　儂は得意になって答えた。

「駅で、松川先生の話を聞いて来たからね」

「そうですか」育子は感心しながら続けた。「あの遺跡はここと違って広くて、約二千平方メートルもあるんですけどね。ここを保存することに賛成している人の中には、あそこで鹿送りをやったらどうかって言っているんですよ。そりゃ、鹿送りをやるったら、珍しがって観光客が沢山集まるでしょう、しかし、私達アイヌは一体どうなるんですか。観光地で、さんざん見せ物にされていますからね。これ以上見せ物にされるのは真っ平御免ですよ。叔父さん、そう思わない？」

育子の言う通りであった。アイヌ観光地を訪れる本州の旅行者の中には、アイヌが今もアッシを着てチセに住み、熊祭りの儀式を行っていると思い込んでいる人が多いからだ。旅立つ前の晩のことである。北海道に行ったら、観光地でなく、本物のアイヌの写真を撮ってきてくれとせがんだ常連の客がいたのである。

「そのこと、松川先生に話したの？」

「いや、話していません」

「それはいかんな。育ちゃんらしくないよ」

「だって、あの先生…」

「よし、儂が話をつけてやる」

コトバの弾みで、そうは言ってみたものの、内心穏やかでなかった。パネルの前に立って一途に保存を訴える松川の姿が目に浮かんだからである。儂はその苛立ちをカモフラージュでもするかのように、台地を駆け降りた。育子が慌てて、儂の後を追いかけながら声をかけた。

「叔父さーん、もう帰んのかい。機械場に行かなくてもいいのかい」

「いいんだ。行ったら、昔のことを思い出して、気が滅入るだけだから…」

三　美佳との再会

儂は翌日夕刻苫小牧駅で行われている「静川遺跡パネル展」を見に出かけた。

松川は昨日と同様、黒いコートを着て、パネルの前でチラシを配りながら保存を訴えていた。

今日は日曜日ということもあって、松川の前には沢山の人が集まって松川の説明を聞いていた。

「私達がこの遺跡の保存を訴えた理由は三つあるんです。第一は、この環濠遺跡が我が国最古の環濠遺跡であるということ、つまり、遺跡の文化財としての価値ですね。第二は、教育的価値なんですが、小中高は勿論のこと社会教育の面でも、生きた教材として利用価値があるということです。そして、第三に、郷土の文化遺産としての価値なんですが、ご存知のように、苫小牧は苫東開発と炭鉱の閉山で吹き溜まりのようにどっと人が押し寄せて来たせいか、自分が住んでいる土地に対する関心が薄いんですね。これじゃ、いくら開発が進み、街が発展しても、住み良い郷土なんて生まれっこないですよ。現に、文化不毛の地だとか、人情味が無くて砂漠のような街だとか、個性の無いガサガサした街だとか、悪い印象ばっかりで市民のよりどころになるものが何一つ無いでしょう。このまま放置しておいたら、それこそビジネスだけで味もそっけもない恐ろしい街になってしまいますよ」

松川の真ん前にいた年輩の婦人が相槌を打った。

「そうだもね。ここには、これが苫小牧の顔だっていうものが無いもね。ただ、雪が降らなくていいとか、あそこに行けば仕事があるかも知れないとか、それだけの理由で集まって来た人ばっかりだもね。潤いなんて生まれっこないさ。私もね、十年程前に、夕張から移って来たんですけどね、苫小牧に、こんなに古くて素晴らしい歴史があるなんて露知りませんでしたからね。せいぜいあっても百年だと、そう思っていましたからね。是非残して、市民の誇りにして、道民に愛される、潤いのある街にしたいものですね」

ベレー帽を被った一見芸術家タイプの男が尋ねた。

「私は小樽の者なんですけどね。小樽運河の場合、市民があんなに反対してんのに、市ではそれを無視して強行しようとしているわけでしょう。この遺跡の場合、開発がひっかかっていますからね。もっと厳しいものがあると思うんですけどね。何せ、国が相手でしょう、国が言い出したことはどんなに市民が反対しても殆ど強行されていますからね。私は殆ど見込みがないと思うんですけどね。どうなんですか。折角、こうして一生懸命やつておられるのに、水を差すようで申し訳ないですけど、保存は見込みがあるんですか」

「それがあなたがおっしゃるように厳しいんですよ」松川がベレー帽の男の方に向きを変えながら言った。「ご承知の通り、現在国が原油引き下げに伴なう石油税収入の減少を理由に、備蓄基地の完成を二年遅らせて六十五年に切り変えた関係で、今の所何とか破壊だけは免れているんですけどね。ここは、もともと開発優先の都市ですからね。予断を許さないんですよ。しかし、開発見直しの中で、自然保護、環境保全がとやかく言われ出している昨今ですからね。市民運動を根気強く進めて行けば、何とかなるんではないかと、いくらわれわれの力が蟷螂の斧のように弱くてもね、皆な力を合わせてコツコツ根元を掘り起こして行けば、如何に相手が大樹であっても倒せない筈がないと、そう思って、こうしてパネル展を開いて皆さんに協力をお願いしている訳なんですよ」

儂の側にいた学生風の男がそれを聞いて尋ねた。

「それはすごいですね。しかし、保存するったって、いろんな保存の仕方があると思うんですけど、どんな形で保存するんですか」

松川は側に掲示されていた「イラスト〝静川縄文の村〟」の前に移り言った。

「これをご覧下さい。まだ、会としての構想は立っていないんですが、私個人としては、こんな形で残せたらなあ、と思っているんです。まず、遺跡の復元なんですけどね。台地東端の十六遺跡A地区、これですね。ここに、環濠と二箇の住居址を復元し、その南東、ここですね。ここに落とし穴が七、八ヶ所連続して発見されているんですけどね、それをそっくりそのまま残し、十六遺跡B地区、これですね。これとその隣りの二十五遺跡、これですね。ここにはそれぞれ竪穴住居二、三軒と落とし穴や土壙を復元すると、そして、縄文早期の貝塚や沢山の墳墓が発見された西側台地の二十二遺跡、ここからは江戸時代のものらしいんですけど、アイヌの人骨や鹿の送り場も発見されているんですね。ここには貝塚の他住居址や落とし穴や土壙を始めとして鹿の送り場を残したいと思っています。施設としては、先人の生活文化を体験学習するための研修センターを二十二遺跡の西側の低地辺りに建設し、更に遺跡全体を眺望出来る展望台を二十二遺跡と十六遺跡の中間辺りの台地、この辺ですね。ここら辺りに建設したいと、そんな考えを持っているんです」

「つまり、登呂のような史跡公園にするということですね」

「そうです。しかし、史跡公園というと、何となく堅苦しいですからね。ぐっとシンプルにしてさ、『静川縄文の村』にしてはどうかなと思っているんですよ」

年輩の婦人が賛成した。

「それは素晴らしい構想ですね。そこから鹿の送り場址が発見されているなら、そこでイオマンテのようなイベントでもやったらいいいんじゃないですか。そしたら、ここはポロト沼を凌ぐ観光地になるんじゃないですか」

「冗談じゃないですよ」儂は頭に来て叫んだ。「イオマンテっていうのは、あんた方シャモには分からんだろうけど、アイヌの厳粛な儀式なんですよ。それを見せ物にしようなんてとんでもないことですよ。文化財としての価値がどうの、教育的な価値がどうのとうまいことばっかり並べ立てて、その実、ここを観光地にして、人を集めて金儲けしようという魂胆なんだろう。儂はそんな保存には絶対反対だ。アイヌは見せ物ではないんだ。金儲けに利用しないで欲しい」

皆、儂の剣幕に恐れをなして呆然とする。松川がそのしらけきったムードに竿をさすように言った。

「あなたは、昨日横浜から三十九年振りに帰られた方ですね」

儂は肩をいからせて答えた。

「そうだ。それがどうした」

「あなたは、私達の運動を三十九年前の視点から見ておられる。それも覗き見だ」

松川はそう言って儂を凝視した。あたかも、儂の反応を確かめでもするかのように。そして、儂の高ぶる感情を切り捨てるように言った。

「あなたが危惧されることは、良く分かるけど、それはあなたの思い過ごしですよ」

「思い過ごし…」儂は切り返すように言った。「とんでもない。あんた、先生か何様か知らんけど、見せ物に晒される者の心の傷みが分かってんのか！」

野次馬が一人立ち止まり、二人立ち止まりして、みるみる二人を取り巻く。松川がその環をすり抜けながら言った。

「ここではなんだから、お茶を飲みながらゆっくり話しましょう」

儂は、聴衆がいる方がいいと思ったが、背を向けた松川を引き戻す訳にはゆかず、不承不承に松川の後について行った。

松川が連れて行った店は苫小牧の人達が通称親不孝通りと言っている歓楽街のど真ん中にある居酒

屋であった。

うすぎたない暖簾を潜って店の中に入った途端、儂は戸を閉めるのも忘れて棒立ちになった。一足先に入った松川と話している女将が美佳であったからだ。松川が戸を閉めるのも忘れて呆然と立ちつくした儂を見て言った。

「小父さん、どうなされましたか」

美佳が、松川の言葉につられて、戸口に立っている儂を見て、

「いらっしゃい。汚い店だけど…」

そう言って絶句した。二秒…三秒…二人は睨み合ったまま何も言わない。松川が奇妙な顔をして言った。

「二人とも猫の喧嘩じゃあるまいし、どうしたんですか」

儂は戸を閉め、松川の側に腰を下ろしながら言った。

「こんにちは、久し振りですね」

美佳も漸く驚きから解放されて言った。

「こんにちは。本当に、お久し振りですね。こんな所でお会いするとは、奇遇ですね。いま何処におられるんですか」

「横浜ですよ。儂もこれと同じような仕事をしていますよ」

「そうですか。何時苫小牧にいらっしゃったんですか」

「昨日ですよ。姉が危篤だって言うもんですからね。見舞いに来たんですよ」

「そうですか。それは大変ですね。お姉さんの具合、どうなの？」

「仮病だったんですよ」

「仮病？」

「ええ、儂が鉄砲玉のように出たっきり帰って来ないもんだからね。仮病を使って呼び寄せたんですよ」

　美佳がカラカラ笑いながら言った。

「そう、お姉さんもなかなかだね」

　松川がポケットから煙草を取り出し、ライターで火を点けながら言った。

「何だ、知り合いだったのか」

「幼友達だったんですよ。こんな所でお会い出来るなんて、夢みたいですね」

　美佳はそう言って外に出て暖簾を外し、店を閉めた。

　顔には三十九年の年輪が深く刻まれていたが、しかし、色白のもち肌にはまだ青春の余光が翳るように残っていた。

　儂は女の経験は少なくないと自負しているが、美佳の肌に優る肌に遭遇したためしはない。とりわけ、しっとりと弾むような胸の膨らみは、いくら愛でても愛であぐむことはない。魔境そのものであった。

儂がその肌に触れたのは、十八の年の夏静川を飛び出す数ヶ月前であった。

美佳の両親が木炭出しに、遠浅に行った日の夕刻であった。

父に、今晩、美佳の父と一杯やりたいから呼んで来てくれと言われて、美佳の家に出かけた。その時である。美佳が股を広げ、胸を露にして寝ていたのである。美佳の親は何時もなら、遅くとも午後三時頃には帰っているのだが、その日は荷馬車の故障で遅くなり、まだ帰っていなかったのである。儂は一瞬度肝を抜かれ、踵を返した。しかし、次の瞬間後ろ髪を引かれる思いで立ち止まり、引き返したのである。もし、美佳が目を覚ましたら、そう思うと尻を逆さにして逃げ出したい恐怖に駆られた。が、手足がいうことを聞かなかった。震える手がすーっと美佳の胸に伸びる。真綿のような感触。儂は息をこらしてゆっくりと撫で回す。美佳が深い息をする。思わず手を引く。そして、しばし、様子を窺って、目を覚ましていないことを確かめた上で、又すーっと手を美佳の胸の中に忍ばせる。ぬくもりが手のひらに染み、心に染み、情感を揺さぶる。その時、興奮のあまり、手に力が入ったのだろう、美佳の黒い瞳がぱっちり開いたのである。美佳は、一瞬、悲鳴を上げて身を縮めた。が、それだけで抵抗はしなかった。相手が、儂だということが分かって安心したのか、逆に儂の胸にしがみついて来たのである。

話はしばし、儂等二人の四方山話で華やいだ。

儂は感慨深そうに美佳の顔を見つめながら尋ねた。

「あれからもう三十九年にもなるんですね。静川のことも夢のまた夢ですね。何時頃ですか。静川を去ったのは…」

「東部開発の話が出始めた頃ですから…昭和五十年頃かな」

「ご主人、反対しなかったんですか」

　美佳は笑いながら答えた。

「ご主人なんかいないも、反対する訳ないでしょう」

「そうですか。ずーっと一人だったんですか」

「え、、父が倒れたもんですからね。結婚することが出来なかったんですよ」

「あの元気なお父さんが…」儂はつかぬことを尋ねたことを後悔しながら尋ねた。「何時ですか？」

「甫さんが家出した次の年です。炭焼き釜の前で、脳梗塞で倒れたんです。幸い、命は取り留めたんですけど、半身不随になって、働けなくなったんです。それで私はお嫁に行くことが出来なくなったんですよ」

　これは嘘である。真相は甫への思いを断ち切ることが出来なかったからである。何時か帰ってきてくれるに違いない…と一人心に秘めて待ち焦がれていたのである。何回も縁談があったが、父を楯にして断り続けた。甫の姉も一度仲人したことがあった。美佳の父が倒れた直後であった。炭焼きは女手では大変だからということで紹介したのだが、しかし、美佳はここで炭焼きを続ける気はないと言って断っている。

「それは大変だったんですね。お父さん、ご健在ですか」

「いいえ、十年程前に亡くなっています。母もその後間もなく…」

美佳は声を詰まらせて、溢れ出る涙を拳で拭いながら続けた。

「それで、炭焼きが出来なくなり、止むなく山を下りたんです。だけど、根っからの炭焼き女でしょう、炭焼き以外は何も出来ない女ですからね。仕事が無く、ここで居酒屋を始めたんです」

「そうですか。それはご愁傷さまです。ご両親には、静川にいる頃いろいろ世話になっていますからね。帰る前に線香上げて行きたいと思いますが、お墓は何処にあるんですか。静川ですか」

「いや、沼ノ端の浄光寺にあります」

美佳はそう言って儂に酌をしながら尋ねた。

「あなたは…子供さんいらっしゃるんでしょう」

儂は盃を返しながら言った。

「いや、儂もずっと一人だったんですよ。慣れない土地で仕事に追われてね。結婚なんて考える暇が無かったんですよ」

これも嘘である。店を開いて間もなく、手伝いに来たホステスと結婚したが、美佳のことが忘れられず、一年足らずで離婚している。

この後、しばし、湿原の中で鮒や鯉を追って夢中になったことや渓谷の草原で花や蝶を追って日の暮れるのも忘れて遊びに興じたことや炭焼きの手伝いで、顔を炭だらけにして働いたこと等々を語り合って話が弾んだが、美佳が、儂と松川がどうして知り合ったのかを尋ねたことがきっかけになって暗転した。

松川が儂とのチャランケのいきさつを話した時である。

美佳が儂に酌をしながら言った。

「甫さん、それは間違っているんじゃない。松川さんは『静川縄文の村』を建設して、史跡公園にしたいって言ってんだから…」

儂はそれをまともに受けて反論した。

「松川さんがそう言っても、保存が決まった後、遺跡を管理するのは松川さんではないでしょう。人が集まって金になるということが分かったら、それこそ何されるか分かったもんじゃないべ。何事でも、一旦決まれば、本来の趣旨を越えてことが進んで行くっていうのが世の中ですからね。事実、ポロトのような観光地にした方がいいっていう人もいるんですからね」

「そんなことないさ。最初に、決して観光地にしないって、あくまでも、アイヌ民族の風俗というか、伝承を後世に残すんだっていうことを決めればいいんだも…」

「しかし、規則はあくまでも規則であってさ。時代が変わり、人が変われば、規則なんてどうにでもなるんじゃないですか。いくら今きれいごと言ったって、五十年後、百年後にはどうなるか分かったもんでないでしょう。疑わしきものは残さん方が賢明だと儂は思いますよ」

美佳が顔を強ばらせながら抗言した。

「すると、甫さんはアイヌの遺跡全てをこの世から抹殺すべきだとでも言われるんですか」

ふと、儂は三十九年振りの再会が物別れの場に転じて行く危険を感じて口をつぐんだ。が、美佳は油に火がついたように自分の考えを吐露した。

「残したくないっていう甫さんの気持ちは良く分かりますよ。私だって、静川ったら、思い出しただけで、ハラワタが煮えくり返る程ですからね。しかし、そういう考え方っていうのは、逃避者っていうか、自分が立たされている現実から目を反らそうとする卑怯な考え方じゃないですか」

儂は、ぎょっとした。何もかも見透かされていると思ったからだ。美佳はその心の揺れに止めを刺しでもするかのように続けた。

「しかし、それじゃ私達アイヌは永久に救われないと思うよ。逃げたって、生まれ変われる訳がないしさ。知里真志保さん、ご存知でしょう」

「知っている。金田一京助先生の弟子で、東大出て、北大の先生になった人でしょう」

「そう、その先生がね。終生、アイヌの多毛や劣等感に悩まされた人ですけどね。その先生でさえ、アイヌの伝承文化はここで滅ぼしてはならない、後世に語り伝えなければならないって、そう言ってるんですからね。遺跡だって同じだと思うんです。私達先祖が残した貴重な文化遺産ですからね。文字のない時代の歴史を伝える唯一の証人でしょう。私には、難しいことは分からんけど、あの台地に立つと、自分のことなんかすっかり忘れちゃってさ、チャシの跡だったのだろうか、送り場の跡だったのだろうかとか、それとも何か特別な儀式というか祭り事を行う場だったのだろうかとかね。いろんな夢っていうか、ロマンが浮かんで来ますからね。是非、残して、アイヌ民族の財産にして頂きたいと、そう思いますよ」

「そうだ。あの台地にはロマンがありますからね。女将さんが言われた通りですよ」。松川が身を乗り出して言った。

「北海道には弥生文化は伝播しなかったけどね。津軽海峡に隔てられていたからではないんですよ。北海道という自然に育まれた伝統文化を重視したからなんですよ。アイヌ文化はその中から生まれた文化ですからね。アイヌ民族の文化遺産として保存すべきですよ。遺跡は一度壊したら元に戻りませんからね。このギスギスした時代、縄文人の生活文化に学ぶということは、現代人が失ったものを取り戻すきっかけにもなりますからね。小父さん、帰られる前に、是非あの台地に立って見て下さいよ。そしたら女将さんが言われたことが理解出来ると思いますから…」

儂は気勢を削がれた形になり、反論する術が無かった。

美佳が尋ねた。

「静川に行かれたんですか」

「いや、まだ行っていない」

藪蛇になるのを恐れて嘘をついた。そして、松川に酌をしながら尋ねた。

「あなたは授業の時、あの環濠は樽前山が噴火した時、人柱を立てるために作った跡ではないかって言われたそうですけど、どうしてそう言えるんですか」

松川は突然授業のことを言われて意外だったのだろう、一瞬儂を不審そうな目で見つめたが、すぐ思い直して答えた。

「この遺跡の発掘に当たった人で、佐藤一夫さんっていう人がいるんですけどね。その人の話によると出土品や環濠内から発見された二ヶ所の住居址に炉の跡が無かったことなどから判断して、生活の場でも、防御用の濠でもなく、先程女将さんが言われたようなことは考えられないって言うんですね」

「出土品といいますと…」

「祭器とか武器のようなものですけどね。そういうものが発見されていないんだそうです。祭器が発見されていないっていうことは祭りの場ではなかったことを物語っていますし、武器が発見されていないっていうことは、防御用のものではなかったということになりますからね」

「しかし、腐って無くなったということも考えられるんじゃないですか。武器ならいざ知らず、祭器の場合は必ずしも石や土で作られたとは限りませんからね。実際、アイヌの祭器ったら皆木でしょう」

「そうだ、そういう意味では送り場の跡だったんではないかっていうことも考えられるんですけど、しかし、送り場の跡だったらね。わざわざ、濠なんか掘る必要は無いと思うんですよ。実際、二十二遺跡から発見された鹿の送り場には、環濠遺跡と台地の条件が似ているにも関わらず、濠は掘られていませんからね。それに、あの濠は短期間に掘られた気配が強いっていうことですからね。当時の技術から判断して、あの台地の人達だけでは出来なかったと思うんですよ」

「環濠が掘られた頃、あの台地にはどれ位の人が住んでいたんでしょうか」

「そうですね。一個の竪穴住居に四、五人住んでいたとして、せいぜい二、三十人位でしょうね。しかし、その中には子供もいますからね。堀掘れる人ったら十五、六人じゃないですか。とすると、あれだけの大工事ですからね。周辺の台地から動員しなければ短期間には完成することが出来ないと思うんですよ。それからもう一つ、環濠前の広場なんですけどね。ここから沢山の焼土址が発見されているんですけどね。これは一体何を物語っているのか」

美佳は料理のために席を外した。

儂は内心ほっとした。美香に追い詰められて窮地に立たされることから脱することが出来たと思ったからである。

松川がワンクッションおいて続けた。

「私はね。樽前山が火を吹いた時、人柱を火の神に捧げるための儀式をあの広場でやったのではないか。そんな気がするんですよ。あの広場は縄文時代中期の住宅址が二十七基発見されたB地区の台地に繋がっている渡し廊下のような丘陵の鼻先にあるでしょう。儀式を行う場としては最高の場所ですからね。恐らく、ヌササンのような祭壇を設けて、周辺の台地から集まった人達が夜は篝火を焚き、昼は台地に平伏しながら、夜となく昼となく祈りを捧げたのではないか。そんな気がするんですよ。当時の人達は森羅万象全てを神の所為と考え、神の恵み無しには生きられないと考えていたから、ある日突然地鳴りを上げながら火を吹いた樽前山の火山を神々の怒りと考えたんでしょうね、きっと。今でも、大きな地震があったりすると、お年寄りの方はクワバラクワバラと言って手を合わせるでしょう。あれと同じ心境ですよ」

「人柱なんて、そんな残酷なことしたんですか。一体、どんな人が人柱にされたんですか」

「日本には人柱の伝説が多いんですが、伝説によってまちまちですね。例えば、日本書紀の仁徳天皇紀によると、河内の国の茨田堤《イバラダヅツミ》を構築する時、天皇が夢告で二人の者を選んだと記されているし、又人柱伝説で最も有名な摂津の国長柄の人柱の場合は、これは橋を架ける時に立てられた人柱ですけどね。村に関所を設けて人を捕え、それを人柱にしようとしたらしいんですがね。その時、村のある人がそんなことをするよりも、袴に縫いはぎのある者を人柱にすべきだって言って、自分が人柱にされたって言うんですね。この二つの伝説から明らかなように、誰を人柱に立てるかっていうことは、大変なことだったんですね」

「自分から願い出るっていうことはなかったんでしょうかね」

「あったと思いますよ。しかし、そういうのは例外中の例外であって、多くの伝説が証明しているように、何等かの方法で選び出された者か、さもなくば非人というか異端者、言ってみればアウトサイダーの人達が強制的に駆り出されたんじゃないかと思いますね」

美佳が料理を持って来て、卓上に置きながら言った。

「すると松川さん、私のような身障者なんか、真っ先に狙われた口ですね」

「………」

美佳が松川に酌をしながら言った。

「身障者っていうのは、今でこそ大事にされているけど、当時は厄介者でしょう。狩猟にも、漁労にも、採集にも行けませんからね。その頃は生死と背中合わせの生活をしていた訳ですからね。人柱としては願ってもない存在だったんじゃないですか」

松川は話が意外な方向に発展したのを後悔したのだろう、頬杖をついたまま黙り込んでしまった。

儂が代弁でもするかのように言った。

「そんな酷な、いくら原始人だとはいえ、そんな非情なことはしなかったと思うよ。新聞だったか、週刊誌だったか忘れたけどね。縄文人というのはわれわれが考えている程飢えてはいず、豊かな生活をしていたんではないかっていう記事を読んだことがあるんですけどね。寧ろ、そういう人達を介護しながら、支え合いながら生活していたと思うよ。血縁主体の小集団ですからね。己れを犠牲にしても、面倒をみたんじゃないかと儂は思うよ。そういう考えは、美佳ちゃんの僻みじゃないのかな」

「僻み？」

美佳が表情を変えて言った。

「それは現代人の感覚でしょう。四千年前縄文人がこの台地でどんな生活をしていたのか、私には分かりませんけどね。現実は、そう甘くはなかったと思いますよ。古事記に、イザナギ・イザナミノミコトが、自分が産んだ身障者を菰に包んで川に流したっていう話が出ているんでしょう」

「そんなの神話でしょう」

美佳がコトバを荒げて拒絶した。

「あんた、よくそんなこと言えるね。今更、そんな恰好のいいことを言わないで頂戴よ」

儂はどきっとして美佳の顔を見た。阿修羅のような顔であった。

内心、（しまった！）と思った。しかし、後の祭りであった。美佳が三十九年の怨みを吐き出すようにこう言ったのである。

「あんただって、私を捨てたんじゃないか！あんたは足の悪い私を捨てただけでなしに、アイヌも捨てた弱い男ではないか！」

儂は突然変貌した美香の剣幕に気圧されて、まじまじと美香の顔を見つめた。その顔には三十九年前、いじめられることを嫌って人前に出ることを極度に避けていた少女の面影は無かった。何時何処で魂を入れ変えたのか、イレスサポの化身のような凛々しい顔に変わっていた。

美香は、絶句して口を開こうとしない儂の顔を直視しながら続けた。

「あんたは、観光がどうの、見せ物がどうのと偉そうなことを言っているけど、本心はあの台地そのものをこの地上から抹殺したいんでしょう。そういうあんたの気持ち、よく分かるけど、そんなことをしたって、私達が受けた傷は決して治らないんですからね。何時までもそんなことに拘って逃げてばっかりいたら、あの世に行ってからも逃げなくちゃならなくなるよ。一度でいいからさ。立ち止まって、シャモに向かって、大声で、われアイヌなり！って叫んでごらん。そしたら、恨み辛みだけで無しに、塵も芥も皆吹っ飛んでしまって、すかっとするから…」

そう言って後ろの棚から本を抜き取って儂の前に突き出して言った。

「この本は平取去場生まれの人で、子供の時結核になってね。闘病生活をしながらアイヌ復権運動に生涯を捧げた鳩沢佐美夫という人の遺稿集ですけどね。この人の爪のアカでも飲んでみたらいいですよ」

その時、

「さっきまで開いていたのに、もう閉めたのかい」

と言って、戸をどんどん叩く者がいた。

美佳が立ち上がって言った。

「どなたですか」

「いるんじゃないか。吉田だよ」

「あら、吉田さん、今開けますから、一寸待っていて下さい」

入ってきたのは、中肉中背で、人の良さそうな丸顔の中年男であった。

美佳の紹介によると、勇払報知の学芸部長で、小説や詩や評論を書き、苫小牧では重鎮的存在であるという。松川とは懇意の仲らしく、入って来るなり文学談義に余念がない。儂も文学の話は店の常連に文学関係の人が多かった関係で嫌いではなかったが、二人の話に入って行く気にはなれなかった。美佳との思いも掛けないチャランケで掻き立てられた藪蚊の大群がダンゴになって襲いかかってきたからである。

儂は「若きアイヌの魂」をパラパラめくって拾い読みした。

アイヌ―われアイヌなり！と叫べと言ったのは、若くして逝った違星北斗である。しかし、儂は、美佳に言われたように、だらしなくも、この三十九年、そう叫びたいと常に心の中で願いつつも、現実には、遂に一度も叫ぶことが出来ずに、水溜まりを避けるようにアイヌを避けて生きて来た。機械場で、姉が男の子達に襲われた時も、明治節の日、紅白の饅頭をもらう時、学童長に臭くなるからお前は最後に取れと言われて手を払い除けられた時も、それから、あの時も―

あの時、本当に儂はあの時のことを思い出すと、痛恨やるかたなく、穴があったら入りたくなる気分になるのを禁じ得ないのである。

静川を飛び出した年の夏のことである。遠浅に木炭出しに行った時だった。午後二時頃であった。皆一応荷下ろしが済んで、倉庫の前で車座になって一休みしていた時である。倉庫の前に千鳥足のアイヌの人が現れた。年の頃四十位の中年の男であった。酒気を帯びた目は死んだ魚の目のように光が無かった。腰が曲がっている訳でもないが、背を丸め前かがみに歩いていた。そちこち転んで来たのだろう。着物は泥だらけで、ところどころほころびていた。

儂の側にいた初老の男が手を上げながら呼び止めた。

「おーい、こっちへおいでよ」

酔いどれの男は立ち止まり、しばしうつろな目で初老の男を見ていたが彼に、

「飲みたいんだろう、遠慮しないでお出でよ」

と言われて踵を返した。

「お前、遠浅の者か」

酔いどれの男はこっくり頷いただけで何も言わない。初老の男はアカハラをぽいと男の足許に投げながら言った。

「それ拾う前に、ワンと言え」

皆ゲラゲラ笑う。酔いどれの男は突っ立ったまま動かない。

「お前、アイヌのくせして拾えないのか！」

初老の男はそう言って突然立ち上がり酔いどれの男を足蹴りにした。皆又一斉に笑った。

(ひどいことをする奴だ)

儂は内心、かっとしたが何も出来ない。平静を装いながら、衆目に和して白い歯を出している。初老の男は立ち上がろうとする酔いどれの男に声をかける。

「酒が欲しいのか」

酔いどれの男は何も言わない。初老の男は薄笑いを浮かべながら、飲みかけのコップを突き出す。酔いどれの男は手を出そうとせず、男を睨みつける。

「何だ、その目は！俺に反抗する気か！」

初老の男はそう言って、アイヌ人の顔に唾を吐きかけた。さすがの儂もまともに見ていることが出来ず目を反らした。と同時であった。

「チクショウ！」酔いどれの男が側にあった石を拾い上げ、男の前に仁王立ちになったのである。目はそれまでとは打って変わって、暗闇に光る猫の目のように爛々と光っていた。一瞬、初老の男の顔から血の気が失せた。だが、酔いどれの男が、石を握った右手を振り上げたまま動こうとしなかったのを見て、みくびったのだろう。ゲラゲラ笑いながら、

「アイヌのくせしやがって、刃向かってくるとはけしからん！これでもくらいやがれ！」そう言って、右手を振り上げたままおどおどしている酔いどれの男のどてっ腹を思いきり蹴り上げたのである。酔いどれの男は、もんどり打って倒れたまま動こうとしなかった。立ち上がれない程泥酔していたのである。皆手を叩いて喜ぶ。初老の男は図に乗って、倒れたまま動こうとしないアイヌ人の背中に小便をしようとした。儂は、それでも腰を上げることが出来なかった。それどころか、隙あれば逃げ出そうと考えていたのである。その時、通りかかった婦人が、股を広げて、倒れたまま動こうとしない酔いどれの男の前に仁王立ちになっている初老の男の前に立ちはだかって言った。

「あんた、何すんのさ！。人前でキンタマなんか出して、みっともないじゃないか。アイヌ人だって、人間なんだからね。あんた下の下だよ。人間の屑だよ！」

そして、動くことがままならない程泥酔している男を抱き起こしながら

「あんた、まっぴるまに、酔っ払って、外歩くもんじゃないよ。みっともないじゃないか。皆働いているんだからさ。早く、家へ帰って、寝ちゃいなさいよ」

酔いどれの男は、婦人に抱きかかえられながら、口をもぐもぐさせたが何を言ったのか聞き取れなかった。

儂は、激しい吐き気に襲われた。酒と言われると唾を吐きかけられても寄って来るウタリ、そのウタリを救うでもなく、逃げるでもなく、シャモ達の視線に怯えながら、ゲラゲラ笑いこげるシャモの中にいてただ傍観している己の不甲斐なさ。儂が静川、いや、北海道を捨てる気になったのは、この時である。もう、アイヌの人達が目につかない所に行きたい、そう思ったのである。つまり、当世風に言えば脱アイヌだ。それも愛しい美佳を見捨てての雲隠れである。しかし、「アイヌの影」に怯える生活から解放されることはなかった。店に来る常連の客がよくアイヌの人達の話をしたからである。その殆どが、北海道旅行の際、白老のポロト沼とか阿寒湖で観た観光アイヌの人達の話であったが、中にはコタンで生活している本物のアイヌを見たことが無いが、どんな生活をしているのかなんて聞く者さえいた。

何時の頃であったか定かでないが、日本列島が安保反対でごった返していた時だから、確か、昭和三十四、五年の頃であったと思う。その頃、儂の店で働いていたホステスに誘われて、アイヌ観光団の催し物を見に行った時である。催し物の最後に、リムセの講習があった時だ。アイヌの人を中心に、誰でも自由にステージに上がって踊るという嗜好であったが、なかなかステージに上がろうとする者がいなかった。それで、業を煮やした興行主が観客席に割り込んで来て勧誘に歩いた。儂の側に来た時である。しげしげと儂の顔を見つめながらこう言ったのである。

「あんた、生まれは何処?」

儂はどきっとした。次のコトバが見えていたからだ。高ぶる感情を抑えながら答えた。

「北海道…」

　案の定、興行主がおっかぶせるように言った。

「あんた、アイヌでしょう」

　儂は身構えてはいたが、しかし、脳天から火が吹き出るのを抑えることが出来なかった。

「いや、違います」

　儂は、普段の声で言ったつもりだったが、心の乱れから、モグモグしたのだろ、興行主には、はっきり聞き取れ無かったらしく、更にこう言ったのである。

「同じウタリじゃないか。出て、一緒に踊んなよ」

　儂は、もう我慢がならなかった。思わず
「うるさい！あっちへ行き給え！」

　と怒鳴ってしまったのである。幸い、会場は歌と踊りでざわざわしていたため、場内には響かなかったが、それでも周辺の人々がびっくりして、振り向いたり、伸び上がったりして儂の方を眺めていたのである。興行主も、突然の怒声に度肝を抜かれたのか、人々の視線を避けるように、背を丸めて遠のいて行った。

　ホステスは、ステージを眺めたままだった。儂は、彼女の心に突き刺さった興行主のコトバを払拭でもするかのように、独白した。

「全く、嫌な奴だ。北海道だと言ったら、皆アイヌだと思いやがっている」

しかし、彼女はステージを向いたまま表情を変えなかった。あたかも全身で、嘘つき、私は知っているんですよと、そう言って非難でもしているかのように。儂は儂が演じた狂言に怯えて落ち着きを失う。外見は何事も無かったような振りをしているが、目の玉は上に、下に、右に、左にキョロキョロと動いて定まりがなかった。もうばれてしまったという不安と、これまでの言動（アイヌでありながら、アイヌで無い素振りをして、常連の客とアイヌを語っていたこと）が、あたかも色つきの照明灯のように、胸中にクルクル回転したからである。

吉田が、黙然として、浮かぬ表情の儂を見て気の毒に思ったのか、酌をしながら言った。

「三十九年振りの再会だっていうのに、すっかり邪魔しちゃって申し訳ないですね。私は、この店の常連なもんですからね。つい、話が弾んじゃってね」

「どういたしまして…」儂は、酌を返しながら尋ねた。「あんた、この本書いた鳩沢佐美夫っていう人ご存知ですか」

吉田は人好きのする笑顔を見せながら答えた。

「知っているさ。一緒に同人誌やっていた仲間だも」

「そうですか。どんな人だったんですか。鳩沢っていう人は…」

「どんな人って、それは私よりも、松川さんの方がよく知っているから、松川さんに聞かれた方がいいですよ。あれ、ママさん、松川さんが書いた本その棚にあったんじゃない？」

　美佳が、先程「若きアイヌの魂」を抜き取った棚の中をごそごそあさりながら言った。

「日高文芸十二号ならあるけどね。無いんですよ。いつも出したり入れたりしているから、誰か持って行ったのかも知れませんね」

　吉田がなおも棚の中を探し続ける美佳を制しながら言った。

「ママさん、無かったらいいですよ。その『日高文芸』第十二号に、平村芳美が書いた『人間鳩沢の周辺』っていう評伝が載っているが、それ見ると、大体、どんな人間であったかということが分かると思いますよ」

「そうだね」

　美佳はそう言って、日高文芸十二号を卓上に置いた。

　その時、二、三の客が、

「何だ、かーさん、暖簾も掛けないで、これじゃ、まわしをつけない横綱の土俵入りみたいじゃないか」

と言ってドヤドヤ入って来た。

　儂は、それを機に席を立った。美佳が、慌てて出口まで追いかけて来て、引き止めようとしたが、振り向きもしなかった。

四　儂はアイヌだ！

その夜、儂は夜の更けるのも忘れて、二冊の本に読み耽った。

平村芳美の「人間鳩沢の周辺」は、三十六年の短い生涯を誕生、少年の頃、一つの灯、束の間の健康と生涯の友松川との出会い、アイヌの血が燃える、少女との恋、迷妄の時、神と約した五年の歩み、惜別の涙、以上九節に分けて、小説風に描いたものであるが、波乱と苦渋に満ちた生涯が歯切れのいいタッチで感動的に歌い上げられている。とりわけ、迫真に満ちているのは、アイヌの神を冒涜したという咎で（アイヌの風俗をアイヌ差別の原点として告発し、新聞に投書したり、同人誌「日高文芸」に発表したりしていた）、筆を絶つことを決断して右手中指を切断してから、再起して「対談・アイヌ」を涙を流しながら書き上げて行くまでの下りである。平村芳美は、そのナイーヴな情熱を「シャモも、そして、アイヌも許せぬものは許せないのである」と捉え、そして、その苦渋の果てに書き上げた「対談・アイヌ」を「道を求めて未だ混迷する真のアイヌ人に一つの光明となった」と評価している。

しかし、説明不十分で当事者でなければ分からない点も多かった。例えば、小説を書いている鳩沢にあこがれ、絶対の愛を信じて恋に陥った十八歳のアイヌ人の美少女との別離である。平村芳美はその理由を、

「十八になった少女は文学なんか捨てろと迫る。鳩沢も一時この少女と結婚する気であったらしいが健康のことなど、命の長くないことを思い、文学に打ち込まんとして、昭和三十九年秋にこの少女と別れる」

と書いているが、しかし、僕は素直にこの文章を受け入れることは出来なかった。

というのは、鳩沢佐美夫遺稿集「若きアイヌの魂」によるとその頃彼は入院中書きためた記録ノート十一冊を前にして書く自信を失い、死の幻影にとりつかれて苦悩し、「それを制止する二つの影」があると言ってこう語っているからだ。

「一つは牛馬の如く働くことしかしらないおふくろがそれである。実子として、吾れしか生まない。随分波乱に満ちた人生である。それを思う時、せめて、子としての義務をはたしたい。世の常は、親の死を看ることが習わしのようだ。所詮はかなわぬこと！と思えども、今はそのことを考えよう…。

そして二つ目の影は『文学がなんだ！芸術がなんなのだ！。死んで名を遺してなんになるんだ…。何故生きることをしないのだ…』と毒づいて来た、あどけない少女の面影である。価値のない蝕ばまれた存在でも、希う者が二人いる…。ともすれば卑屈になりがちな病床生活に直接陽を当て、希望を

さずけてくれた二人を思うと、虚無的な病人に立ち戻る。そう、ただ生きればいいのだ…と…」(「若きアイヌの魂」一六八頁)

別れる時、少女との間にどんなやりとりがあったのか。儂の知る由もないが、この書簡から推察して、少女から離れるための鳩沢の逃げ口上が平村芳美の証言の中に見え隠れしてならなかった。

勿論、文学云々、健康云々、命云々、それもあったであろう。しかし、それだけの理由で、「ともすれば卑屈になりがちな病床生活に直接陽を当て、希望をさずけてくれた」少女、〝鳩沢の愛は君だけのもの、○子よ、永遠に美しくあれ〟と言わしめる程熱愛していた少女から離れて行ったとは考えられないのである。他に人に語れない訳があったのではないか。儂には、そう思われてならなかった。

儂は、この疑問を解明するために、翌日夕刻、又エスタに出かけた。松川は昨日のように、黒いコートを着て忙しげに往来する人々に、例のチラシを配りながら、保存を訴えていた。儂は、挨拶を抜きにして、単刀直入にこの疑問をぶっつけた。彼は昨日の美佳とのチャランケのことを思い出したのだろう。ここでは、ゆっくり話が出来ないからと言って向かいの喫茶店に、儂の腕を引っ張るようにして連れ込んだ。

松川は、鳩沢と少女との関係はよく知っていたが、どうして別れたのか、全く知らなかった。男と女の関係というものは、バケモノみたいなもので、第三者が外からとやかく言うべきものではないということで、立ち入って聞きもしなかったし、又鳩沢自身も、それをわきまえていたのだろう、敢えて語ろうとしなかったという。但し、その頃、家族の問題で相談を受けた時、「俺も年だし、結婚しておふくろを安心させたいんだけど、しかし、この苦しみは俺だけで結構だからな」と洩らすように語ったことがあったと言う。それを聞いた時、ふと、儂は、儂と同じだと思った。儂が足を口実にして美佳から離れて行ったように、彼は文学や健康を口実にして彼女から去って行ったのではないか。そのように思われてならなかった。

松川は不信に曇った儂の顔を覗くように見つめながら尋ねた。

「昨日の晩、浦川さんが帰られた後、浦川さんのことで持ちきりだったんですけどね。どうして、ママさんと別れたんですか。ママさん、足が悪いんで、捨てられたんだって、言ってましたけどね。こうしてお話を窺っていると、ママさんの考え過ぎっていうか、被害妄想ではないかっていう気がするんですけどね。浦川さん、もしかしたら、鳩沢さんと…」

「違いますよ！」儂は、松川のコトバをもぎ取るようにして言った。

「儂は、足の悪いあの人が重荷だったんです」

「そうですか」松川は、苦渋で歪んだ儂の顔を不審そうに見つめながら言った。「あの人は今でも浦川さんを愛していますよ。お姉さんに甫は必ず戻って来ると言われて、それを信じて結婚もせずに、あんなして頑張っているんですからね。浦川さんが帰られた後、三十九年振りに会えたのに、あんなことを言ってしまってと言って、泣いていましたから…」

「儂が悪かったんですよ」

すかさず、松川が食い下がった。

「どうしてですか」

　儂はさりげなく、「松川さんのやっていることにケチつけましたからね。実は…」そう言って、どうしてあのように強気なことを言ったのか話そうかと思ったが、育子に迷惑がかかると思って、翻意を翻してこう言った。

「ニナルカは儂のアキレス腱ですからね。思い出すと魂が疼くんですよ。あの台地がある限り、ここには帰りたくても帰れないんですよ。四六時中にらめっこしながら生きてゆかなければなりませんからね。それにしても、美佳は強くなりましたね、昔は馬鹿にされるとメソメソして泣いてばかりいたんですけどね」

「そうですよ。ママさんは強い人ですよ。それも浦川さんのお陰ですよ」

　儂は冷やかされたと思って言った。

「それ、皮肉ですか」

「いや、本当の話です。失恋は人を強くしますからね。最初は生きる自信を失い、自殺しようと思ったらしいんですけどね。親孝行な人ですからね。親を残して逝くことが出来ず、歯を食いしばって、悪い足を引きずりながら親の手伝いをしたらしいんですよ。特に、父が倒れてからは父代わりになって、母を助けるために働いたらしいんですよ。それが良かったんですね。足も丈夫になり、不自由でも炭焼きに支障をきたさない程良くなったんですね。窮地に立たされると女って強いですね。炭焼きをしながら向井八重子や違星北斗の本を読んでね。心を磨き、イレスサポのような人に成長したんですね。

浦川さん、帰られる前に、もう一度ママさんに会われたらいいですよ」

そう言って席を立った。

既に街には灯がともり、バス停にはバスを待つ人々が列をなして並んでいた。

十分も待てば帰りの汽車があったが儂は乗らずに街に出た。美佳に会って行きたいと思ったからである。しかし、美佳の店には、まだ暖簾が下がっていなかった。暖簾が下がるまで近所の飲み屋をぶらつこうと思って小路を出た。が、出た途端、通りかかったタクシーを見て気が変わり手を上げた。

「何処までですか」

運転手が車を出しながら尋ねた。

「静川までお願いします」

「静川って、あの、石油備蓄のある処ですか」

「そうです」

「備蓄の方ですか」

「いや、違います」

「それじゃ、松井さんですか」

「いや…」

「すると、旦那さん、静川の何処に行かれるんですか」運転手は訝りながら尋ねた。「あそこには、備蓄を除いたら、松井さんしか住んでいないんですけどね」

松井さんというのは、環濠遺跡の入口の路上でドライバー相手に、バラック建ての小店を出している人である。静川の住人が殆ど、東部開発の買収に応じて離村して行ったにも関わらず、一人買収に応じないで、開発に反対して、路傍に小店を出して頑張っている人である。

儂は、松井さんのことは幼なじみでよく知っていたが、聞けば、プライベートなことまで話さなければならなくなることを慮って、敢えて尋ねなかった。

「奥の山へ行くんですよ」

「山へ？」

「ええ、山の中の遺跡へ行くんですよ」

「遺跡って…」運転手がためらいながら言った。「去年の夏、人だまが出た所ですか」

(人だま？さてはこの男、遺跡を墓と勘違いしているな)

何も知らない儂は、単純にそう思って言った。

「あの、運転手さん、遺跡って墓じゃないですよ。大昔の人が住んでいた跡ですよ」

儂は、控え目に言ったつもりであったが、運転手は勘違いされて癪に障ったのだろう。憤然として答えた。

「勿論、僕だって、それ位のことは知っていますよ。縄文時代の土器とか石器とか日本最古の環濠が発見された所でしょう」

「………」

「実はね。あの遺跡の西端にある二十二遺跡から、去年の夏、人だまが上がったんですよ。まだ、発掘のさ中だったんですかね。北電の石炭殻を捨てに行ったダンプの運転手が見たって言うんですね」

儂は、ふざけ半分に言った。

「夏の夜の涼しい話ですか。よくある話ですよ」

運転手がむきになって反駁した。

「旦那さん、それが本当なんですよ。そのニュースが道新に載ったんですけどね。載った直後に、僕はその運転手に会ったんですよ。ところが、確かに見たって言うんですね。それも、一人でなくて、二人だよ。夕方だったらしいんだけど、発掘で表土が剥ぎ取られた黄土の上からすーっと揺れるように青い火の玉が舞い上がったっていうんですね。それでね。墓暴かれたんで、墓も出ているからね。魂が恨み辛みで出てきたんでないかっていうことで大騒ぎになってさ。発掘関係者が坊さん呼んで供養しているんですよ」

「それで効き目があったの?」

「あったんじゃないですか。それっきり出なくなったって言うから…」

運転手はそう言って儂の反応を待つような素振りを見せたが、儂が何も言わないので業を煮やしたのだろう、ためらいながら尋ねた。

「ところで、旦那さん、あんな薄気味悪い所に、今時分、何しに行くんですか」

儂は「人だまを見に行くんです」と言ってふざけて、すっかり妖怪話に取りつかれている運転手の心を揺さぶってやろうと思ったが止した。バックミラーの中の運転手の刺すような目とかち合ったからだ。咄嗟に嘘をついた。

「儂の友達が、昨日から、そこでキャンプ張っているんでね。様子見に行くんですよ」

「そうですか。それは楽しみですね。場所は何処ですか」

しつこい奴だと思ったが、投げた賽である。答えない訳にはゆかない。

「環濠遺跡ですよ」

「それじゃ、排水溝の側の道を行けばいいですね」

「いや」儂は慌てて拒否した。「遺跡まで行ってもらわなくてもいいですよ。ニナルカ小学校があった所で下ろして下さい」

「小学校跡っていうと、ニナルカのバス停の所ですか」

「そうです。そこで降ろして下さい」

「旦那さん、あそこから環濠遺跡までったら、ゆうに二キロメートルはありますよ。あんな所で降りたって仕様がないでしょう。環濠遺跡まで行ってあげますよ。道は悪いけど、すぐ下まで行けますから」

「いや、いいんです」儂は鼻先に止まった蠅を追い払いでもするかのように、つっけんどんに言った。

「今晩は、幸い十三夜でもあるし、月見をしながら歩いて行きますから…」

運転手は出鼻を挫かれ、立つ瀬が無かったのだろう、それっきり話かけて来なかった。

車中、ずっと中天にかかっていた月は、山の中に入るとすっかり山の端に隠れて見えず、台地はあたかも墨をぼかしたように薄闇の中に包まれていた。その薄闇を掻き分けるようにして山道に踏み入った。

山道に枝を張る路傍の木々は、すっかり若木に変わっていて昔の面影を留めていなかったが、しかし、幼き日、父や母や姉やそして、春夫や彦太や太吉と共に馬を追って（台地には、山火事防止のため、馬追いの馬が放牧されていた）駆け回った台地である。踏み入る程に、意識の底に澱んでいた思い出が逆巻くように表出する。おーいと呼べば、春夫や彦太や太吉が月に照らし出された木陰からひょっこり現れ、

「何だ、お前、帰って来たのかい」

と声をかけてくるような気がした。

あれは、六年生の夏の運動会の日であった。この日は静川神社のお祭りを兼ねて行われるため、部落総ぐるみの楽しい一日であった。親子が入り交じって行われる玉入れ、リレーも綱引きもさることながら、それ以上に部落の人達の共感を呼んだのは縄ない競争であった。これは時間を決めて、親子が組で縄をない、その長さを競うのであるが、会場は親も子も熱狂して興奮の坩堝と化した。優勝すれば、たんまりご褒美がもらえただけで無しに、勤労一家として部落民の賞賛を受けたからである。

この年の優勝者は美佳親娘であった。勝因は美佳にあった。美佳は縄ないの達人で、大人と互角に競ってもひけを取らない腕前であった。足が悪い関係で、縄ないが唯一の家事手伝いであったからで

ある。美佳は一躍部落のヒロインになった。ところがそれを妬んだシャモの子供達が美佳の帰途待ち伏せをかけて、車座になって、〝びっこのアイヌがご褒美をもらった〟と言って囃したてたのである。その中に春夫や彦太や太吉が入っていたのである。美佳は蹲って泣きわめいたが、儂はその時、数百メートル後ろを歩いていたが、その様を見て、事件に巻き込まれることを恐れて、山中に紛れ込み、山越えして家路に着いたのである。

儂はあの日の苦い思いを噛み殺しながら、春夫や彦太や太吉の家があった学校裏手の沢から、人だまが出たという二十二遺跡北東の台地に出た。

その時である。十六遺跡の方から風の背に乗ってムックリの調べが流れて来るのを耳にしたのである。一体、この夜更けに何者が奏でているのか。

儂は十六遺跡に連なる稜線を駆け抜けて、十六遺跡B地区の台地に立った。

台地は十三夜の月明りを浴びて、あたかもスポットを浴びたステージのように光っていた。

ムックリは、止むことなく台地に響き渡っていたが人影はなかった。

一瞬、運転手から聞いた亡霊が奏でているのではないかと思い、立ちすくんだ。

ビュンビュン、ビュンビュン、ビュンビュン、ビューン、ビュン、ビューンビューン

ボワボワボワ、ビューンビューン、ビュー

ビョウビュウ、ビョウビュウ、ビョウビュウビョウ

細く、太く、高く、低く、そして、激しく緩やかに。時には、台地を吹き抜ける風になり、時には、

台地の息吹となり、時には人間の慟哭となり、歓喜となり、生となり、死となる。それは、まさしく、汚され、毒されることなく悠久を生きた音楽、神の響き、原始の叫びそのものであった。

思わず合掌して膝立した。と同時であった。ムックリがぶっつり止み、黒い影が台地をかすめるようにして、十六遺跡A地区（環濠遺跡）北東の沢に消えた。一瞬、犬か狐の類ではないかと思った。が、しかし、影は間もなく環濠遺跡北崖に現れ、崖縁に佇んで眼下に広がる勇払原野を眺めた。

儂は、思わず足許の土壙に身を潜めた。

まさかと思いながら、運転手が言ったことを思い出し、月光を浴びて環濠北縁に佇っている人影が、環濠の中で果てた縄文人の人魂の化身のように思われてならなかったからだ。

人影はしばし北縁に佇んでいたが、突然環濠の台地を歩き出した。

縄文人の化身ではない。紛れもなく生き身の人である。

人影は台地中央で、一時蹲るように静止したが、すぐ立ち上がり、あたかも散策を楽しむかのようにゆっくりした足取りで歩きだした。

体が右に左に揺れていた。見覚えのある歩き方であった。儂は思わず土壙から飛び出して叫んだ。

「美佳だ！」

しかし、人影は儂に気づかなかった。体を右に左に揺するようにして環濠南端に架けてある渡り口（約一メートル程の掘り残しで、恐らく通路として使用されていたのだろう。北東に一ヶ所、北西に一ヶ所。計三ヶ所あった）を渡った。

儂は駆け出しながら叫んだ。

「美佳！　儂だ！甫だ！」

美佳は一瞬、思いがけない人影に怯えて立ちすくんだが、人影が儂であることに気づいて駈け出した。が、四、五メートルして、窪みに足を取られて横転した。

「美佳！」

儂は叫びながら駆け寄り、立ち上がろうとしてもがいている美佳を抱き起こしながら言った。

「美佳！大丈夫か。儂は甫だ。こんな夜更けに、一人で…一体どうしたんだ」

美佳は月明かりの中から突然現れた儂に驚いたのだろう、恐怖に怯えながら、儂の顔をまじまじと見つめながら尋ねた。

「ホントに、あなたは甫さんですか？」

儂は美佳の体を揺すりながら、

「そうだ。物の怪ではない。紛れもなく儂だ、甫だ！」

そう言って、美佳の乱れた髪を撫で上げ、月明かりの中に顔を晒した。

美佳の顔に涙が溢れた。儂はその顔を食い入るように見つめながら言った。

「昨晩はすまなかったね。後悔しているよ。アイヌであることを避けて生きてきた男の戯言だと思って、許しておくれ…」

「そんな…私こそ…」美佳はこみ上げる歓喜にむせびながら言った。「私こそ三十九年振りにお会いしたっていうのに、あんなチャランケなんかして…」

「いや、素晴らしいチャランケだったよ。儂は美佳に言われて、目から鱗が落ちたんだ」

「………」

「美佳、儂はアイヌだ！もう逃げたりしないよ。もう横浜には帰らないよ。儂はウレシパモシリでしか生きられないアイヌだからね」

美佳の顔が相好に崩れた。三十九年振りに見る笑顔であった。

儂は美佳を抱きしめながら言った。

「儂を雇ってくれないか」

美佳がもらすように、

「雇ってくれなんて…そんな…」

と言って儂の顔を見つめた。儂はその顔を両手でかかえながら言った。

「いいんだね」

美佳はコックリうなずいて儂の顔を見つめた。

「よし、これからでも遅くはない！今晩は儂達の新しい門出だ。店に帰ってお祝いをしよう」

儂はそう言って、美佳の手を取って歩き出した。

十三夜の月が歩き出した二人を後押しでもするかのように二人の背中を照らしていた。


〈完〉

あとがき

作品は何れも同人誌「コブタン」に発表した作品です。

「ジャコウジカものがたり」は第七号に発表した「天落ちるとも」を改稿・改題した作品で、浦河町上杵臼開拓をモデルにした作品です。

「生きたし、吾が民族のために」は第二号から四号まで連載した「亡びゆき一人となるも」を改題・改稿した作品で、三十七歳で早逝した鳩沢佐美夫をモデルにした作品です。

又、「怨念の彼方に―愛の哀しみ」はコブタン第八号に発表した「あなたの優しい翼の中で」を改稿・改題した作品で、一九八七（昭和六十二）年に国の重要文化財に指定された苫小牧「静川（環濠）遺跡」を舞台にした作品です。因みに、この作品は「怨念の彼方に」と改稿して、第三十回部落解放文学賞佳作を受賞しています。

何れも幾つかの事実を核として構成したフィクションです。

この本を上梓することが出来たのは株式会社アイワードの会長・木野口功氏のご厚意があったからです。木野口功氏には、コブタン創刊以来お世話になっていますが、長い間の変わらぬご厚意に感謝申し上げます。又、株式会社アイワードの佐藤せつ子さんと株式会社共同文化社の長江ひろみさんには、制作に当たっていろいろアドヴァイスを頂きました。ありがとうございました。厚く御礼申し上げます。

二〇一七年六月

須貝　光夫

✠各作品の既刊雑誌と発行年月日及び発表時の題名

ジャコウジカものがたり

〈題名〉天落ちるとも　「コブタン」第7号　1982（昭和57）年8月

〈題名〉ジャコウジカ物語　「天落ちるとも」改題・改稿

「文芸うらかわ」第29〜35号　2011（平成23）年3月〜2017（平成29）年3月

生きたし、吾が民族のために

〈題名〉亡びゆき一人となるも　「コブタン」第2〜4号　1977（昭和52）年12月〜1979（昭和54）年3月

〈題名〉生きたし、吾が民族のために

「亡びゆき一人となるも」改題・改稿　＊沖郷村人のペンネームで発表

「苫小牧市民文芸」第52〜56号2010（平成22）年10月〜2014（平成26）年10月

怨念の彼方に—愛の哀しみ

〈題名〉あなたの優しい翼の中で

「コブタン」第8号　1984（昭和59）年6月

〈題名〉怨念の彼方に　「あなたの優しい翼の中で」改題・改稿

第30回部落解放文学賞佳作受賞　2004（平成16）年

〈題名〉愛の哀しみ　「怨念の彼方に」改題・改稿　＊沖郷村人のペンネームで発表

「苫小牧市民文芸」第57〜59号　2015（平成27）年10月〜2017（平成29）年10月

著者略歴

須貝　光夫（すがい　みつお）

1929（昭和４）年８月25日　山形県東置賜郡沖郷村
大字宮崎（現南陽市宮崎）生まれ
1954（昭和29）年３月　山形大学文理学部文学科卒
1955（昭和30）年４月　浦河高等学校赴任以来
奈井江高等学校、美唄南高等学校、札幌東高等学校、
苫小牧東高等学校を歴任。
1960（昭和35）年正月　浦河町の有志と「日高文学」創刊以来
「山音文学」、「日高文芸」等に参加。
1977（昭和52）年正月　「コブタン」創刊

主著

この魂をウタリに（栄光出版社）
インド仏跡巡礼紀行（リーベル出版）
インド逍遙　上・下（中西出版／電子出版）

ジャコウジカものがたり
須貝光夫創作集

二〇一七年十一月三十日　初版第一刷発行

著　者　須貝　光夫
印刷・製本　株式会社アイワード
発行所　株式会社共同文化社
〒060-0033　札幌市中央区北三条東五丁目五
☎〇一一－二五一－八〇七八
http://kyodo-bunkasha.net/

ISBN978-4-87739-305-2 C0093